SPOKENJACHT

Omslag: Buronazessen

Binnenwerk: CO2 Premedia bv, Amersfoort

ISBN 978-94-90763-16-9

© 2011 Uitgeverij Cupido

Postbus 220

3760 AE Soest

www.uitgeverijcupido.nl

http://twitter.com/UitgeveryCupido

http://uitgeverijcupido.hyves.nl

SANDRA BERG

Spoken jacht

Romantisch en (ont)spannend!

Uitgeverij Cupido

PROLOOG

Liselot stond over Alber Kroon heen gebogen. Ze sloot zijn oude ogen en liet daarbij haar hand zacht over zijn gerimpelde, slappe gezicht glijden.

Er was niets meer te zien van zijn pijn, niets meer van het doorstane leed.

Haar hand gleed over zijn weke nek, naar de grauwe boord van zijn overhemd.

Ze stagneerde in haar beweging. Waarom was die boord zo grauw? Ze had hem zojuist schoon aangedaan? Of was ze het vergeten?

Ze kneep even haar ogen dicht en keek opnieuw naar de oude man. Nu zag ze dat hij in een smerige overall was gehuld, die hij had gedragen toen ze hem op het land hadden gevonden. Hij rook naar mest.

Liselot deinsde achteruit. Dit kon niet. Ze had zijn beste pak uit de kast gehaald. Het had nog naar mottenballen geroken... Ze had het hem aangetrokken...

Ze staarde verschrikt naar de man in overall.

Iemand klopte op de deur. Familieleden. Misschien wel zijn vrouw. Ze wilden afscheid nemen, maar hij droeg die verschrikkelijke overall. Hoe had dit kunnen gebeuren?

Ze keek weer naar zijn gezicht en zag opeens tot haar schrik dat hij oogschaduw en lippenstift droeg.

Er werd intensiever op de deur geklopt. De familie wilde naar binnen.

Maar dat kon niet. Dat mocht niet. Ze mochten hun dierbare Alber zo niet zien. Hoewel hij hen misschien niet zo dierbaar was als ze in hun afscheidsrede schreven.

Maar dit... dit was een schande. Ze zouden woedend op haar worden als ze dit zagen. Ze zouden het in de krant zetten en ze zou haar bedrijf verliezen.

Verlamd door paniek staarde ze nog steeds naar de oude man. Er was geen tijd meer...

Een kakkerlak kroop uit de overall en rende over de bolle buik van Alber weg.

Liselot gilde.

Alber schoot overeind en keek haar met plotseling wijd open-gesperde ogen aan.

Liselot gilde nog veel harder en deinsde achteruit.

"Kijk nu toch eens wat je met mij hebt gedaan," grauw-de Alber. "Kijk toch hoe ik er uitzie... ik heb make-up op. Waarom heb ik make-up op? Ik ben toch zeker geen vrouw? Alleen vrouwen zijn zo dom om hun gezicht in een schilder-werk te veranderen."

Hij stond op, zijn blik nijdig op haar gericht.

Liselot wankelde verder achteruit en viel.

Hij zou haar vastgrijpen. Misschien wel iets doen. Ze kneep haar ogen dicht en haar adem stokte.

"Liselot!" riep Alber. Maar hij had opeens de stem van een vrouw.

"Liselot! Liselot!" Steeds met meer nadruk. "Wat is er ge-beurd?"

Liselot opende angstig haar ogen en keek in het schemerdon-ker om zich heen.

De meubels vormden zwarte schaduwen in haar eigen, ver-trouwde omgeving en op de televisie legde een dikke, kwabbige man uit dat de economische crisis zich alleen kon herstellen als zijn partij bij de komende verkiezingen voldoende zetels zou krijgen. En zij lag op de grond, naast de bank.

"Liselot?"

Liselot herkende de stem nu. Het was Hilke. Natuurlijk was het Hilke.

Niet Alber. Alber was de vorige week begraven. In zijn zondagse pak en onder toeziend oog van zijn kritische familie waar hij nooit mee overweg had gekund.

"Ik kom," liet Liselot kreunend weten. Ze krabbelde overeind en slofte naar de deur om Hilke binnen te laten.

Met Hilke kwam een grote wolk bloemig parfum binnen. Hilkes entree was overweldigend, zoals altijd. Felle kleurige stofjes, waar Liselot nog niet echt vorm aan kon geven, wapperden rond het smalle lijf van haar vriendin. Dit keer droeg ze een zwarte sjaal met glitters, die haar roodblonde krullen uit haar gezicht moesten houden. Hilke droeg altijd sjaaltjes die haar wilde haren in bedwang moesten houden. Liselot geloofde niet dat ze dit sjaaltje al eerder had gezien, maar ze kon zich vergissen. Hilke had er zoveel.

"Ik hoorde je gillen," zei Hilke. Ze draaide zich naar Liselot om met een - misschien een tikje overdreven - bezorgde uitdrukking op haar gezicht.

"Enge droom."

"Het is amper negen uur. Lag je al in bed?"

"Nee. Ik ben op de bank in slaap gevallen."

Hilke wierp een blik op de televisie. "Ah. Politiek. Geen wonder."

"Ik keek naar Funny Homevideo's."

"Blijkbaar niet zo funny, dan."

Hilke liep door naar de woonkamer en plofte op de bruine corduroy sofa neer. "Waarom heb je de deur altijd gesloten?"

"Het is avond. Je hoort zoveel..."

"Je hebt de deur van de zaak beneden toch al gesloten? Dan kan toch niemand je woning binnen? Tenzij het iemand is met de sleutel van de zaak beneden, zoals ik. Maar ik heb die sleutel gekregen omdat je het prettig vond als ik af en toe langskwam en mijzelf dan kon binnenlaten. Omdat je bang was om als mevrouw Vriese te eindigen. Ook al was zij honderd jaar ouder dan jij."

"Mevrouw Vriese was vijfentachtig en dus vijfenvijftig jaar ouder dan ik. Geen honderd. En doodgaan kan iedereen."

"Maar de kans dat je niet wordt ontdekt, is klein. Al helemaal als je een bedrijf hebt, zoals jij."

"En als ze mij niet nodig hebben? Als er lang niemand doodgaat?"

"We wonen in de stad. Er gaat altijd wel iemand dood."

"Maar ze hebben mij daar niet altijd bij nodig. Er zijn genoeg concurrerende begrafenisondernemingen."

Hilke stak een hand op. "Ja, ja, ik weet het. Je ziet er trouwens beroerd uit."

"Ik heb net geslapen."

"Je ziet er al weken beroerd uit."

"Ik heb het druk."

"Te druk."

"Wil je iets drinken?"

"Natuurlijk."

"Koffie?"

"Nee. Het is te laat voor koffie. Iets anders."

Liselot glimlachte wat flauwtjes en liep naar de keuken. Haar rug deed pijn. Ze wist niet zeker of ze verkeerd had gelegen of dat ze zich had bezeerd toen ze al slapend van de bank viel.

Misschien kreeg ze wel een hernia of iets dergelijks. Dat zou nu weer typisch iets voor haar zijn. Dan kon ze haar werk helemaal niet meer doen.

Ze pakte twee glaasjes en de fles kersenlikeur uit de kast. Ze wist dat Hilke dat graag lustte. Iets anders met alcohol had ze ook niet in huis en Hilke dronk geen frisdrank.

Terwijl ze bij het aanrecht stond en twee glaasjes inschonk, keek ze naar zichzelf in de ruit van haar keukenraam.

Haar donkere haren staken warrig alle kanten uit en lieten weinig zien van de kaarsrechte lijn op schouderlengte, die de kapper zo zorgvuldig had geknipt. Haar iets te ronde gezicht leek wat slap, maar eventuele donkere kringen onder de ogen, rimpels en andere oneffenheden waren in het vage spiegelbeeld niet zichtbaar. Misschien kon ze beter haar spiegels afschaffen en alleen nog maar in een ruit kijken. Zelfs het oude grijze huispak dat ze nu droeg, zag er in de ruit nog aanvaardbaar uit.

Ze pakte de glaasjes op en liep naar de woonkamer, die zich inmiddels met het parfum van Hilke had gevuld. "Ik neem aan dat kersenlikeur goed is?"

"Tuurlijk. Er zit alcohol in."

"Drink je niet te veel?"

Hilke grijnsde. "Bezorgde Liselot. Natuurlijk niet. Ik neem maar af en toe een glaasje. Meestal ben ik tevreden met een bodempje onverdunde ranja."

Liselot huiverde even.

"Lijkt op likeur," vond Hilke. Ze grijnsde.

Liselot zakte op een fauteuil neer en speelde met het glas in haar handen.

"Je werkt te hard. Dat weet je toch?" zei Hilke nu ernstig.

"Een eigen bedrijf betekent altijd hard werken," vond Liselot.

"Jij wilt te veel zelf doen."

"Omdat personeel veel te duur is."

"Je eigen leven ook."

"Zo dramatisch is het niet."

"De hoeveelste nachtmerrie was dit nu?"

Liselot gaf geen antwoord.

"Weer een van de dierbare overledenen die tot leven kwam?"

Liselot zweeg nog steeds.

"Met kakkerlakken?" Hilke trok een vies gezicht.

"Eentje maar," zei Liselot wat schaapachtig.

"Je moet er iets aan doen."

"Het komt wel goed... Het zijn maar nachtmerries. Misschien drink ik gewoon te veel thee. Veel thee is net zo schadelijk als koffie en..."

"En zag je daarom vorige week mevrouw Vriese ondergoed uitzoeken bij de Hema?"

"Dat was gewoon..."

"Of die Johan die anderhalve week geleden een kroket liep te eten bij de cafetaria, terwijl de make-up, die zijn verwondingen in het gezicht moesten verhullen, van zijn gezicht drupte?"

"Johan was nog jong en zijn heengaan zo plotseling. Het greep mij gewoon aan."

"Afgelopen zondag zag je Elvira Bruis een appelpunt eten in dat café bij de Wilgen, waar we hebben gewandeld."

"Elvira stierf aan hartproblemen. Volgens haar zus omdat ze gewoon veel te veel rommel at. Misschien dat het daardoor kwam."

"Liselot, je ziet overal dode mensen en je hebt er zelfs nachtmerries over. Tijd om de waarheid onder ogen te zien. Je bent overspannen."

"Welnee. Ik ben niet het type dat overspannen raakt," bracht Liselot er haastig tegenin. Maar ze wist dat Hilke gelijk had. Niet voor niets was ze de laatste tijd zo verschrikkelijk gespannen en lag ze soms een half uur in bed te rillen, voordat ze in slaap viel. Als ze al in slaap viel. Wat steeds minder vaak het geval was.

"Weet je wat jij moet doen?" vroeg Hilke.

"Ik ga niet naar een of andere goeroe om te mediteren of enge kruiden eten."

"Natuurlijk niet. Dat is niets voor jou. Hoewel het werkelijk goed doet. Dat kan ik je verzekeren. Maar nee, dat bedoel ik niet. Je moet vakantie nemen. Hoelang is het al geleden?"

"Ik kan niet zomaar vakantie nemen."

"Iedereen kan vakantie nemen. Jij ook. En geloof me, als je de signalen van je eigen lijf niet serieus neemt, heb je straks gedwongen vakantie. In een of ander gesticht of zo."

"Ik ben niet gek."

"Nog niet. Maar als je dode mensen gaat zien..."

"Het is gewoon een tijdelijke..."

"Vakantie. Een paar dagen weg misschien."

"Ik zou niet weten hoe. Of waarheen."

"Laat dat maar aan mij over. Ik regel wel een reis."

"Hilke, ik..."

Maar Hilke legde haar vinger op haar mond. "Ssst." Ze nam een slokje likeur en sloot genietend haar ogen.

Het was duidelijk dat ze geen weerwoord meer duldde. En misschien had Hilke wel gelijk. Misschien was het beter om een paar dagen vrij te nemen. Misschien zelfs wat langer.

Het was natuurlijk allemaal niet zo ernstig als Hilke meende, maar Liselot moest toegeven dat ze moe was. Erg moe. En dat maakte het niet gemakkelijk om haar werk goed te doen. Ze nam ook maar een slokje likeur.

Misschien was het geen slecht idee: een paar daagjes naar een warm oord, in een luxe hotel. All inclusive, natuurlijk. Nergens aan denken, niets regelen. Alleen genieten en lekker lezen in de schaduw van een parasol.

Ze nam nog maar een slokje en voelde hoe de warmte zich verspreidde.

Ze glimlachte toch even.

HOOFDSTUK 1

"Je hebt de deur alweer gesloten."

Het was drie dagen later en Hilke stond weer voor de deur van Liselots bovenverdieping. Dit keer droeg ze een zwarte maillot en een zwart shirt tot halverwege haar dijbenen met een roze smiley en de tekst: *I'm perfect.*

De band in haar haren was dit keer oranje en vloekte bij het roze van de smiley op haar shirt.

Liselot droeg haar werkkleding: een nette grijze broek met plooi en een wit bloesje, tot hoog in haar hals gesloten. Geen sieraden. Ze droeg vrijwel nooit sieraden.

Hilke keek Liselot onderzoekend aan. Ze pretendeerde ernst, maar om haar lippen speelde een stiekem lachje.

"Weet ik. Omdat het avond is en zo," verklaarde Liselot. "Ik zal je de sleutel van deze deur geven."

"Ik weet niet of je dat moet doen. Je weet hoe ik ben. Ik banjer te pas en te onpas je woning binnen en het komt vast niet altijd uit. Je ziet er trouwens uit alsof je weer lag te slapen." Ze liep langs Liselot heen naar binnen.

Liselot sloot de deur en wreef wat onzeker over haar gezicht.

"Ik sliep niet." Ze had bijna geslapen. Nou ja, misschien zelfs een beetje helemaal. Maar ze had geen zin om dat toe te geven. Dan gaf ze ook toe dat ze zich honderd jaar oud voelde.

Hilke keek even om toen ze de woonkamer binnenliep. "Je gezicht is verkreukeld."

"Ik lag op de bank. Beetje hoofdpijn."

"Nog nachtmerries gehad?"

"Nee." Dat was ook niet helemaal waar. Ze had Flip de Ronde

de vorige nacht op bezoek gehad en hij had geklaagd over het opzichtige pak dat ze hem voor zijn begrafenis had aangetrokken. Terwijl dat niet eens haar keuze was geweest, maar die van zijn kinderen. Maar ze noemde het niet.

"Nog dode mensen gezien?" vroeg Hilke, terwijl ze zich onelegant in een stoel liet vallen.

"Nee, natuurlijk niet." Goed... op Flip na, die ze voor zijn nachtelijk bezoek ook nog op de motor door de stad had zien rijden. Maar dat was maar even geweest en telde dus niet.

"Hm. Je ziet eruit alsof je dagelijks spoken zien. Tijd om eropuit te gaan."

Hilke hield een brochure omhoog. Haar armbanden rinkelden vrolijk bij dat gebaar. Liselot wilde dat ze een keer net zo vrolijk als die armbanden kon zijn.

Ze probeerde het toen ze lachte, met het vooruitzicht op een luxe hotel in een of ander warm oord, maar bleef steken in de zorgelijke gedachte dat ze eigenlijk niet weg kon.

"Zal ik eerst thee maken?" vroeg ze.

"Thee?" Hilke trok een vies gezicht.

"Koffie voor jou natuurlijk."

"Graag. Ik begrijp niet dat jij altijd dat gekleurde water drinkt. Sporadisch kan het misschien wel, maar jeetje, er zit toch nauwelijks smaak aan."

Liselot haalde even haar schouders op. "Ik lust nu eenmaal geen koffie."

"Dat weet ik. Maar ik begrijp het nog steeds niet. Maar goed... het ziet ernaar uit dat ik concessies moet doen."

Liselot keek Hilke wat verbaasd aan.

"Thee. Ik denk dat ik daar ook maar aan moet wennen."

"Te veel koffie gebruikt? Hartkloppingen of hoofdpijn? Ik weet dat een tante van mij..."

Maar Hilke brak haar met een armzwaai af.

"Welnee. Ik kan sloten koffie drinken zonder ongemak te ervaren. Maar omdat we naar Engeland gaan..." Ze tilde de brochure weer op en glunderde.

"Naar Engeland?"

Hoewel Liselot eigenlijk al had besloten dat ze geen tijd had voor een vakantie, voelde ze toch een lichte teleurstelling. Ze had erop gehoopt dat Hilke haar zou overhalen om mee te gaan naar een warm en zonnig oord. Niet naar Engeland. Engeland was koud en nat. Zelfs in de zomer. Iedereen wist dat.

"Geen lang gezicht. Ik heb een briljant idee. Ik vertel het dadelijk. Bij de koffie."

Liselot voelde zich betrapt. Ze was ervan overtuigd geweest dat ze haar teleurstelling niet had laten merken. Maar ze had zich dus vergist. Nou ja, een ander dan Hilke had het vast niet opgemerkt. Hilke merkte altijd alles op.

Liselot liep naar de keuken, zette de waterkoker aan en maakte koffie met haar nieuwe moderne apparaat.

Ze zette nooit koffie voor zichzelf, maar ze had het ding toch aangeschaft omdat haar spaarzame bezoek, meestal bestaande uit Hilke, niet zonder koffie kon leven. Bovendien kon je er ook warme chocolademelk mee maken en zelfs thee. Maar thee maakte ze toch liever zelf.

Ondertussen probeerde ze aan het idee van een reis naar Engeland te wennen. Wat natuurlijk stom was, omdat ze geen tijd had om op vakantie te gaan.

Maar ze dacht toch even aan een lekkere High Tea in een smaakvolle lunchroom, een bezoek aan Buckingham Palace en een comfortabel hotel met uitzicht op nachtelijk Londen.

Het London Eye zou ze overslaan. Te hoog. Te gevaarlijk. Maar een mooie kamer met uitzicht op de Theems...

Ze zuchtte diep en ging met de thee en de koffie terug naar de woonkamer.

"Ik weet niet of ik tijd heb," zei ze toch maar.

"Onzin. Je moet tijd maken. Iedereen heeft vakantie nodig. Jij ook. Maar daar hebben we het al over gehad." Voor Hilke was daarmee het onderwerp afgedaan.

Liselot staarde een paar tellen zwijgend naar haar thee. Misschien was een vakantie inderdaad precies wat ze nodig had. Als ze overspannen werd, ging dat ten koste van haar bedrijf. Een bedrijf waar ze zich niet alleen zelf al tien jaar voor inzette, maar waar ook haar ouders en grootouders altijd hard voor hadden gewerkt. Haar vader zou spontaan een hartaanval krijgen als het bedrijf ten onder ging. Hij had toch al hartklachten. Haar vader had nooit vakantie genomen. Dat had hij altijd onzin gevonden. Misschien was dat wel de reden waarom hij problemen met zijn hart had gekregen. Liselot wilde geen hartproblemen.

"Wat heb je in gedachten?" vroeg ze. "Het Hilton? High Tea-uurtjes en misschien een spa-kuur?" Ze glimlachte nerveus.

Hilke keek Liselot grijnzend aan. "Zie je mij al? In een Hilton hotel een spa-kuur doen?" Ze lachte nu voluit, op haar eigen, onvrouwelijke, bulderende wijze. "Of tussen de deftige dames op een High Tea-party?" Ze lachte nog harder.

Liselot pakte haar mok thee en blies de hete damp nerveus weg.

"Ik heb een veel beter idee," zei Hilke. "We gaan ons niet vervelen in een of ander luxe hotel om een sjaaltje in het overdrukke Londen te scoren of verdrongen te worden bij een of ander toeristisch monument. En we gaan al helemaal niet opgeprikt manieren zitten veinzen tussen de high society van Londen. Tenminste... daar gaan we niet alleen voor op reis. Voor zover we dan niet overspannen worden door de drukte, hebben we dan te veel tijd om verveeld te raken in een hotel en te piekeren. Of te praten over werk en relaties. Dat doet ons geen van tweeën goed."

"Heb je dan weer een relatie?" vroeg Liselot wat onnozel.

"Natuurlijk niet. Na Rick ben ik daar voorlopig wel van genezen."

"Maar Rick is al een half jaar geleden vertrokken. Ik kan mij niet herinneren dat je zo lang over een van je vorige vriendjes treurde."

"Rick was de eerste echte vriend met wie ik mijn leven wilde delen. Ik dacht dat we elkaar begrepen. De gesprekken die we altijd hadden..." Ze zuchtte diep. "Ik had het dus fout."

"Je hebt vaker gezegd..."

Hilke liet Liselot niet uitpraten. "Rick was gewoon de leukste partner die ik ooit heb gehad. En als mijn stiefzus niet was opgedoken waren we misschien nog steeds bij elkaar geweest."

"Dan was er misschien een ander opgedoken."

"Misschien. Maar mijn stiefzus is een feeks. Ze heeft Rick trouwens alweer gedumpt."

"Nu al?"

"Kun je nagaan."

"Hoe weet je dat?"

"Hij belde. Wilde nog een keer praten."

"Jij niet?" Liselot kon een lichte verwondering niet onderdrukken.

"Natuurlijk niet. Ik heb mijn trots."

"Maar je zei daarnet nog..."

"Doet er niet toe. Ik laat mij geen tweede keer aan de kant schuiven."

"Hoe gaat het trouwens met je moeder?" vroeg Liselot toen.

Hilke ontspande en glimlachte. "Goed. Ze vindt het heerlijk in Villa Venna. Ik heb haar gisteren nog bezocht. Ze had een prachtige boom gemaakt... Misschien niet zo bijzonder als je bedenkt dat het om een standaardvorm gaat, die vervolgens wordt beplakt en beschilderd, maar voor haar..." Ze zuchtte nog maar een keer. "De kleuren die ze gebruikte zeiden zo veel over haar gemoedsrust. Het is geweldig hoe ze daar wordt bezig gehouden en hoe de verpleegsters met haar en de andere patiënten omgaan. Hoewel ze hen eigenlijk nooit patiënten noemen maar cliënten."

"Ik ben blij dat je moeder daar haar plek heeft gevonden," zei Liselot welgemeend. "Na alles wat ze heeft meegemaakt..."

"Drie overleden echtgenoten is iets te veel van het goede," was Hilke het ermee eens. "Ze wist zeker dat ze met Ben oud zou worden. Ze hadden zoveel gemeen en hij leek zo gezond."

Liselot knikte. Schijn bedroog. En niet zelden. Bens hart was ziek geweest en niemand had het geweten. En Hilkes moeder wist het niet *meer*.

"Is ze nog steeds... Herinnert ze zich nog steeds niets meer?"

"Volgens mij weet ze vaak niet eens meer wie ik ben. Ik weet niet of het een officiële vorm van dementie is. De arts weet het ook niet. Misschien is het wel een keuze die ze heeft gemaakt; leven in zalige onwetendheid, op haar eigen roze wolkje. Ik denk dat het zo beter is."

"Ook als ze daardoor nooit meer deel uit kan maken van de wereld of op zichzelf kan wonen?"

"Mama kan niet tegen eenzaamheid. Maar ze kan ook niet meer tegen een nieuwe man, een nieuwe relatie. Dus verkiest ze haar leven op haar eigen roze wolk. Niet eens meer bewust. Maar het is voor haar de enige manier om nog van haar leven te genieten."

"Ik vind het toch rot voor haar."

"Ik denk dat je het niet rot hoeft te vinden. Ze is gelukkig zo. In haar eigen Villa Venna. Ergens anders zou ze niet overleven."

"Nee. Misschien niet."

Het was een paar tellen stil.

Liselot nam een slokje thee. "Je zei dat we ons niet in een hotel gingen vervelen en zo," bracht ze Hilke in herinnering.

"Ik heb een briljant idee," zei Hilke. Haar ogen schitterden een beetje toen ze Liselot aankeek. "We gaan in Engeland op spokenjacht."

"Wat?" Liselot keek Hilke verbijsterd aan, ervan overtuigd dat ze een grapje maakte om haar te plagen.

"Spokenjacht. Engeland stikt van de spookhuizen. Daar gaan we heen. Niet naar alle spookhuizen natuurlijk. Dat zijn we jaren onderweg. Maar we bezoeken er een paar en gaan lekker griezelen."

"Je meent het?"

"Natuurlijk. Stel je voor: donkere nachten, grote dreigende

landhuizen, gekraak van deuren, voetstappen op de houten planken, kettingen die rammelen..."

Liselot stak haar hand op. "Ho! Wacht even! Je kwam met het idee om er een paar dagen tussenuit te gaan, omdat ik nacht-merries had en dode mensen zag. En nu wil je, ter ontspan-ning, op spokenjacht gaan?"

"Natuurlijk." Hilke glunderde.

"Is dat niet een beetje onlogisch?"

"Welnee. Stel, je hebt een fobie voor spinnen. Denk je dat het overgaat als je de rest van je leven spinnen ontwijkt?"

"Nee, natuurlijk niet. Maar ik ontwijk ook geen dode mensen. Dat zou niet eens kunnen met mijn werk."

"Nee, maar je bent niet bang voor dode mensen, maar voor spoken."

"Spoken bestaan niet."

"Dat weet ik. En dat weet jij. Dus is het logisch dat je op spo-kenjacht gaat, wetend dat spoken niet bestaan en dat je dus een logische verklaring gaat geven aan de dingen die je ziet. Daardoor sta je, als je weer thuis bent, steviger in de schoe-nen. Vanwege de logica."

"De logica ontgaat mij volledig."

"Nou ja, doet er ook niet toe. Het lijkt mij gewoon super-spannend en zoals je al zegt: spoken bestaan niet. Dus is het gewoon zoiets als lekker griezelen in een spookhuis. Ontspanning door spanning. Geen tijd om te piekeren."

"Ik weet niet, gezien de situatie... Ik bedoel, de dingen die ik zie..."

"Denk je dat het echt de geesten van die overledenen zijn, die je ziet?"

"Nee, natuurlijk niet. Geesten en spoken... Het bestaat allemaal niet."

"Of dat de overledenen je werkelijk in je droom bezochten?"

"Welnee. Het waren gewoon nachtmerries."

"En fantasie?"

"In zekere zin."

"Waarom dan geen spokenjacht? Als spoken toch niet bestaan... Welke manier is meer effectief om dat te bevestigen? En jezelf gerust te stellen?"

"Ik heb geen geruststelling nodig. Ik weet dat ze niet bestaan. Ik zit alleen met die rare waandenkbeelden en nachtmerries."

"Dus heb je afleiding en ontspanning nodig."

"Door spookhuizen te bezoeken en te griezelen?"

"Toe... het wordt hartstikke leuk. Goed, misschien is de keuze niet zo heel erg logisch, maar ik weet dat je nuchter genoeg bent om het te zien zoals het is: puur vermaak. En mijn keuzes zijn nooit erg logisch."

"Eh, nee... dat niet."

"Hoewel we ook koeien kunnen gaan drijven op een of andere ranch."

"Op een paard?"

"Ik geloof niet dat cowboys fietsen gebruiken."

"O nee."

"Of een of andere berg beklimmen. Of ontberingen ondergaan in woestijn, jungle of sneeuw."

"Wat is er mis met een luxe hotel in een of ander aangenaam badoord?"

"Te saai. Te veel tijd om te piekeren. Maar we kunnen bij aanvang van de reis en voordat we naar huis gaan in het Hilton logeren. Er is een betaalbaar Hilton meteen bij het vliegveld."

"Ik weet niet..."

"Kom, het wordt geweldig. Kunnen we nog eens lekker samen griezelen en lachen."

Eigenlijk vond Liselot dat ze genoeg griezelde de laatste tijd, maar ze knikte toch maar. Ze stelde Hilke niet graag teleur en ze zou in ieder geval een paar nachten in het Hilton doorbrengen.

Bovendien kon ze moeilijk beweren dat ze af en toe toch twijfelde over het bestaan van spoken. Ze zou zich doodschamen als iemand dat zou merken. Ze schaamde zich al diep genoeg tegenover zichzelf.

"Ik neem aan dat je de reis al hebt uitgestippeld?" vroeg ze met een bijna onhoorbare zucht.

Hilke knikte heftig. "Het is een georganiseerde reis: ghost-hunting."

"Origineel."

"Het klinkt leuk." Hilke vouwde de brochure open. "We vliegen goedkoop met Ryanair en landen op London Stansted. Dat is ook het enige goedkope aan de reis, maar dat doet er niet toe. We kunnen het ons permitteren. Jij verdient genoeg met de zaak en geeft niets uit, en ik heb een toelage gekregen toen Ben stierf. Die staat maar te verstoffen op de bank."

Ze haalde even diep adem en praatte door: "Dus de eerste nacht kunnen we in het Hilton logeren. Het Hilton London Stansted Airport, ligt op een paar minuten afstand van de gate. Het heeft een zwembad, fitness, restaurant... noem maar op. Helemaal jouw stijl."

"Oké. Tot nu toe klinkt het goed."

"De volgende dag gaan we dan met de trein naar London Liverpool Street, waar we worden opgehaald door de reisleider van Ghosthunting, ene Sven Johnsson."

"Sven Johnsson is geen Engelse naam."

"Nee. Het is een Zweed. Vijfentwintig jaar, ondernemend en enthousiast."

"Hoe weet je dat?"

"Staat in de brochure."

"Hm."

"Misschien is het wel een heerlijk blond stuk. Zo'n typische Zweed."

"Hij is vijf jaar jonger dan wij."

"Nou en?"

"En je wilde geen nieuwe partner. Tenminste... dat roep je al vanaf het moment dat je relatie met Rick op de klippen liep. Bovendien heeft die Sven wellicht een vriendin."

"Ik mag er toch naar kijken? Wie zegt dat ik meer wil?"

"Kijken mag, neem ik aan."

"Precies."

"Maar hij kan natuurlijk klein, dik en lelijk zijn."

"Vast niet."

"We zullen zien. Wat gaan we met Sven doen?"

"Nou..." Hilke grijnsde weer.

"Mijn vraag heeft betrekking op de reis."

"Natuurlijk. Sven brengt ons naar The Chamberlain, een hotel dicht bij de Tower of London, de bekende, oude gevangenis van Londen. We gaan daar niet meteen naartoe, maar beginnen met een gezamenlijke High Tea in een lunchroom. Dat vind je vast ook leuk."

"Gezamenlijk? Wij en die Sven?"

"En een klein reisgezelschap."

"Ik hou niet van reisgezelschappen."

"Het is maar een heel klein gezelschap. Ik geloof dat we maar met vijf of zes mensen zijn. Ik weet het niet precies. Maar een georganiseerde reis betekent altijd een reisgezelschap. Maakt toch niet uit? Misschien zitten er leuke mensen bij. Misschien wel een leuke man voor jou."

"Ik red mij prima in mijn eentje."

"Natuurlijk. Maar dat betekent niet dat een leuke man in je leven het niet net iets leuker maakt."

"Zoals bij jou?"

"Ik ben een slecht voorbeeld. Neem je ouders. Die zijn al een heel leven bij elkaar."

"Mijn ouders zijn tegenwoordig een uitzondering. We hebben het daar trouwens al vaak genoeg over gehad."

"Weet ik. Ik blijf erbij dat je je zou moeten inschrijven bij zo'n internetsite, maar dat is een ander verhaal. We hebben het nu over de spokenjacht."

"We overnachten dus in The Chamberlain. En dan?"

"Na de High Tea gaan we naar het hotel en hebben we een paar uurtjes vrij. Daarna een gezamenlijk diner en een borrel in het hotel. De volgende morgen bezoeken we dan de Tower of London met zijn beroemde spoken, zoals Anna Boleyn: de tweede vrouw van Hendrik de achtste, die werd onthoofd. Dan is er natuurlijk Hendrik de zesde die in 1471 werd gevangen en vermoord, en Jane Grey, terechtgesteld door Bloody Mary." Hilke haalde adem. "En dat zijn er maar een paar. Vanwege de gruwelijke geschiedenis van de Tower moet het er wemelen van de rusteloze geesten. Uiteraard is de Tower ook vanuit historisch oogpunt de moeite waard."

"Je hebt de brochure goed uit je hoofd geleerd."

"Natuurlijk."

"Goed. We bezoeken de Tower." Daar kon Liselot wel mee leven. De Tower was een toeristische attractie in het drukke Londen en dus niet eng. Zelfs niet als er zogenaamd geesten rondwaarden. En het verblijf in een aardig hotel was meegenomen. "En dan?" vroeg ze.

"Aansluitend is er 's avonds weer een gezamenlijk diner, dan eventueel een borrel of lauw bier en een nieuwe aangename nacht in The Chamberlain. De volgende morgen gaan we naar de Old Mill."

"De oude molen?"

"Er heeft een molen gestaan, maar die is vervallen. Het bijbehorende huis is gerenoveerd en beschikbaar gesteld als overnachtingplaats voor spokenjagers. Eenvoudiger van opzet dan een hotel, natuurlijk. Maar comfortabel. En spannend natuurlijk. Volgens de brochure werd de toenmalige molenaar verliefd op een mooie jonge vrouw, een zekere Aiden. Hij kidnapte haar en hield haar tot zijn dood in de molen gevangen. Aiden stierf tijdens haar gevangenschap en haar geest spookt nog steeds rond in de molen."

"Ah. We gaan dus kennis maken met deze Aiden."

"Wie weet."

"Eén nacht?"

"Twee nachten. Overdag maken we een wandeling in Hucking Estate. Een heel beroemd bosgebied met prachtige wandelpaden."

"Goed. En dan? Terug naar Londen?" Het klonk bijna hoopvol.

"Nee, natuurlijk niet. We gaan vandaar uit naar Pluckley, het meest door geesten geplaagde dorp in Engeland. Daar zijn heel wat spoken, zoals de Highwayman, een vermoorde struikrover, het rijtuig met paarden, de verbrande zigeunervrouw... En de Miller - ja, klopt, weer een molen - dan het hangende lichaam van de schoolmeester, de kolonel die zichzelf heeft opgeknoopt, de schreeuwende geest van een man die in de klei van de steenfabriek werd gesmoord, de vrouw van Rose en een witte dame en nog een rode dame, de geest van Greystone en *last but not least* The Screaming Woods."

Hilke zat dit keer uit de brochure voor te lezen. Zoveel spoken kon ze niet onthouden.

"Klinkt gezellig," mompelde Liselot cynisch. Met spoken in een toeristische attractie in de stad kon ze nog leven en in de geest van de molenaar hoefde ze niet te geloven, maar gillende wouden klonken werkelijk niet erg aangenaam. Zo graag ging ze toch al niet het bos in.

"Het dorp heeft ook een bekende koffiebranderij, een zilversmederij en er zijn verschillende films en documentaires opgenomen. Geweldig toch."

"Eh, ja... fantastisch. Hoelang blijven we daar?" Niet te lang, hoopte ze. Ze wist niet waarom ze tegen dit bezoek nog het meeste opzag. Misschien vanwege de overvloed aan spoken, hoewel ze dus niet in spoken geloofde. Maar ze zou zich in die sfeer van alles in haar hoofd kunnen halen en misschien weer cliënten zien opduiken.

"Twee nachten."

Twee nachten was te doen, meende Liselot. "En dan terug naar Londen?"

"Ja. Voor weer twee nachten. Met bezoek aan de London Dungeon en nog wat tijd om de stad te bezichtigen. Daarna nemen we afscheid van ons gezelschap en gaan we voor een laatste nacht naar het Hilton, zodat we de volgende dag meer dan genoeg tijd hebben om een vlucht terug te nemen."

"Tien nachten dus? Is dat niet wat lang?"

"Voor iemand die nooit vakantie neemt? Veel te kort. We zouden nog één of twee extra dagen in Londen kunnen doorbrengen om musea te bezoeken en kunst te bewonderen."

"Ik dacht dat je verveling in een hotel en je weg zoeken in een drukke menigte bij een attractie geen optie vond."

"Niet als we dat alléén maar doen in de vakantie. Maar na een spannende spokenjacht is het misschien wel een mogelijkheid. Omdat we dan toch in een wereldstad zijn."

"Een week doorbrengen in een wereldstad geeft meer mogelijkheden om musea te bezoeken, attracties te bekijken en misschien zelfs te winkelen."

"Ja. Naar Amsterdam gaan ook. Maar dat is het nu juist... Het is leuk als bijkomstigheid. Niet als hoofddoel."

"Ik weet het niet..." zei Liselot aarzelend.

Hilke keek haar onderzoekend, een beetje plagend aan. "Of durf je niet? Ben je stiekem toch bang dat spoken en geesten echt bestaan?"

"Natuurlijk niet," bracht Liselot er meteen tegenin. "Dat weet je best."

"Nou ja, met het oog op de dode mensen die je hebt gezien en de nachtmerries..."

"Dat heeft gewoon met de drukte te maken. Dat weet je."

"En als je geen pauze neemt, wordt het erger en zie je straks echt overal spoken. Of je loopt door de stad, net als dat jongetje in de film The Sixth Sense met onze knappe Bruce Willis als psycholoog, en je zegt: *I see dead people.*"

"Doe niet zo raar. Dit is gewoon een tijdelijke fase. Het is druk geweest en mijn vader zit mij af en toe een beetje te veel op mijn nek. Hij bedoelt het niet zo en dat weet ik ook wel, maar het zorgt gewoon voor extra spanning. Het gaat vanzelf over. Er is geen enkele kans dat ik mij vreemde dingen in mijn hoofd haal, zoals het idee dat ik paranormaal begaafd zou zijn of zo. En gek word ik al helemaal niet."

"Maar een beetje overspannen misschien wel?"

"Onzin."

"Dus we doen het?"

"Ja." Liselot had al antwoord gegeven, toen de strekking van het gesprek tot haar doordrong. Ze had net min of meer beweerd dat er niets aan de hand was en ging toch akkoord met die rare reis. Ze zuchtte maar even.

Hilke grijnsde. "Goed. Dan boek ik voor de volgende week."

"Dan al?"

"Anders bedenk je je."

"Maar mijn bedrijf..."

"Je hebt genoeg tijd om iets te regelen. Voor de mensen die al overleden zijn, kun je de begrafenis nog regelen en voor de mensen die nog dood gaan, kun je het werk aan een vervanger overlaten. Je werkt soms toch samen met Dick Leiendonck?"

"Ja. Alleen bij uitzondering. Dit is niet zijn regio."

"Nee. Daarom is hij ook geen concurrent. En dit is een uitzondering. Je neemt nooit vakantie."

"Ik neem wel contact met hem op." Liselot dronk haar theekop leeg en vroeg zich af hoe haar ouders zouden reageren. Maar eigenlijk wist ze dat wel. Haar vader zou het vreemd vinden. Hij zou haar op de risico's wijzen, die het overlaten van de zaken aan een ander met zich meebracht. En als hij zou horen wat ze in Engeland wilde doen, zou hij zich hardop afvragen wat de cliënten daarvan zouden vinden. Een begrafenisonderneemster die op spokenjacht ging...

Hij zou er geen begrip voor hebben. Zij had dat zelf overigens ook niet en besloot dat ze alleen al om die reden beter niets over het doel van de reis aan haar vader zou vertellen. Dan zou ze iets moeten verdedigen waar ze zelf haar vraagtekens bij zette.

Haar moeder zou het haar gunnen, maar ook bezorgd zijn. Haar moeder was altijd bezorgd. Haar moeder zou geen nacht meer slapen als ze wist dat dochterlief een deel van haar vakantiedagen in griezelige spookhuizen zou doorbrengen. Nee, haar moeder zou ze ook niets over het doel van haar reis vertellen.

Ze zou duidelijk maken dat ze naar Engeland ging voor een rondreis, maar ze zou geen nadere uitleg geven. Ze zuchtte nog maar eens en keek naar haar vriendin, die duidelijk in haar nopjes was. Waarom liet ze zich toch altijd in dit soort dingen meesleuren?

HOOFDSTUK 2

Het was dinsdagochtend, en Liselot werd wakker in het comfortabele bed van het Hilton Hotel Stansted London. Voorjaarszonlicht drong door het dunne gordijn de kamer binnen en beloofde een mooie dag.

De vliegreis was prima verlopen. Strikt gezien stelde het niets voor. Een uurtje vliegen en je stond weer met je voeten op de grond. Maar Liselot kon niet ontkennen dat ze een bepaalde spanning, ja, bijna angst, had gevoeld toen het moment van instappen was aangebroken. Ze had vaker gevlogen en diezelfde angst ook de voorgaande keren gevoeld. Het was niet zo sterk dat het haar van een vliegreis weerhield, maar het was wel duidelijk genoeg aanwezig om opgelucht adem te halen als het toestel weer aan de grond stond.

Hilke had zich als een klein kind gedragen. Ze was opgewonden geweest toen het tijd was om in te stappen, had bijna kraaiend uit het raampje naar de wolken gekeken en vrolijk rondgesprongen op het vliegveld, toen ze weer waren uitgestapt. Ze had natuurlijk de nodige aandacht getrokken. Hilke trok altijd aandacht met de vreemde gewaden die ze uitkoos, en die in het gunstigste geval uit de hippietijd leken te stammen. Hilke vormde daarmee een schril contrast met Liselot, die zich altijd aan een gematigde kledingstijl vasthield. Of een beetje tuttige kledingstijl, zoals Hilke wel eens met een lachje had gezegd.

Liselot besefte dat ze deze keer goed had geslapen. Slechts heel even had ze het gezicht van Koen Karrebijn gezien, vlak voordat ze was ingeslapen. Maar de vorige week overleden

Koen had haar verder met rust gelaten.

Misschien had ze geen anderhalve week vrij hoeven te nemen om tot rust te komen. Misschien was een weekend genoeg geweest. Maar de reis was nu eenmaal geboekt en ze zou proberen om ervan te genieten, hoe onmogelijk dat ook leek. Een spokenjacht! Hoe had ze ooit zo gek kunnen zijn om daarmee akkoord te gaan? Nou ja, ze wist wel hoe het zo ver had kunnen komen: Hilke. Liselot rekte zich uit en stond op.

Hilke werd op datzelfde moment wakker. Het was ongelooflijk hoe die vrouw haar ogen kon openen en in eenzelfde beweging meteen naast het bed kon staan.

Maar Hilke kon het. Terwijl Liselot een net nachthemd droeg met bescheiden stippen en een boordje, had Hilke de nacht doorgebracht in een knalrood reuzenshirt met op de voorkant de afbeelding van een lachende pompoen.

"Zullen we gaan zwemmen?" vroeg Hilke. Eigenlijk leek het meer jubelen, dan echt vragen.

Liselot knikte. Waarom niet. Het hotel had een keurig klein zwembad, hadden ze de vorige dag gezien. Een beetje beweging voor het ontbijt was vast goed.

Bovendien hadden ze meer dan genoeg tijd. Ze zouden rond de middag de trein naar Londen nemen. Iets wat Liselot bijna speet. Het hotel beviel haar prima. Ze zou hier haar vakantie door kunnen brengen, al was er in de omgeving niet veel te zien.

Ze pakte haar badkleding en ging met Hilke naar het hotelzwembad, waar zij de enige zwemmers bleken.

Een riant ontbijtbuffet volgde, en de rest van de ochtend brachten ze door met koffiedrinken, kletsen en een wandeling door het hele hotel op initiatief van Hilke. Tegen de tijd dat ze de pendelbus richting Stansted namen, was niets in het hotel meer een geheim.

In Stansted namen ze de trein naar Londen, en toen ze om twee uur 's middags op het station in Liverpool Street aankwamen, zagen ze vrijwel meteen de blonde knapperd met het bord in handen, waarop hun namen stonden vermeld.

"Het is een stuk," siste Hilke meteen, toen ze de jongeman in het oog kregen.

Liselot kleurde ervan.

Hilke niet. Ze zwaaide en sprong zo vrolijk, dat al haar sieraden als klokjes klingelden, en nietsvermoedende drukbezette reizigers verbaasd omkeken.

Vandaag droeg ze een met opzet beschadigde jeans en een kleurige blouse met kwastjes. De sjaal in haar haren had ook kwastjes en dat was de reden waarom Hilke hem bij haar blouse vond horen, ook al waren motief en kleur volledig anders dan die van de blouse.

Liselot droeg haar grijze broek en haar witte blouse. Ze had de mooie broche van haar moeder opgespeld: een gouden bloem met een klein, teer steentje erin. Ze vond het een beetje frivool, maar net niet te veel.

Ze had deze reis zelfs een jeans meegenomen en de rode trui, die ze op advies van Hilke had gekocht, maar ze wist nog niet zeker of de juiste gelegenheid voor het dragen van die kledingstukken zich zou voordoen. Hun hotel in Londen was daar vast niet geschikt voor. Het reisgezelschap misschien ook niet, hoewel ze niet uit kon sluiten dat er meer mensen als Hilke tussen zaten. Normale mensen gingen niet op spokenjacht, tenzij ze een vriendin hadden die hen mee sleurde. Een vriendin die ze overigens erg graag mocht. Ondanks alle verschillen. Misschien omdat uitgerekend die vriendin voor de nodige vrolijke noot in haar leven zorgde.

De knapperd, Sven dus, zag hen en grijnsde breed. Hij liet het bord zakken en liep meteen naar hen toe. Zijn handdruk was warm en hartelijk, en zijn blik bijna flirtend toen hij hen beiden welkom heette in Londen. Hij sprak goed Engels, met een licht charmant accent.

"Kom maar met mij mee, dames," nodigde hij hen uit. "We gaan eerst naar The Orangery van Kensington Palace voor de High Tea. Een heerlijk rustpunt voor een spannende tocht, waar jullie kennis kunnen maken met de andere reisgenoten en spokenjagers."

Liselot voelde zich wat ongemakkelijk bij de term spokenjagers en Sven leek dat onmiddellijk op te pikken.

"Eigenlijk is het meer een reis door de Engelse historie," zei hij met een knipoog naar Liselot. "En daar hoort een High Tea bij."

Liselots wangen kleurden. Ze hoopte dat hij het niet zag.

Op weg naar de kleine bus, waarmee ze door Londen en het Engelse landschap zouden reizen, stootte Hilke Liselot aan met haar elleboog.

"Hij knipoogde naar jou! Zag je dat? Misschien maak je wel een kans."

"Sst," reageerde Liselot geschrokken. "Dadelijk hoort hij je nog."

"Nou en?"

"Hij is vijf jaar jonger."

"De vriend van Demi Moore is veel jonger dan zij."

"Demi Moore is een actrice."

"Actrices zijn ook mensen."

"Dat is anders."

"Bruce Willis is veel ouder dan ik, maar ik zou best een beschuitje met hem willen eten."

"Idioot." Toch grinnikte Liselot even. Ze had zelf ook een zwak voor de acteur. Hij was de enige reden dat ze af en toe actiefilms keek met Hilke, al zou ze zelf nooit van haar leven met een *die hard-type* willen trouwen. Ze zou daarentegen wel kunnen vallen voor een man die in staat was om voor haar te zorgen en haar te beschermen, maar die leken tegenwoordig niet meer te bestaan. Dus droomde ze liever weg bij een fantasiebeeld, waarbij ze haar eigen invullingen maakte.

Sven had overigens een aardig postuur. Ze keek er toch stiekem even naar toen hij de deur voor hen opende. Misschien zou hij ook beschermend kunnen zijn. Als hij tenminste niet zo jong was geweest.

Hilke en Liselot namen plaats in de witte Mercedes-bus, waar nog zes lege plaatsen beschikbaar bleven. Liselot vroeg zich af of ook die plaatsen straks bezet zouden zijn. Ze was benieuwd naar haar reisgenoten, hoewel ze eigenlijk niet van reisgezelschappen hield. Misschien was het dan ook beter om te zeggen dat ze de kennismaking met spanning tegemoet zag.

Sven stuurde de bus met een opvallende handigheid door het drukke Londen, om uiteindelijk een parkeerplaats te vinden bij Kensington Palace, waar de High Tea in The Orangery op hen wachtte.

Liselot was aangenaam verrast toen ze het gebouw zag.

Het was een voornaam bouwwerk, waar gewone burgers niet op hun plaats leken. Althans niet in een eerste oogopslag. Liselot begreep ook meteen waar de hoge prijs voor de reis vandaan kwam. Als dit soort gelegenheden standaard waren gedurende hun reis, zou de organisatie er nog verlies op kunnen lijden.

Ze volgden de zelfverzekerde Sven naar binnen en stapten een langgerekte, aangenaam ogende strakke zaal in, waar sierlijke tafeltjes en stoelen twee rijen vormden langs de hoge witte wanden. Een lange tafel aan het einde gunde hun een blik op de verkrijgbare heerlijkheden.

Sven groette een van de medewerkers amicaal en begeleidde de twee vriendinnen zonder enige aarzeling naar twee tafeltjes bij de wand met de ramen, waar vier mensen op hen wachtten.

Een van hen was een kleine man van middelbare leeftijd met een enigszins ronde buik, nauwelijks verborgen door het strakke, maar onberispelijke pak waarin hij zich had gehesen. Hij droeg een rond brilletje en was voorzien van een opvallende glanzende snor en strak naar achteren getrokken donkere haren. Zijn gezicht was rond en vlak.

Hij stond op en gaf Hilke en Liselot een formele handdruk. Liselot vroeg zich meteen af wat een man als hij hier deed. Mannen als hij gingen niet op spokenjacht. Niet in haar wereld.

Hij stelde zich voor als Peppin Duval en bleek voortijdig gepensioneerd. Dat laatste noemde hij met enige trots. Misschien was het werkelijk een verdienste van zijn kant.

De tweede man die zich voorstelde was aanmerkelijk jonger. Hij noemde zijn leeftijd niet, maar Liselot schatte hem ergens rond de vijfentwintig. Dezelfde leeftijd als Sven dus. Hij droeg een nette jeans, een strak wit overhemd met een iets te los zittende stropdas en een donker colbert. Hij stelde zich voor als Fonds Lomme en zijn blik bleef langer dan noodzakelijk op zowel Liselot als Hilke rusten. Hij was knap en dat wist hij.

Levi Lomme stelde zich voor met de nadruk op de achternaam 'Lomme'. Zij en Fonds waren pas getrouwd, giechelde ze. Ze drukte zich opzichtig tegen haar nieuwe man aan om daarmee haar bezit af te grenzen voor eventuele kapers op de kust. Levi was knap en daarmee was zo'n beetje alles gezegd wat je over haar kon zeggen. Misschien kon nog worden opgemerkt dat ze blond was. Maar dat was niet de kleur die ze van moeder natuur had meegekregen. Haar jurkje was ongetwijfeld duur geweest, maar te kort om het criterium van passende kleding te doorstaan. De make-up die ze droeg, was net een beetje te uitbundig. Levi was een meid die een klasse veinsde die ze in werkelijkheid niet bezat.

Als laatste maakten ze kennis met Wilco Roberts, een onopvallende smalle man met een dikke bos roodblond haar, gekleed in iets versleten jeans en een wat triest ogend streepjesshirt. Liselot nam aan dat hij rond de dertig was en merkte dat hij haar niet aankeek toen ze zelf eindelijk de moed op kon brengen om haar blik op hem te richten.

Zijn handdruk was koel en een beetje slap. Hij leek even te schrikken van Hilke toen die hem begroette, en kroop haastig terug op zijn stoel.

Dit waren dus de mensen met wie ze een week zouden doorbrengen. Liselot zuchtte al bij die gedachte. Maar eerst was er de High Tea met heerlijke gebakjes en scones.

HOOFDSTUK 3

Pas na een gezamenlijk diner in het restaurant van The Chamberlain, toen het gezelschap in de bar van het hotel van een drankje genoot, kwamen ze werkelijk in gesprek met elkaar.

Ze hadden natuurlijk opmerkingen gemaakt over de mooie accommodatie in Kensington Palace en de heerlijkheden die bij de thee werden aangeboden, en ze hadden complimentjes uitgewisseld over de keuken van het hotel. En natuurlijk was het mooie lenteweer en de drukte in Londen ter sprake gekomen, maar het waren slechts zeer oppervlakkige gesprekjes geweest, gevoerd uit pure beleefdheid. Ze hadden elkaar nog niet echt leren kennen.

Daar was dit gezamenlijke drankje voor bedoeld.

Sven was van mening dat een gezamenlijke reis een band schiep en dat een goede voorbereiding daarvoor het halve werk was.

Liselot betwijfelde of ze met iemand een band wilde scheppen. Misschien heel erg stiekem een beetje met Sven, al zou ze dat nooit toegeven en al paste de wereldse Sven absoluut niet in haar eigen beeld van de perfecte man. Maar hij was de enige naar wie ze graag keek. Hilke keek trouwens ook graag naar Sven en schaamde zich daar niet voor. Hilke schaamde zich nergens voor. Maar voor Liselot was hij dus de enige op wie ze haar blik wilde richten. Als ze dat tenminste zou durven.

Naar het jonge stel Fonds en Levi kon ze niet kijken zonder rood te worden. Het pasgehuwde koppel had meer weg van een Siamese tweeling dan van twee volwassen mensen, en als ze per ongeluk toch hun kant uitkeek en daarbij onvermijdelijk stootte op meer intimiteit dan ze voor lief hield, ontmoette ze meteen de uitdagende blik van Fonds.

Naar Peppin keek ze af en toe eventjes. Hij schonk haar dan een minzaam lachje, terwijl hij zijn aandacht weer richtte op de belangrijke bezigheden die hij placht te hebben, zoals het perfect opvouwen van zijn servet, het schikken van zijn glas, het deppen van zijn mondhoeken, het verwijderen van onzichtbare pluisjes op zijn kleding of het ordenen van zijn reeds smetteloze kapsel.

Wilco's kant had ze ook een paar keer uitgekeken. Maar die scheen dat eigenlijk nooit op te merken. Hij leek in een eigen wereld te leven. De enkele keer dat hun blikken elkaar toevallig toch hadden ontmoet, had hij zich haastig van haar afgewend. Misschien mocht hij haar niet zo. Mogelijk verborg hij ook iets. Jonge mannen als hij gingen niet op spokentocht. Mannen als Peppin overigens ook niet. Maar misschien dachten ze dat ook van haar.

"Laten we beginnen met een voorstelrondje," zei Sven. "We kennen elkaars naam natuurlijk al, maar het is wel leuk om wat meer van elkaar te weten, aangezien we de komende dagen met elkaar zullen optrekken en de nodige spannende uitdagingen gezamenlijk aan zullen gaan. Ik ben dus Sven Johnsson en jullie reisleider. Ik ben Zweeds, zoals jullie misschien hebben gelezen, maar ik woon al vijf jaar in Engeland. Ik werk ook al vijf jaar voor Ghosthunters en begeleid toeristen op kleine en grote rondreizen door heel Engeland, op zoek naar spoken. Ik heb er al heel wat gezien, dat kan ik jullie verzekeren." Hij grijnsde breed. "Als er vragen zijn of wanneer jullie hulp nodig hebben, op welke manier dan ook, wil ik graag dat jullie dat aangeven. Ik zal er alles aan doen om jullie een onvergetelijke week te bezorgen."

"Ik zou zijn hulp wel willen hebben," siste Hilke Liselot in het oor.

Liselot kleurde weer een beetje.

"Hoe ben je hier terechtgekomen?" wilde Levi weten. Ze had een wat kinderlijk stemmetje dat ongetwijfeld irriteerde als je er te vaak naar moest luisteren.

"Ik leerde een Engels meisje kennen via mijn studie. We werden verliefd en ik verhuisde uiteindelijk naar Engeland," vertelde Sven.

"Romantisch. Zijn jullie getrouwd?"

"Nee. Uiteindelijk niet. Uiteindelijk ben ik weer vrijgezel geworden." Hij probeerde luchtig te klinken, maar er zat een wat bittere ondertoon in zijn stem.

"De volgende?" vroeg hij. "Levi misschien?" Het was duidelijk dat hij over zijn beëindigde relatie niets kwijt wilde.

"Ik ben eenentwintig jaar en afgelopen vrijdag mevrouw Lomme geworden." Ze giechelde, liet haar ring zien en wierp haar kersverse echtgenoot een verliefde blik toe. "Ik werkte in een hotel van mijn pa, maar de manager was een zure taart. Ik ben gelukkig van haar af. Vanaf nu ben ik de vrouw van Fonds. We willen kinderen en alles..." Weer een verliefde blik richting echtgenoot.

Fonds perste even zijn lippen opeen. "Later," zei hij. "We willen later kinderen. Levi kijkt eerst nog voor een leuk parttime baantje in een van de hotels."

Liselot zag een kleine teleurstelling in de blik van Levi.

Misschien had ze niet zo'n zin in een baantje.

"Ik ben dus Fonds," zei Fonds. Hij keek ieder van hen nadrukkelijk aan. Zijn blik bleef bij Hilke en Liselot net iets langer hangen. "Ik ben IT-er bij een groot bedrijf. Hoofd van de afdeling. Goede baan, goed inkomen." Hij snoof heel even een klein beetje. Liselot velde meteen haar oordeel: arrogant.

"Het is druk op de zaak, maar mijn vrouwtje wilde graag een keer naar Londen en op spokenjacht, dus doen we dat maar."

Oh, wat haatte Liselot de uitdrukking 'vrouwtje'.

Fonds noemde geen leeftijd. Hij behoorde tot de categorie mannen die niets met leeftijd te maken wilden hebben. Kwaadaardig besloot Liselot dat hij ergens rond de dertig was. Al wist ze vrijwel zeker dat hij jonger was. Hij was vast niet veel jonger.

"Ik ben Hilke," begon haar vriendin. "Dertig en kunstenares van beroep. Ik maak prachtige beelden, al zeg ik het zelf." Ze grijnsde. "En ik sta gewoon te popelen om met de spoken kennis te maken. Al is mijn vriendin misschien de belangrijkste reden dat we hier zijn. Ze was toe aan een beetje rust. Nou ja, rust door uitdaging, zullen we maar zeggen." Weer een grote lach op haar gezicht.

Ze keek Liselot aan, met een klein aanmoedigend knikje.

"Liselot, dertig en eigen zaak. Ik heb inderdaad een drukke tijd achter de rug en het is al lang geleden dat ik vakantie heb genomen. Vandaar. En omdat Hilke aandrong." Ze glimlachte nerveus.

"Wat voor bedrijf heb je?" informeerde Sven.

Ze wilde werkelijk dat hij die vraag niet had gesteld.

Misschien kon ze zeggen dat het hem niet aanging, maar dat

zou niet bijzonder beleefd zijn. "Begrafenisondernemer," mompelde ze.

"Iek," reageerde Levi. Ze trok er zelfs een vies gezicht bij.

Fonds hield zijn gezicht in de plooi. "Begrafenisondernemers zijn ook nodig. Die meid werkt tenminste voor de kost." Een steek onder water die Levi niet oppikte. Haar gezicht drukte nog steeds wat afschuw uit. Ze bekeek Liselot nu duidelijk met andere ogen.

"Een eerzaam beroep," vond Peppin. Hij glimlachte beleefd naar haar. "Een belangrijk beroep. Je functie is onmisbaar voor de mensen die iemand moeten missen."

"Dank u," mompelde Liselot. Denk ik, dacht ze erachteraan.

"Ongetwijfeld een boeiend beroep," zei Sven. Maar mogelijk zei hij dat omdat hij zijn klanten te vriend wilde houden.

Wilco's gezicht bleef neutraal en afwezig. De aandacht verschoof naar Peppin.

"Zesenvijftig en sinds een jaar met vervroegd pension," vertelde de man. "En ik geniet van ieder moment. Tot vorig jaar had ik een verdienstelijke functie bij een belangrijke organisatie, met alle bijbehorende drukte en verantwoordelijkheid. Nu ik gepensioneerd ben, heb ik alleen verantwoordelijkheid ten opzichte van mijzelf en geniet ik van interessante trips als deze. Zoals u begrijpt, ben ik altijd geneigd om overal iets achter te zoeken. Ik zie dat niet als een probleem, maar als een aangename bezigheid voor mijn grijze hersencellen. Ik zie de gebeurtenissen van de komende dagen dan ook met interesse tegemoet."

Met een elegant hoofdknikje gaf hij aan dat hij daarmee zijn verhaal beëindigde.

Alle ogen werden gericht op Wilco, die het pas na enkele seconden leek op te merken en er zowaar van schrok.

"Eh... Wilco. Eh... werkzaam in paranormale wetenschappen. Op zoek naar een leuk project voor research. Oh... eh... dertig."

"Ik dacht dat paranormale verschijnselen en wetenschappen lijnrecht tegenover elkaar stonden?" merkte Fonds op.

"Eh... ja en nee. Tegenwoordig worden er paranormale wetenschappen op de universiteit onderwezen, maar zijn de afgestudeerden beter bekend als sceptici. De meeste wetenschappers op dit gebied houden zich vooral bezig met het weerleggen van pseudowetenschappelijke onderzoeken op het gebied van paranormale activiteiten. Enkele uitzonderingen daargelaten."

"Ben jij zo'n uitzondering?" wilde Fonds weten.

"Eh... misschien. Ik doe onderzoek en blijf bij de feiten, maar ik verwerp een paranormaal verschijnsel niet bij voorbaat. Ik probeer open te staan voor mogelijkheden die mijn bevattingsvermogen te boven gaan, zonder daarin door te draven."

"Dan heb je vast veel tegenstanders," meende Fonds.

"Ja." Heel even was er een bijna onzichtbaar lachje op zijn gezicht te herkennen. Maar het was maar zo kort en zo vaag, dat je je daar gemakkelijk in kon vergissen.

"Goed. Gezellig," vond Sven. "Nu we elkaar een beetje kennen, is het vast ook gemakkelijker om samen wat te praten. Ik wil hierop het glas heffen." Hij tilde zijn glas Guinness op, uitnodigend voor een proost.

Hilke tilde haar Guinness op en tikte als eerste het glas van Fonds aan. Fonds volgde het voorbeeld met zijn whisky.

Peppin en Liselot tilden hun likeurtjes op in een proost en uiteindelijk deed ook Levi mee, met haar kleurige cocktaildrank-
je.
Daarmee was de reis officieel begonnen.

HOOFDSTUK 4

Meteen na de binnenkomst in de imposante Tower of London, die overigens over een aantal torens bleek te beschikken, nam Sven hen mee voor een kop koffie in de New Armouries, waar hij tevens een inleidend praatje hield.

"We blijven vandaag niet bij elkaar," verkondigde hij. "Er is in de Tower enorm veel te zien en het is persoonlijk waar de meeste belangstelling naar uitgaat. Ik wil dat ieder de gelegenheid heeft om gevolg te geven aan eigen interesses. De Tower is een enorm historisch complex met veel bezoekers, die een ontmoeting met spoken wat minder waarschijnlijk maken, hoewel ze er wel zijn."

Hij keek het kringetje rond en vervolgde: "Arbella Stuart waart nog altijd rond, op zoek naar haar geliefde. En Phantom Bear, die de wachtposten dusdanig aan het schrikken maakte dat ze dood neervielen... Dan zijn er de twee prinsjes die in de toren werden vermoord en waarvan de geesten nog bij de trappen rondwaren. En natuurlijk de geesten van de talloze gevangenen, die hier hun akelige lot tegemoet gingen. Of ze zich laten zien, weet ik niet. Maar hou de ogen open." Hij keek hen glunderend aan. "Vergeet ondertussen niet om van de belangrijke bezienswaardigheden van de Tower te genieten. De Crown Jewels, de Raven en de wacht oftewel de Yeoman Warders - noem ze geen Beefeaters - zijn zeker de moeite waard, net als Prisoners exhibition. Maar er is natuurlijk nog veel meer."

Al pratend deelde hij brochures rond, met daarin een plattegrond en een overzicht van de belangrijkste wetenswaardigheden. Terwijl ze de informatie doorkeken, dronken ze koffie en kort daarna ging ieder in het gezelschap zijn eigen weg.

"Eigenlijk is het gewoon veel te veel om alles te bekijken," verzuchtte Liselot toen ze weer buiten stonden en om zich heen keken.

"Misschien wel. Maar ik wil in ieder geval de kroonjuwelen en de raven zien," zei Hilke.

"Ik wil graag buiten rondkijken en Queens House bezichtigen. Misschien een kijkje nemen in de winkel."

"We beginnen gewoon vooraan en dan zien we wel."

Ze bekeken de Roman Walls, Memorial, Byward Tower en Middle Tower, Bell Tower, Mintstreet, Traitors Gate, St. Thomas Tower en Wakefield Tower met natuurlijk de *lilies and roses* en luisterden naar de verhalen van de gevangenen totdat ze bij de Bloody Tower Wilco tegen het lijf liepen. Dat was bij de trappen waar destijds volgens de legende de twee vermoorde prinsjes werden gezien.

Er waren uiteraard meer mensen in de toren en ze hadden Wilco nog niet eens opgemerkt, tot hij opeens uit het niets op leek te duiken en gehaast langs hen heen weg leek te vluchten. Hij zag hen niet eens. Of hij deed alsof hij hen niet zag.

Hilke en Liselot staarden hem verbijsterd na.

"Ze zeggen wel eens... alsof de duivel hem op de hielen zit," merkte Hilke wat lacherig op.

Liselot keek nog even in de richting waarin de wetenschapper was verdwenen. Ze vond het maar een vreemde snuiter. Ze zuchtte even en liep verder met Hilke, die met te veel sensatiezucht fragmenten uit de bloederige geschiedenis van de Bloody Toren voorlas.

Vlak bij de Chapel of St. John zagen ze Fonds. Hij was uiteraard niet alleen. Het leek erop alsof hij zich enigszins probeerde te verbergen met zijn blondje. Veel van Levi was niet te zien. Fonds leek haar helemaal in beslag te nemen, terwijl hij hartstochtelijk en bijna beschamend vrijpostig zijn handen over haar lijf liet gaan.

"Onze Siamese tweeling," merkte Hilke op, met een korte blik op het paar.

"Net getrouwd," meende Liselot. Al vond ze dat eigenlijk nog geen reden om er zo mee te koop te lopen. Ze overdreven wel heel erg nu, vond ze. Ze wierp nog een snelle blik op het paar, waarbij ze zelfs kleurde.

Vreemd trouwens, hoe iemand zich kon vergissen. Ze was ervan overtuigd dat Levi zo'n schots rokje had gedragen met een zwart shirtje en van die glanzende laarzen. Maar blijkbaar had ze zich vergist. Of had die meid zich nu alweer omgekleed? Het leek nogal omslachtig. Hoewel het hotel niet erg ver van de Tower lag, was het niet erg logisch om de uitgang te nemen, je om te kleden en weer terug te komen. Maar toch zag het eruit alsof ze nu een zwart jurkje droeg. Of had ze een vest in die kleur?

Liselot probeerde het uit haar hoofd te zetten. Misschien zag ze weer dingen die er niet waren. Misschien werd ze werkelijk gek.

"Kom naar de kroonjuwelen kijken," zei Hilke. Ze trok Liselot enthousiast mee naar het Jewel House, waar ze samen naar binnengingen en zich vergaapten aan de rijkdom achter glas.

Terwijl Hilke verheugde gilletjes slaakte, werd Liselots aandacht getrokken door Dree Haas, de man die ze vlak voor haar vertrek had begraven. Dree was aan kanker gestorven, maar nu stond hij tegenover haar en keek naar haar.

Liselot had het gevoel dat haar hart stil bleef staan. Dree grijnsde en verdween in de massa.

Liselot zocht steun bij een van de vitrines. Het was nog niet over. Ze werd inderdaad gek. Ze keek nog een keer naar de plek waar ze Dree had gezien, maar zag nu opeens Levi. Met schots rokje, glanzende laarzen en zwart shirt.

"Wat is er? Zie je weer spoken? Hoewel... hier zou dat niet eens zo verbazend zijn."

"Levi."

"Wat?"

"Levi staat daar, bij die kroon."

Hilke volgde Liselots blik. "Ach, verhip. Hoe kan dat nu? Ze was toch bij Fonds?"

"Jij ziet haar ook?" Liselot kon een lichte verbazing niet onderdrukken.

"Ja, natuurlijk. Ze staat daar toch met haar neus tegen die ruit. Waarom zou ik haar niet zien? Of heb je soms net toch nog weer dode mensen gezien?"

"Nee. Nee, natuurlijk niet. Ik dacht alleen... nou ja, ik vond het vreemd."

Precies op dat moment zag Levi hen ook en zwaaide enthousiast.

Ze dribbelde meteen naar hen toe, een gelukzalige glimlach op haar gezicht. "Hé, jullie ook hier? Hebben jullie al rondgekeken? Ik zag jullie net pas en ik ben hier al een hele tijd. Volgens mij zou ik hier de hele dag kunnen doorbrengen. Al die juwelen... Geweldig. Ik zou er alles voor geven om zoiets

te kunnen dragen. Stel je voor... Als papa niet altijd zo moeilijk deed met zijn gezeur over verwennen..." Ze grinnikte.

"Je bent al lang hier?" vroeg Hilke met opgetrokken wenkbrauwen.

Levi knikte heftig. "Ik vind het heerlijk om hier rond te lopen
en weg te dromen. Als ik mijn ogen dicht doe, zie ik mezelf in
een prachtig gewaad van vroeger rondlopen, met al die sieraden en een kroon op mijn hoofd." Ze keek dromerig voor zich
uit.

"Waar is Fonds dan?" informeerde Hilke een beetje vals.

""Fonds? Geen idee. Hij had het hier al heel snel gezien. Hij
zei dat hij even naar buiten wilde. Een of andere toren bekijken. Weet ik veel."

"En je laat hem zomaar gaan?"

Levi grinnikte weer. "Natuurlijk. Hij gedraagt zich heus wel."

"En als hij dat niet zou doen?"

"De eerste vrouw die haar handen naar hem uitsteekt, vermoord ik." Ze giechelde weer. "Heb je die kroon gezien met
die edelstenen?" Ze wees kirrend op een kroon.

"We komen net binnen," zei Hilke. "We gaan nu rondlopen."
Ze liep weg bij de blondine en trok Liselot onopvallend met
zich mee. "Denk je dat we haar iets moeten vertellen?"

"Over Fonds en die blonde?"

"Natuurlijk over Fonds en die blonde."

"Misschien was het Fonds niet. Misschien leek de man die we
zagen alleen maar op Fonds. We dachten uiteindelijk ook dat
de blondine Levi was."

"We vergisten ons niet. Het was wel degelijk Fonds. Denk je
dat we het moeten zeggen?"

Liselot keek naar de twinkeling in de ogen van haar vriendin.

"Je geniet hiervan," reageerde ze wat ontzet.

"Ik lees niet voor niets ook roddelbladen."

"Je bent verdorven."

"Weet ik. Wat denk je?"

"Dat we ons er niet mee mogen bemoeien. Dat denk ik."

"Saai."

"Het gaat ons niet aan."

"Nee, natuurlijk niet. Maar een hint geven?"

"Nee."

"Nou goed." Hilke klonk licht teleurgesteld, maar het was toneelspel, wist Liselot. "Gaan we nu verder met de juwelen bekijken?"

Ze ontweken Levi en bekeken de prachtige kroonjuwelen.

Daarna gingen ze naar de Tower Green, waar ze de raven konden bezichtigen. Peppin stond er ook en staarde gefascineerd naar de dieren. Hij leek hen niet eens op te merken.

Liselot keek even naar de kleine man en richtte daarna haar aandacht weer op de raven. Ze vond de grote zwarte vogels beangstigend, maar zei dat niet hardop.

Hilke was gefascineerd. "Zulke prachtige vogels," zei ze. "Het is jammer van de vleugels."

Liselot keek haar wat verbaasd aan.

"Ze knippen de vleugels aan één kant, zodat ze niet meer weg kunnen vliegen. Echt zonde, van die prachtige dieren."

"Vanwege de legende, neem ik aan?" Liselot had een gedeelte van de brochure gelezen. Niet alles.

"Ja. Maar ik vind het geen excuus. Mensen moeten gewoon van dieren afblijven."

Liselot was het daarmee eens. Al zou ze wat minder moeite hebben met de vernietiging van kakkerlakken. Ze haatte die beesten. Ze wist niet eens waarom. Voor zover ze wist lag daar geen trauma aan ten grondslag.

Ze keek weer even opzij, naar Peppin en zag dat hij praatte. Heel even dacht ze dat hij zo'n microfoontje droeg, waardoor hij een telefoongesprek voerde. Niet zelden had ze aan de verstandelijke vermogens van mensen getwijfeld, die ze in de stad ontmoette en die in zichzelf leken te praten, om er later achter te komen dat ze een telefoongesprek voerden via een bijna onzichtbare microfoon van de telefoon.

Maar toen ze Peppin beter bekeek, betwijfelde ze of hij telefoneerde. Hij leek tegen de raven te praten. Hij had een krant in zijn hand, die hij gespannen vastklemde.

Op een bepaald moment keek hij om zich heen. Zijn blik ontmoette die van Liselot. Hij leek een moment te schrikken, maar herstelde zich en maakte een lichte beweging met zijn hoofd, die waarschijnlijk voor een groet moest doorgaan. Daarna legde hij de krant neer bij een van de paaltjes van het hekwerk, keek nog een keer haastig om zich heen en verdween tussen de mensen.

Liselot staarde hem na.

Daarna draaide ze zich weer naar Hilke. "Zag je wat Peppin deed?"

"Nee." Hilke staarde gebiologeerd naar de raven. "Eerlijk gezegd interesseert het mij niet zo, wat die kleine dikke deed."

"Hij praatte in zichzelf, keek haastig om zich heen en legde een krant bij een van de paaltjes van het hekwerk neer. Het zag er nogal geheimzinnig uit."

Hilke draaide zich nu wel om naar Liselot. "Waar dan?"

"Daar." Liselot wendde zich weer in de richting van het paaltje waar Peppin de krant had neergelegd. Maar de krant was verdwenen.

"Hij is weg," reageerde Liselot ontsteld.

Hilke haalde haar schouders op. "Iemand anders zal hem hebben meegenomen." Ze keek weer naar de raven. "Machtig, die dieren."

Wat aarzelend richtte Liselot haar aandacht ook weer op de grote zwarte vogels.

Sven zagen ze niet meer. Het verbaasde hen niet bijzonder, al vond Hilke het een beetje jammer.

"Hij heeft dit vast al een miljoen keer gezien," meende Liselot, toen het ter sprake kwam.

"Natuurlijk. Maar een persoonlijke rondleiding door hem zou ik niet afslaan."

"Je bent verliefd."

"Welnee. Ik kijk alleen graag naar hem."

"Hm."

"Echt."

Toen ze 's avonds met z'n allen in de bar zaten, van een drankje genoten en hun ervaringen in de Tower deelden, kon Hilke het toch niet laten om een kleine steek onder water uit te delen, richting Fonds.

"Vlak voordat we het Jewel House binnen gingen, dichtbij de Chapel of St. John, zagen we nog een bekend gezicht. Maar hij had het te druk om ons te zien." Ze wierp Fonds een korte blik toe. Liselot zag een kleine nijdige trek op zijn gezicht verschijnen en wilde dat Hilke niets had gezegd.

"Misschien vergiste je je," zei Fonds. "Misschien was het iemand anders."

"Nee, dat geloof ik niet." Hilke bleef hem recht aan kijken.

"Als je hem niet hebt aangesproken, is het niet met zekerheid te zeggen. Mensen lijken soms op elkaar."

Hilke glimlachte. "Ik denk het niet," zei ze.

Heel even ontstond er een onaangename stemming, maar Hilke richtte haar aandacht op Wilco en vroeg waarom hij zo'n haast had gehad bij de Bloody Tower.

"De Bloody Tower?" Hij klonk verbaasd.

"Je was daar toch?"

"Oh ja. Ja." Hij leek weer in zijn eigen gedachten te verzinken en gaf geen verklaring.

Sven vertelde een legende over de gevangenen van de Tower en Liselot wierp Peppin een korte blik toe. De man leek het te voelen en beantwoordde haar blik. Zijn lippen leken even op elkaar te klemmen, maar daarna glimlachte hij en richtte zijn blik weer Sven.

Hilke ging onopvallend wat dichter bij Sven zitten en hing aan zijn lippen.

Ik ben in een gekkenhuis beland met gestoorde gasten, dacht Liselot. Wat beschamend dacht ze erachteraan dat zij zelf misschien wel de meeste psychische problemen had. Uiteindelijk zag zij dode mensen.

Misschien was dit zo'n soort reis die vreemde vogels aantrok. Al was Hilke vrij normaal. Voor zover een extroverte kunstenares normaal kon zijn.

Toen ze vrij vroeg naar bed gingen, vreesde Liselot dat ze niet zou kunnen slapen, maar het tegendeel bleek waar. Ze viel niet alleen snel in slaap, maar had zelfs geen nachtmerries die nacht.

HOOFDSTUK 5

De volgende dag, na een uitgebreid ontbijt, verliet het gezelschap Londen, voor een reis naar de Old Mill op Hucking Estate.

De gesprekken onderweg waren oppervlakkig en hadden voor een groot deel betrekking op hotel Chamberlain, Londen en de Tower. En natuurlijk werden er opmerkingen over het weer gemaakt. Er werden altijd opmerkingen over het weer gemaakt. Goed weer, overigens.

Zonnig voorjaarsweer, wat ervoor zorgde dat de bloemen hun knoppen openden en het gras zichtbaar groener werd. Voorjaarsweer, dat boeren ertoe deed besluiten om de schapen met hun lammeren de wei in te sturen of een veulen in het groen te laten dartelen. Een mooie dag in mei. Geen dreigende mist, onweer of vreemde figuren. Behalve dan de mensen van het reisgezelschap.

Liselot meende dat ze Fonds af en toe een wantrouwende blik in hun richting zag werpen, maar mogelijk vergiste ze zich. Misschien had het onderwerp voor hem al lang afgedaan. Best kans dat hij het werkelijk niet geweest was bij die kapel. Hoewel Liselot dat toch betwijfelde.

Hucking Estate bleek indrukwekkend. In het licht glooiende landschap wisselde een oude sprookjesachtige bebossing zich af met lieflijke open plekken waar de bloeiende kleuren de komst van de zomer aankondigden. In niets deed het denken aan de dreiging van spoken en geesten, die hen waren beloofd. Ergens had Liselot toch verwacht dat ze donkere vervallen landhuizen zouden bezoeken, ingesloten door dreigende bossen en altijd omgeven door de statische kracht van onweer. Dat Hucking Estate alles behalve dreigend was en dat zelfs de Old Mill een vrolijk, mooi gerenoveerd pand bleek, was voor Liselot echter geen teleurstelling. Integendeel.

Toen Sven de bus voor het warm ogende huis parkeerde, kwam een echtpaar naar buiten. Ze waren ergens rond de zestig, meende Liselot. Hij was mager en had een gerimpeld, maar sympathiek gezicht. Zij was mollig met volle blozende wangen en een grijze knot op haar achterhoofd. Ze droeg een jurk met een schort, zoals de bedienden uit oude Engelse films. Hij was gekleed in een eenvoudige grijze broek, overhemd en donkere spencer.

De warme hartelijkheid waarmee ze hun gasten verwelkomden, had een wat formele ondertoon, die Liselot al heel wat vaker hier in Engeland had gehoord. Misschien had het gewoon met de taal te maken. Het stel stelde zich voor als Mr. en Mrs. Wilkinson en ze begeleidden hun gasten naar binnen.

Liselot was aangenaam verrast door de inrichting. Na de stijlvolle, maar ook wat stijve inrichting van de hotels, was de knusse huiselijkheid met veel houtwerk, warm gekleurde schilderijen, mahoniehouten kasten en een Chesterfield sofa met bijbehorende stoelen een welkome afwisseling. Kleedjes op de grond voorkwamen koude voeten en de heerlijke geur van koffie, vermengd met zoet gebak, verspreidde zich vanuit de keuken door het hele huis.

"Er is koffie, thee en gebak," verkondigde mevrouw Wilkinson. "Maar misschien willen jullie eerst de koffers op de kamers zetten?" Ze wachtte niet op een reactie, maar begeleidde het gezelschap naar boven, waar vier slaapkamers beschikbaar waren.

Hilke en Liselot kozen de kamer het dichtst bij de trap. Liselot vond het prettig om dicht bij de trap te zijn. Ze wist niet waarom. Misschien vanwege dat vage gevoel van veiligheid, die een gemakkelijk toegankelijke uitgang haar gaf.

De kamer naast hen werd in beslag genomen door Fonds en Levi.

"Ik hoop dat ze zich rustig houden, vannacht," mompelde Hilke.

De laatste kamer aan de linkerzijde mochten Peppin en Wilco delen, terwijl Sven de kleine kamer aan de rechterkant betrok, direct naast de badkamer.

De bedden zagen er comfortabel uit en waren voorzien van een bloemetjessprei en houten nachtkastjes. De vloer bestond uit oud ogende houten planken en onder het raam stond een antiek dressoir met daarop een grote wasschaal met een bijpassende, volle waterkan.

Een comfortabele kamer, vond Liselot. Huiselijk ingericht, net als de rest van het gebouw.

Liselot kon zich niet voorstellen dat in ditzelfde huis ooit de gemene molenaar had gewoond, waarover Hilke had gepraat toen ze met die brochure naar haar toe was gekomen. Misschien was de Old Mill niet meer dan een toeristische trekpleister met een verzonnen verhaal, hoewel ze wel de ruine van een watermolen had gezien bij aankomst. Een watermolen met overigens niet meer dan slechts een klein stroompje in de holle bedding.

"Kom... naar beneden. Ik hunker naar koffie," zei Hilke, toen Liselot op het bed ging zitten om de zachtheid ervan te controleren.

"Je hebt nauwelijks twee uur geleden ontbeten. Met hele sloten koffie."

"Dat is allang verwerkt. Kom."

Liselot volgde Hilke naar beneden. Peppin, Sven en Wilco zaten al in de huiskamer. Fonds en Levi kwamen pas giechelend en met rode wangen naar beneden, toen de koffie en thee al werden geserveerd.

Mevrouw Wilkinson had zelf cake gebakken en Liselot genoot van de warme zoete smaak, ondanks dat ze pas uitgebreid had ontbeten.

"Na de koffie kan ik de mensen die daar interesse in hebben, naar Maidstone brengen," vertelde Sven. "Jullie kunnen daar allerlei musea bezoeken of een rondvaart maken op de Medway. Maar jullie kunnen natuurlijk ook gewoon winkelen of een van de andere bezienswaardigheden bewonderen. We kunnen dan een tijd afspreken waarop ik jullie weer ophaal en hierheen breng voor een gezamenlijke maaltijd. Mevrouw Wilkinson maakt een heerlijke Engelse Pie voor ons. Na de maaltijd zullen ze ons het verhaal van de molenaar en Aiden vertellen, zodat jullie weten met wie jullie te maken hebben als jullie in de loop van de nacht vreemde geluiden horen of misschien zelfs een gedaante het bos in zien vluchten."

Hij grijnsde.

"Morgen hebben jullie de gelegenheid het landgoed te verkennen, een mooie wandeling te maken of je te verdiepen in de geschiedenis ervan. Maar dat is morgen. Vandaag dus eerst een ontspannen dagje stad voor de liefhebber en een spannende avond, gevuld met spoken en geesten uit het verleden."

"Een beetje cultuur snuiven voordat we ons in de nachtmerries begeven?" vroeg Hilke aan Liselot.

Liselot vond het prima. Ze wist dat Hilke van kunst hield en ze wist dat ze zelf een aangenaam terras met goede verzorging kon waarderen. En misschien maakten ze werkelijk een boottripje. Het weer was aangenaam genoeg.

Tot dusver was er nog geen sprake geweest van akelige geschiedenissen of angstaanjagende gebeurtenissen. Behalve dan de verhalen van de Tower of London. Maar dat waren alleen maar verhalen geweest. De dreiging van de Tower had ze nauwelijks opgevangen. Dat was ook vrij onwaarschijnlijk overdag, met een massa toeristen.

Ze geloofde niet dat ze 's nachts de Tower of London wilde bezoeken. Maar dat hoefde ook niet. Ze hadden daar ook niet geslapen. Ze hadden een comfortabel hotel in de stad betrokken. En ze zou ook vannacht niet in een spookhuis slapen. Ze zou in een aangename kamer van een gezellig huis overnachten, met de eigenaars in de aanbouw achter de deur in de keuken, waar 'private' op stond.

Natuurlijk zat er een spookverhaal aan de oude molen vast. Maar Liselot had al min of meer besloten dat het een verzonnen verhaal was en verzonnen verhalen telden niet.

Maidstone bleek een aardige stad, waar Hilke en Liselot zonder enige moeite hun vrije uren konden vullen.

Ze waren niet de enigen die de stad in waren gegaan. Fonds en Levi hadden ook gekozen voor een tochtje richting Maidstone. Nadat hun wegen zich hadden gescheiden, hadden Liselot en Hilke hen slechts een keer gezien, dichtbij de plek waar ze aan boord van de Allington Belle waren gegaan voor een rondvaart.

Ze waren te ver van hen af geweest om iets op te vangen van het gesprek dat ze voerden, maar aan de gezichtsuitdrukking en gebaren van de twee te zien, waren de mooiste uren achter de rug.

"Ruzie," had Hilke geconstateerd toen ze aan boord van de rondvaartboot waren gegaan. "Misschien weet ze van die blondine."

"Misschien wel," had Liselot toegegeven.

Ze vond het niet prettig. Ze wilde geen ruzies in het gezelschap. Ze had een hekel aan de stemming die dan kon ontstaan. Maar ze waren er niet verder op ingegaan.

Gelukkig was er in het busje, op weg naar The Old Mill, geen ruzie meer geweest. Maar de innigheid tussen de twee leek ook verdwenen.

Toen ze later van een heerlijk smakende Pie genoten, zaten Fonds en Levi zelfs niet naast elkaar. Het leek toeval, maar Liselot betwijfelde of dat werkelijk zo was. Misschien deugde Fonds werkelijk niet en was Levi daar intussen achtergekomen.

Liselot wist dat ze zelf Fonds niet bijzonder mocht.

Peppin scheen de middag met een middagdutje en een wandeling in zijn eentje te hebben doorgebracht en Wilco vertelde dat hij de ruïne van de molen had bekeken. Blijkbaar had hij daar de hele middag voor nodig gehad, want de Wilkinsons hadden hem niet meer gezien totdat het avondeten werd geserveerd.

Waar Sven was geweest, bleef onduidelijk.

"Misschien is hij naar zijn ex-vriendin gegaan," fluisterde Hilke Liselot in het oor. "Hij klonk zo sneu toen hij haar noemde. En omdat hij daarna ieder gesprek in die richting vermeed, denk ik dat hij nog niet over de relatiebreuk heen is."

"Wie zegt dat ze hier in de buurt woont?" vroeg Liselot zich fluisterend af.

"Niemand. Maar het zou kunnen."

Hilke grijnsde en depte haar mond schoon. Ze had genoten van de Pie.

Toen het gezelschap later met een glaasje huiswijn in de woonkamer zat, vertelde meneer Wilkinson het verhaal van de molenaar.

"Booker was wereldvreemd. Zijn vader was een dominante man, waar menigeen een beetje bang voor was. Hij leverde goed werk in zijn molen. Dat wel. Boeren brachten het graan en gingen naar huis, om het later op te halen. Niemand haalde het in zijn hoofd om ter plekke te wachten. Het was geen prettige plek, de molen. En de vader van Booker was geen prettige man. De moeder van Booker was een wat schuwe vrouw. Boze tongen beweerden dat haar man haar sloeg. Niemand kende de waarheid. Het gezin bemoeide zich niet met andere mensen en ze namen geen deel aan gemeenschappelijke evenementen. Booker ging maar kort naar school. Het was een vreemd ventje zonder vrienden. Na zijn korte schoolperiode hielp hij zijn vader op de molen en toen zijn ouders ouder werden, zorgde hij voor hen, totdat ze stierven. Zijn moeder was nog niet eens zo oud, toen haar einde kwam. Maar zijn vader zwaaide nog lang de scepter op de molen, zelfs toen zijn lichaam het werk niet meer toeliet en hij Bookers zorg hard nodig had. Toen ook de vader stierf, zette Booker het werk in zijn eentje voort. Hij praatte met niemand. Hij deed zijn werk, maar voerde geen gesprekken met zijn klanten. Dat Booker bepaald geen charmante verschijning was, droeg ook niet bij in het leggen van contact met andere mensen. Hij was dik, lelijk en slecht verzorgd. De sporadische keer dat hij in een van de omliggende dorpen boodschappen deed, keek er geen vrouw naar hem om."

Wilkinson pauzeerde even en nam een slok wijn voor hij verder praatte: "Op een dag stapte hij bij de kruidenierswinkel van een nabijgelegen dorp binnen, toen de dochter van het kruidenierspaar de zaak waarnam: Aiden. Aiden was misschien wel de mooiste vrouw van het dorp. Ze had prachtig lang, blond haar en het gezicht van een tere porseleinen pop. Booker werd verliefd. Hij probeerde haar het hof te maken, maar Aiden moest niets van hem hebben. Booker verdween weer en iedereen vergat het voorval."

Wilkinson wreef over zijn neus. "Totdat Aiden op een dag verdween. Ze was naar Maidstone gegaan, maar alleen haar rijtuig met paarden keerde terug. Dorpelingen en politie zochten dagen, zelfs weken naar de verdwenen Aiden, maar ze werd niet gevonden. In die tijd zwierf een bende beruchte struikrovers in dit gebied rond en iedereen nam aan dat ze daaraan ten prooi was gevallen.

Natuurlijk werd er zekerheidshalve ook aan Booker een bezoek gebracht. Maar Aiden werd niet gevonden. Niemand wist echter van het luik in de vloer van de molen, dat toegang tot een voorraadkelder gaf. Uitgerekend in die voorraadkelder werd na Bookers dood, zo'n twintig jaar later, het lichaam van Aiden aangetroffen. De onderzoeksmethoden waren destijds nog niet zo ver ontwikkeld als nu, maar het werd wel duidelijk dat Aiden vlak voor Booker stierf, en dus twintig jaar in gevangenschap had doorgebracht. Ze was gekleed in een wit gewaad, toen ze in die voorraadkamer werd gevonden en sporen op het luik en de muren maakten duidelijk dat ze tot vlak voor haar dood probeerde te ontsnappen."

Hij haalde eindelijk adem en keek het kringetje rond. "Hoewel het lichaam van Aiden uiteindelijk een waardige begrafenis kreeg, heeft de rusteloze geest van de jonge vrouw de weg naar huis nooit meer kunnen vinden. Vanaf die ene dag werden regelmatig meldingen gedaan van het hulpgeroep van een vrouw in de ruïnes van de molen en menigeen heeft Aiden gezien. Mijn vrouw en ik hebben haar ook gezien. Meer dan eens. Een witte schim, zwevend in de duisternis van de bossen, vertwijfeld op zoek naar de weg naar huis."

Meneer Wilkinson zweeg. Zijn vrouw vulde de glaasjes.

"Bestaat er documentatie over Booker?" wilde Wilco weten.

Wilkinson knikte. Hij haalde een map uit het dressoir en overhandigde die aan Wilco. De vergeelde papieren waren met sierlijke letters beschreven. Soms goed zichtbaar, soms vervaagd of helemaal verdwenen. Het waren eigendomsaktes, nota's en documenten van de overheid.

Er zat een familiekiekje bij en een sepiafoto van Booker zelf.

De foto's gingen van hand tot hand. "Gezellige typetjes," zei Hilke, terwijl ze de foto's met een korte huivering aan Liselot gaf.

Liselot keek naar de foto van de barse man met zware wenkbrauwen, zijn kleine vrouw met iets gebogen schouders, nadrukkelijk de camera ontwijkend met haar ogen, en een dik jongetje in lompen dat naar de grond staarde. De latere foto van Booker toonde een forse kerel met een lelijk ongeschoren gezicht, die in een grijns de schamele restanten van zijn tanden liet zien. Zijn wenkbrauwen waren net zo zwaar als die van zijn vader en zijn diepliggende ogen leken daar bijna schuil onder te gaan. Liselot zou hem niet graag tegenkomen in het donker.

Ze dacht aan de arme Aiden. Twintig jaar gevangen in een vochtige voorraadkelder, zonder daglicht. Twintig jaar gevangenschap met Booker als enig gezelschap. Ze kreeg het zowaar benauwd bij die gedachte en werd zelfs een beetje misselijk. Onzin, probeerde ze zichzelf voor te houden. Het is gewoon een fantasieverhaal. Een sprookje om toeristen te trekken. Hoewel de documenten er nogal echt uit zagen.

"Kom," zei Wilkinson. "Ik zal jullie de voorraadkelder in de molen laten zien."

"Nu?" reageerde Liselot onwillekeurig. Ze wierp een blik naar buiten en zag niets dan duisternis.

"Je bent toch niet bang?" vroeg Wilkinson.

Liselot voelde dat de anderen van het reisgezelschap naar haar keken en schudde heftig haar hoofd. "Nee, natuurlijk niet."

"Goed. Dan gaan we kijken." Wilkinson koos niet voor een moderne, optimaal lichtgevende zaklamp, maar stak de kaarsjes aan in een viertal antieke lantaarns, ongetwijfeld voor de sfeer. Uiteindelijk waren ze op spokenjacht.

De duisternis was overweldigend toen ze buiten kwamen.

Liselot had verwacht dat het mee zou vallen, als ze eenmaal

buiten waren. Zelfs als het buiten schemerig was, leek het vanuit haar eigen woning in de stad al donker als daar de lampen brandden.

Maar het was nu niet schemerig. Het was aardedonker en de omringende bossen waren diep zwart. Ja, Liselot was bang. Maar ze was niet van plan om dat toe te geven.

Meneer Wilkinson, Sven, Peppin en Fonds droegen de lantarens. Levi giechelde bijna onophoudelijk, wat Liselot irriteerde. De ruzie tussen haar en Fonds was blijkbaar beëindigd, ook al leken ze net wat minder aan elkaar vast te kleven. Ze bleef nu wel weer bij hem in de buurt.

Met z'n allen gingen ze naar de ruïne van de molen, die rond dit tijdstip niets meer dan een zwart skelet uit een zwart verleden leek.

Liselot onderdrukte haar rillingen, maar bleef toch maar dicht bij Wilkinson met zijn lantaarn toen ze over de deels ingestorte muurtjes stapten. Boven haar hing een netwerk van oude balken, die zo nu en dan kraakten. Alsof ze het elk moment konden opgeven. Bezorgd vroeg Liselot zich af of dat niet daadwerkelijk zou gebeuren, maar ze scheen de enige van het gezelschap te zijn die daaraan dacht.

Pas toen Wilkinson opeens zijn pas inhield en naar beneden wees, zag ze het luik met de gietijzeren ring. Ze week achteruit toen Wilkinson het zware luik wegnam en zijn lantaarn liet zakken.

"We kunnen er helaas niet in," verkondigde hij. "Het is er niet meer veilig."

Liselot zag de gammel ogende ladder die naar beneden leidde en een klein deel van de trieste donkere ruimte, met ergens in de schaduw een restant van vroegere schappen. De vochtige geur van aarde kwam haar tegemoet.

Het speet haar niet dat ze niet erin konden. Ze huiverde al bij de gedachte en dacht opnieuw aan de arme Aiden.

"Een legende. Een verzinsel," probeerde ze zichzelf voor te houden. Maar het vervelende gevoel in haar maag bleef toen ze haastig achteruit week om anderen een blik in de kelder te gunnen en om zelf afstand te kunnen nemen.

Hilke ging op haar knieën bij de ingang van de voorraadkelder zitten en keek nieuwsgierig naar beneden. Liselot wist dat Hilke dit vooral spannend vond.

Liselot week nog wat verder achteruit en meende vanuit haar ooghoeken iets in het bos te zien: een soort sluier tussen de donkere bomen. Iets wits. Ze voelde haar lijf verstarren en staarde de duisternis in. Maar ze zag niets meer.

Ze zou erom lachen, als ze zich niet zo schaamde. En als ze niet zo bang was werkelijk door te draaien. Nu zag ze dus werkelijk spoken. Nou ja, ze zag al een tijd spoken, maar dat waren steeds de mensen geweest die ze zelf had begraven. Maar nu liet ze zich zelfs door verzinsels meesleuren. De reis moest haar van de hallucinaties af helpen, maar het tegendeel leek waar. Waarom had ze zich door Hilke laten meeslepen? Ze wist het eigenlijk wel. Ze kon Hilke niets weigeren.

Toen ze opeens in de verte het klagelijke gehuil van een wolf hoorde, verstarde ze opnieuw. Verbijsterd staarde ze in de verte en een moment lang vroeg ze zich af of ze zich weer iets in haar hoofd haalde. Maar ze was niet de enige die in haar bewegingen bleef steken. De rest van het gezelschap had het ook gehoord.

"Hier leven toch geen wolven?" informeerde Peppin. Het klonk niet angstig. Eerder geïnteresseerd.

Wilkinson ging recht staan en keek ook in de verte. Hij schudde zijn hoofd.

"Maar dat geluid..." zei Peppin.

"Een hond," meende Fonds.

"In de wijde omtrek is geen hond te bekennen," vertelde Wilkinson.

"Toch een wolf dan?" Levi giechelde nerveus.

Wilkinson schudde zijn hoofd. "Ik hoorde het een aantal maanden geleden voor het eerst en deed navraag. Ouderen van Hucking noemden Alpha, de laatste overlevende wolf na een massale uitroeiing eind zestiende eeuw. Naar het schijnt kregen de jagers in de middeleeuwen één wolf niet te pakken toen ze hele stammen uitroeiden. Ze noemden hem Alpha Phantom, omdat hij de leider van de roedel was voordat de jacht daar een einde aan maakte en omdat niemand hem te pakken kreeg, hoewel hij vaak genoeg werd gehoord en gezien. En nu, tot op vandaag, komt het nog steeds voor dat iemand hem geruisloos tussen de stammen van het bos ziet ronddraven of dat je hem midden in de nacht kunt horen, zoals nu. Dat is de reden waarom niemand zich na zonsondergang in de bossen waagt."

Hij keek nog een keer om zich heen, maar het geluid van de huilende wolf was verdwenen.

Liselot was blij toen ze eindelijk met z'n allen terugliepen naar de veiligheid van het verlichte huis. Ze moest eerlijk toegeven dat het huis wat minder vertrouwd leek in de duisternis, met al die hoge zwarte bomen eromheen. Maar als ze zich concentreerde op de lichten achter de ramen, viel het mee.

Mevrouw Wilkinson was binnengebleven en ontving de gasten met dezelfde hartelijkheid waarmee ze hen welkom had geheten toen ze na Londen hier waren aangekomen. Ze had een wat moederlijke manier van doen, die snel geruststelde.

"Denkt u dat we Aiden vannacht ook zien?" vroeg Levi met een giecheltje.

"Dat is best mogelijk," meende meneer Wilkinson. "Je zult de eerste gast niet zijn, die Aiden door het bos ziet zwerven. Maar ik raad je niet aan om naar haar op zoek te gaan. De bossen zijn gevaarlijk bij nacht. Niet vanwege Aiden. Ik geloof niet dat haar geest ooit kwaad heeft gewild. Maar vanwege de bossen zelf met al zijn gevaren en vanwege de nog steeds voelbare aanwezigheid van Booker. Er zijn eerder mensen verdwenen."

Hij vulde de glaasjes weer bij en sloeg in een teug zijn drankje achterover.

"Spannende avond," merkte Hilke later op, toen ze naar hun slaapkamer waren gegaan om te slapen. "Wilkinson kan knap vertellen."

"Een beetje te knap," vond Liselot, terwijl ze weer even huiverde. "Of dat nu een prettig slaapverhaal is, na alle verschijningen die ik de laatste weken zag..."

"Je weet toch dat het alleen maar spookverhalen zijn," reageerde Hilke wat lacherig.

"Natuurlijk. Maar toch... en dat geluid van die wolf..."

"Dat was geen wolf. Dat was gewoon een hond. De hond van mijn overburen maakt hetzelfde geluid als zijn baas een avond van huis is."

"Er woont toch niemand in de wijde omgeving met een hond,

zei Wilkinson."

"Natuurlijk zei hij dat." Hilke grijnsde breed.

"Denk je dat..."

"Natuurlijk. Hij verdient handen vol geld aan spoken. Als zich een extra spook aandient, zal hij daar zeker gebruik van maken."

Liselot begreep de logica daarvan. Ze nam zichzelf een beetje kwalijk dat ze het verhaal van de wolf had geloofd. Natuurlijk was ze er niet van uitgegaan dat er nog een wolf rondspookte die ergens in de zestiende eeuw had geleefd, maar het huilende geluid had haar toch kippenvel bezorgd. Misschien had ze het een heel erg klein beetje geloofd, wat natuurlijk erg dom en naïef van haar was.

Ze kleedde zich uit en ging op bed liggen.

"Het zou ook een zwerver kunnen zijn," meende Hilke.

"Het spook?"

"Nee, natuurlijk niet. De hond. Rond de vakantieperiode wordt menig dier aan zijn lot overgelaten."

Liselot wist dat het waar was. Ze werd er gewoon misselijk van als ze zoiets las.

"Zulke eigenaars moesten ze zelf aan een boom vastbinden of in een donker bos achterlaten," vond Hilke.

"Maar Wilkinson hoorde hem een paar maanden geleden voor het eerst. Toen was het nog geen vakantieseizoen."

"Wintersportvakantie. Of misschien waren de eigenaars de hond gewoon moe."

"Ah bah."

"Misschien moeten we morgen eens kijken of we hem kunnen vinden."

"In deze bossen?" reageerde Liselot wat geschrokken. "Dat lukt nooit."

"We kunnen het proberen. Dat arme beest loopt misschien al maanden rond zonder onderdak en voer."

"Zou hij dan niet door wandelaars zijn gevonden?"

"Niet als hij geen mensen meer vertrouwd."

"Hoe moeten wij hem dan vinden?"

"Geen idee. Maar we kunnen het proberen. Kijk, een spin." Hilke wees op een klein spinnetje op de sponning van het raam. Ze pakte haar zakdoek, pakte het beestje voorzichtig op, opende het raam en zette het buiten.

"De meeste mensen maken een spin gewoon dood," zei Liselot. Ze glimlachte erbij.

Hilke keek naar haar om. "Ik ben niet zoals de meeste mensen. Spinnen leven ook graag."

"Dat is waar."

"En jij zou hetzelfde doen."

"Dat is ook waar."

Hilke sloot het raam en kleedde zich uit.

Liselot was moe en hoopte dat ze net zo goed zou slapen als de vorige nacht.

Ze keek even naar Hilke, die nu ook in bed stapte. Hilke sliep altijd goed. Soms was ze daar een beetje jaloers op.

Ze wenste haar vriendin welterusten en deed haar ogen dicht.

Ze voelde onrust in haar lijf en was even bang dat dit weer een van die slapeloze nachten zou worden. Maar de alcohol die ze samen met de Wilkinsons had genuttigd deed zijn werk. Na zo'n tien minuten sliep ze toch.

HOOFDSTUK 6

Liselot schrok wakker. Met wijd opengesperde ogen schoot ze overeind en keek verdwaasd om zich heen. Vage beelden van onherkenbare gezichten spookten door haar hoofd. Had ze weer een nachtmerrie gehad? Daar kon ze zich niets van herinneren. Maar ze meende dat ze een geluid had gehoord. Een dichtslaande deur? Misschien waren de Wilkinsons naar buiten gegaan. Of die eigenaardige Wilco. Misschien liep hij met allerlei ingewikkelde apparatuur in de ruïne van de molen in de hoop iets van paranormale activiteiten op te vangen of misschien zelfs geluidsopnames te maken.

Liselot keek naar het raam en dacht dat ze een lichtflits zag.

Onweer, dacht ze eerst. Maar ze zag ook de sterren die op een heldere avond wezen.

Nieuwsgierig geworden, en een klein beetje bang, stond Liselot op en liep langs het bed van haar vriendin heen naar het raam. Ze staarde de duisternis in en meende een zwak lichtschijnsel tussen de bomen te zien. Haar lichaam verstijfde, terwijl ze meteen aan Aiden dacht.

Onzin, sprak ze zichzelf toe. Spoken bestaan niet. Bovendien leek het op het schijnsel van een zaklamp. Spoken droegen geen zaklampen. Het was vast die Wilco. Maar waarom hij uitgerekend het bos in ging... Misschien was hij op zoek naar de rusteloze geest van Aiden. Hoewel hij daar als wetenschapper nauwelijks echt in zou geloven.

Liselot ging dichter bij het raam staan en zag opeens een donkere schim voorbij rennen. Automatisch week ze achteruit. De wolf, dacht ze meteen.

Maar ze schudde haar hoofd. Wolven bestonden al eeuwen niet meer in Engeland en spoken bestonden nog steeds niet. Maar misschien was het wel een dier. Een hond bijvoorbeeld. De hond die ze eerder die avond hadden gehoord en waar Wilkinson dat verhaal bij had verzonnen. De hond van een nabijgelegen boerderij of een zwerver. Het moest wel.

"Hilke," siste ze. Ze keek om naar het bed van haar vriendin. Het was vrij donker in de kamer en veel meer dan haar contouren onder de hoog opgetrokken dekens zag ze niet. Maar ze zag dat er niets bewoog.

"Hilke," siste ze nu wat harder. Geen reactie.

Natuurlijk niet. Hilke sliep altijd als een blok en ze had de nodige alcohol naar binnen gewerkt.

Liselot keek nog een keer naar buiten en zag iets bij de struiken bewegen, vlakbij de ruïne. Als het werkelijk een achtergelaten hond was, had ze nu de gelegenheid om hem te helpen. Ze keek weer naar het bos. Weer even die lichtflits. En nog een keer. Alsof iemand een signaal gaf.

Wilco?

Of trof Fonds weer een of ander grietje? Misschien onwaarschijnlijk hier op deze verlaten plaats, maar je wist maar nooit. Misschien had Sven een geheime ontmoeting met zijn ex of trof Peppin de persoon die de krant van hem had overgenomen?

Te veel vragen en geen antwoorden. Een ding was zeker: het was geen spook. Spoken gaven geen lichtsignalen. En die hond was er ook. Als het tenminste een hond was.

Liselot draaide zich om en wilde Hilke wakker maken, maar ze bedacht zich. Haar vriendin sliep als een blok en had een flinke hoeveelheid alcohol achter de kiezen. Zelfs als ze nu wakker werd - wat nog maar de vraag was - zou ze weinig zin hebben in een nachtelijke wandeling. Ze zou denken dat Liselot weer spoken zag.

Liselot nam de beslissing voordat ze zichzelf de tijd gunde om er goed over na te denken. Ze trok haar pantoffels en duster aan, pakte de zwarte zaklamp met het gele kroontje uit haar tas, die ze verleden jaar van haar vader had gekregen, en sloop de slaapkamer uit, naar beneden. De trappen kraakten een beetje, maar verder heerste er een diepe rust in het huis. Gelukkig hadden de Wilkinsons een lampje in de woonkamer aan gelaten, zodat het Liselot lukte om haar weg richting voordeur te vinden. Ze opende de deur voorzichtig en de koele nachtlucht streelde haar gezicht en drong haar neusgaten binnen.

Liselot keek haastig om zich heen en liep naar buiten.

Toch nog aarzelend knipte ze de zaklamp aan en keek om zich heen.

"Hondje?" riep ze op fluisterende toon.

Het was windstil en ze hoorde geen enkel geluid. Alsof ze van de wereld was afgesneden. Ze durfde nauwelijks adem te halen.

Ze keek om zich heen en meende verderop iets tussen de bomen te zien.

Ze voelde een lichte angst opkomen, maar hield zichzelf voor dat ze zich niet moest aanstellen. Spoken bestonden nog steeds niet en alleen al het feit dat ze daaraan dacht, zou aan kunnen geven dat er ergens toch een steekje was losgeschoten bij haar. Dus weigerde ze bij die mogelijkheid stil te staan en ging naar de plek waar de tuin overging in het bos.

Hoorde ze iets? De hond?

Ze richtte de straal van haar zaklantaarn op de zwarte ruimtes tussen de zware stammen en liet hem over het mos glijden.

Totdat ze de witte gedaante zag, een heel eind van haar af.

Ze deinsde achteruit en liet bijna de zaklamp uit haar handen vallen. Dus toch?

In een eerste impuls wilde ze zich omdraaien en wegrennen. Vermoedelijk zou ze daarmee het hele huis wekken, omdat ze op haar benen stond te trillen en nauwelijks zachtjes naar binnen zou stormen. De Wilkinsons zouden haar verhaal enthousiast bevestigen. Wat was beter voor hun portemonnee dan toeristen die echt spoken zagen? Maar later zouden ze elkaar aankijken en grijnzen. Weer iemand erin getrapt.

De rest van het gezelschap zou misschien even van slag zijn en Hilke zou fluisteren dat Liselot licht overspannen was en dat ze steeds spoken zag.

Wat natuurlijk waar was...

Maar tot nu toe had ze alleen de mensen gezien die ze zelf had begraven. Geen spoken in witte lakens, witte wieven of andere typische figuren uit enge films. Ging ze werkelijk zo hard achteruit dat ze nu al echte spoken zag?

Heel even kwam het in haar op dat het misschien werkelijk spookte hier, maar die gedachte duwde ze meteen weer van zich af. Spoken bestonden niet.

Ze haalde diep adem, klemde haar zaklamp stevig vast en liep op trillende benen naar de bosrand. Het licht van de zaklamp drong tussen de stammen door. De witte schim leek verdwenen, en Liselot speelde werkelijk met de gedachte om het daarbij te laten. Het was zo gemakkelijk om zich nu om te draaien en terug te gaan naar de veiligheid van het molenaarshuis. Maar ze wist dat ze dat niet kon doen. Ze zou zich blijven afvragen of ze nu werkelijk spoken zag of dat er een verklaring was voor de witte schim die ze had gezien. Ze twijfelde even. Het nachtelijke vocht dat als een parelende sluier op het gras rustte, drong nu langzaam door haar pantoffels heen en bezorgde haar koude voeten.

Toch liep ze nog een paar passen door. En opeens zag ze het weer. De schim zweefde echter niet tussen de stammen door, maar lag als een slordig bergje lakens ergens tussen de reusachtige stammen. Plastic, dacht ze. Het is gewoon plastic. Iemand die hier rommel heeft neergegooid.

Ze probeerde erom te lachen. Heel even meende ze vanuit haar ooghoek een beweging waar te nemen in de duisternis. Ze keek haastig die kant uit, maar er was niets te zien. Ze trilde nog heviger dan voorheen, waar ze zich zelfs tegenover zichzelf voor schaamde. Hier stond ze in haar nachtpon, duster en pantoffels, met trillende knieën aan de rand van een bos, omdat ze een stuk plastic voor een spook had aangezien. Misschien kon ze beter een psychiater opzoeken.

Ze richtte haar zaklamp nog een keer op het vermeende witte spook en constateerde dat het er nog precies hetzelfde bij lag als voorheen. Gewoon plastic dus.

Ze probeerde zich erover te ergeren dat mensen zomaar rommel in deze bossen gooiden, maar het lukte niet helemaal. De ongerustheid verdween niet.

Want had ze dat witte iets eerder niet zien bewegen?

Misschien speelden de Wilkinsons een spelletje. Misschien

hadden ze een wit laken aan een katrol gemaakt, zodat ze het tussen de stammen door konden laten zweven. Niet dat ze werkelijk iets had zien zweven. Ze had eerder het idee gehad dat het daar gewoon had gelopen. Of gestaan. Maar ook dat was vast met wat fantasie te regelen.

Opnieuw overwoog ze om naar binnen te gaan. Alleen domme blondjes uit griezelfilms gingen op onderzoek uit. Zij was niet blond en ze was niet dom. Althans, meestal niet. Bovendien was dit geen griezelfilm. Ze keek nog een keer naar het witte voorwerp in de duisternis. Het was te veraf om duidelijke vormen te onderscheiden.

Nog voordat ze er goed over na kon denken, begon ze in de richting van het witte iets te lopen. Ze schrok er zelf een beetje van, maar ze wist dat ze niet gewoon naar binnen kon gaan en kon gaan slapen. Ze zou zich blijven afvragen wat ze nu precies had gezien.

Als het werkelijk plastic was, zou het er morgenvroeg nog liggen. Maar als het een truc van de Wilkinsons was, zouden ze het opruimen voordat de rest van het gezelschap wakker werd. Misschien zaten die twee nu wel achter het raam van hun kleine aanbouw te gniffelen. Morgenvroeg zouden ze dan zogenaamd onopvallende vragen stellen, in de richting van rondzwevende witte gedaantes.

Nee, Liselot kon dat niet laten gebeuren. Ze *moest* gewoon gaan kijken wat ze nu precies had gezien. Het lag een eind van haar af, maar niet zo ver dat ze het huis niet meer zou kunnen zien en kon verdwalen. En als ze de truc van de Wilkinsons kon ontmaskeren, zou ze zichzelf en zelfs Hilke bewijzen dat ze echt zo gek nog niet was.

Ze liep langzaam en hield de lichtbundel op het witte voorwerp gericht toen ze erheen liep. Ze was bang. Natuurlijk was ze bang. Het was midden in de nacht en ze liep in nachtkleding door een oneindig donker bos. Ze rilde een beetje. Overal om haar heen hoorde ze geluiden die ze niet herkende. Soms meende ze even iets te zien: een beweging in de duisternis, zwiepende takken van struiken...

Het mos onder haar voeten was zacht en de nattigheid drong steeds verder door haar dunne pantoffels heen. Af en toe stapte ze op iets hards. Ze keek niet wat het was, maar hield haar blik gespannen op het witte voorwerp gericht.

Terwijl ze dichterbij kwam, kreeg het voorwerp meer vorm. Bijna alsof daar iemand op de grond lag, gehuld in een of ander wit gewaad.

Ze dacht in een flits aan Hilke, maar schudde haar hoofd. Het kon Hilke niet zijn. Hilke lag in haar bed en Hilke droeg geen witte gewaden. Ze droeg zwarte, rode, gele, paarse en anders gekleurde gewaden, maar geen witte.

Er lag niemand. Dat kon niet. Het was gewoon plastic in een wat rare vorm. Dat moest wel.

Maar het lukte niet meer om zichzelf te overtuigen. De menselijke vormen werden duidelijk. Ze zag de bruine laarsjes en een streng blond haar. Haar adem stokte.

Liselot vergat dat ze in haar eentje in het bos was en liep nu sneller en sneller naar het lichaam op het mos. Af en toe struikelde ze en viel ze bijna. Maar ze herstelde zich iedere keer weer en besteedde er verder geen aandacht aan. Want het was een lichaam dat ze daar zag liggen. Ze wist nu dat ze zich niet vergiste.

Haar hart sloeg over toen ze zag dat het een vrouw was, die in het schijnsel van haar zaklamp op het koude natte mos lag. Ze droeg een witte jurk en een witte cape met capuchon, zoals je in oude films soms zag. De capuchon liet slechts een klein gedeelte van haar jonge gezicht onbedekt, maar Liselot twijfelde er niet aan dat ze mooi was. Liselots hart klopte in haar keel, terwijl ze naast haar neerknielde, de neiging om nutteloos aan haar te schudden onderdrukte, en aan haar halsslagader voelde. Het was een gewoontegebaar en het leek onwerkelijk. Alsof ze droomde. Dit kón niet waar zijn. Misschien was het weer een nachtmerrie. Haar handen trilden dusdanig dat ze nauwelijks de juiste plek kon vinden. Waarom deed ze dit nu? Waarom gilde ze niet, zoals ieder normaal mens onder dergelijke omstandigheden. Waarom sloeg ze geen groot alarm?

Ze wist het niet.

Ze probeerde zich te concentreren. Ze gilde niet omdat de vrouw niet dood was. Dat kón niet. Mooie vrouwen in witte gewaden gingen niet zomaar dood in een bos achter het huis waar zij hun vakantie vierden. Misschien was de vrouw gewoon flauwgevallen. Dat moest wel.

Maar ze voelde niets. Helemaal niets.

Haar keel voelde droog aan. Er rolde een geluid over haar lippen, maar het was geen gil. Eerder een zacht gekreun. Haar vingers veranderden gespannen van plaats. Ze vergiste zich. Ze móést zich vergissen.

De harde klap in haar rug kwam onverwacht. Voordat ze besefte wat er gebeurde viel ze voorover, bovenop het levenloze lichaam van de jonge vrouw. Dit keer gilde ze wel, maar er zat geen kracht in haar stem. Ze wilde opstaan en wegrennen, maar ze kon zich niet meer bewegen. Haar ledematen waren verlamd voor de eindeloze secondes die volgden. De onderkant van haar duster werd vastgegrepen en over haar hoofd gegooid. Ze probeerde haar lijf te dwingen om in beweging te komen, maar iemand liet zich bovenop haar vallen en maakte verder manoeuvres onmogelijk. Haar armen werden naar achteren getrokken, waarbij Liselot een korte pijnscheut door haar schouders voelde trekken. Niet meer dan een korte pijnlijke steek, maar het zorgde ervoor dat ze niet meer kon voorkomen dat haar polsen werden gebonden. Ze voelde alleen nog maar die oneindige paniek. Ze zag zichzelf in het bos liggen, levenloos, net als de vrouw.

Ze wilde niet dood!

In een laatste wanhopige poging probeerde ze zich los te worstelen, maar niets lukte. Haar hoofd was in een verstikkende stof gewikkeld - haar eigen duster - en haar handen gebonden. Ze dwong haar loden benen om te trappen, maar ze raakte alleen maar lucht.

Ze werd vermoord! De jonge vrouw in het bos was vermoord en zij was de volgende!

Ze gilde. Eindelijk lukte het haar om te gillen. Maar het geluid dat aan haar lippen ontsnapte, werd gedempt door de stof, die nu gedeeltelijk met kracht in haar mond werd geduwd en gefixeerd met behulp van een band of iets dergelijks. Dit kon niet gebeuren. Dit *kon* niet!

Ze wilde huilen en schreeuwen, maar ze kon helemaal niets.

Haar paniek werd nog groter toen haar belager haar onder de oksels greep, een stukje optilde en door het bos sleepte.

Ze probeerde opnieuw om zich heen te trappen, maar het had

geen zin. Dat ze haar pantoffels verloor, was haar minste probleem. Zelfs de pijn aan haar oksels en schouders vielen in het niet bij de angst die ze voelde. Waar bracht hij haar heen? Wat was hij van plan? Ze huilde.

De tocht door het bos duurde eindeloos. Verzet was niet mogelijk, omdat haar voeten over de ongelijke bodem hobbelden, zonder houvast te krijgen, haar handen werkeloos en pijnlijk op de rug waren gebonden en haar de mond letterlijk was gesnoerd.

Ze voelde hoe het vocht door haar nachtjapon heendrong. Ze rilde onophoudelijk. Haar hielen gloeiden. De stof in haar mond benam haar de adem. Af en toe probeerde ze krampachtig meer lucht naar binnen te zuigen, maar het lukte niet. Haar hart protesteerde. Nog meer paniek.

Toen ze plotseling op het mos werd neergelegd - heel voorzichtig neergelegd - stokte haar adem volledig en werd ze overvallen door een totale verlamming. Onwillekeurig spitste ze haar oren. Ze hoorde de hijgende ademhaling van de belager en zijn voetstappen in het zachte vochtig mos. Ze voelde zijn aanwezigheid, maar wist niet of hij dichtbij of ver weg was. Haar lichaam kon niets meer. Ze verwachtte elk moment een aanraking, maar ze wist niet van welke kant die zou komen.

Toen de hijgende ademhaling opeens vlak boven haar zweefde en de belager haar hoofd aanraakte, wilde ze schreeuwen. Maar meer dan een gesmoord geluid kwam er niet uit.

De band om haar hoofd, die de stof in haar mond moest houden, werd losgemaakt. Liselot maakte een jammerend geluid, maar durfde de stof niet uit te spuwen. Hij rommelde met de band waarmee haar handen waren gebonden, waardoor de pijn wat minder werd en heel even, slechts een seconde, dacht ze dat hij haar losmaakte. Maar dat gebeurde niet.

Wat was hij van plan? Hij was iets van plan. Dat wist ze zeker. Ze produceerde opnieuw een angstig smekend geluid. Ze huilde. Het is gebeurd, dacht ze. Het is echt afgelopen. Ze probeerde zich mooie dingen uit haar verleden te herinneren, de film te zien die mensen altijd schenen te zien als hun tijd gekomen was.

Maar alles wat ze zag was de dode vrouw. Alles wat ze voelde was verlammende angst en ongeloof. Dit kon haar niet overkomen. In een flits zag ze haar eigen levenloze lichaam in het bos liggen. Een vreemde die de dood vaststelde. Haar moeder die schreeuwde van ellende.

Ze wachtte op het moment van pijn dat onvermijdelijk zou komen.

Maar er gebeurde niets. Ze drukte met haar tong tegen de stof in haar mond, ze wilde die eruit duwen en smeken. Maar ze durfde niet. Ze durfde niets. Ze *kon* niets, alleen doodstil blijven liggen en wachten.

Nog steeds gebeurde er niets. De ademhaling leek verdwenen. De moordenaar had alleen maar even uitgerust. Klaar voor de laatste akte. De betekenis van verstikkende angst drong tot haar door. Alsof het er nog toe deed. Een zachte, koele windvlaag streelde haar lichaam. Ze kreeg het koud.

En nog steeds gebeurde er niets. Ze voelde niets, hoorde niets. Waar wachtte hij op?

Ze wist niet hoelang ze bleef liggen, verstijfd van angst, rillend en gesmoord huilend, wachtend op het eind. Of op een andere, misschien wel veel ernstigere ervaring.

Het bleef doodstil om haar heen, op de geluiden van dieren die ze niet herkende na. Heel af en toe ruisten de bladeren. Maar voor de rest was er helemaal niets: geen voetstappen, geen hijgende ademhaling.

Niets dan een ijskoude doodse stilte.

Voorzichtig produceerde ze een geluid. Niet meer dan een 'mmmm'. Gespannen wachtte ze op een snauw. Of erger. Er gebeurde niets.

Haar nachthemd was doorweekt en ijskoud. Haar rug was koud en pijnlijk. Ze bewoog voorzichtig en wachtte weer op een reactie. Nog steeds niets.

Ze bewoog een beetje meer. Het lukte haar zelfs om de stof uit haar mond te duwen met haar tong. Onopvallend nog. Ze wilde om hulp roepen, maar durfde niet goed.

Wat als haar belager wel in de buurt was, maar alleen even was weggelopen om iets te halen?

Wat te halen? Een moordwapen?

In dat geval wilde ze geen aandacht trekken. Hoewel hij ook dichtbij op het mos kon zitten en nu naar haar keek. Heel even dreigde de verlamming opnieuw toe te slaan, maar ze dwong zichzelf om rustig adem te halen. Ze moest haar kans nemen. Het was nu of nooit.

Ze friemelde onopvallend met haar handen en merkte dat die helemaal niet meer zo strak waren samengebonden als ze aanvankelijk had gedacht. Hij had de band om haar polsen dus losser gemaakt. Waarom?

Niet over nadenken, dacht Liselot. Niet nadenken. Ze friemelde met haar handen en kreeg ze opvallend gemakkelijk los.

Weer bleef ze een paar tellen doodstil liggen zonder dat er iets gebeurde. Ze hield haar adem in en luisterde. Niets.

Voorzichtig trok ze de duster van haar hoofd en kneep haar ogen een paar keer samen. Ze zag nu de bomen, die als zwarte reuzen boven haar uittorenden.

De hemel was helder en toonde miljoenen sterren, die als een soort kerstverlichting de hemel een magische uitstraling gaven. Een volledig misplaatst schouwspel onder deze omstandigheden.

Liselot keek voorzichtig om zich heen, maar het was te donker om iets anders dan de dichtstbijzijnde stammen te herkennen. Ze hield haar adem in en luisterde. Ze hoorde alleen een uil en de wind, die de bladeren van de bomen liet ritselen. Niets anders. Haar handen raakten de ceintuur van de duster, waarmee ze gebonden was geweest.

Ze pakte de band vast, kwam voorzichtig overeind en bleef een paar tellen zitten. Er gebeurde niets.

Was ze werkelijk alleen? Had hij haar eenvoudigweg achtergelaten? Of verschool hij zich achter een boom om te kijken wat ze deed? Speelde hij slechts een kat-en-muisspel, voor zijn eigen vermaak? Misschien was het beter om doodstil hier te blijven zitten. Hem zijn spel niet te gunnen. Maar haar vochtige duster en nachthemd voelden koud aan en ze rilde onophoudelijk. Haar hele lichaam was verkrampt. Ze kon niet blijven zitten. Ze moest haar kans nemen. Ook als die kans bijzonder klein was. Stilzitten zou haar in geen geval redden. Ze kwam voorzichtig en gespannen overeind en bond haar duster dicht. Toch maar. Op de tast zocht ze naar haar zaklamp. Ze vond hem niet. Natuurlijk niet. Ze had hem uit haar handen laten vallen toen ze werd overvallen. Het exacte moment kon ze zich niet herinneren, maar zo was het ongetwijfeld gegaan. De zaklamp was weg. Ze zou zich zonder licht moeten redden.

Toen ze eenmaal weer rechtop stond, bleef ze weer even staan. Ze keek om zich heen. Ze had geen idee waar ze ergens was. Ze kende hier de weg niet, maar zelfs als ze dat wel had gedaan, dan had ze in de duisternis nog geen oriëntatiepunt gevonden.

Toch begon ze te lopen. Niet te rennen, niet te gillen, hoewel de verleiding er zeker was. Maar ze dwong zichzelf om gewoon te lopen. Eerst nog aarzelend en zo geruisloos mogelijk, maar uiteindelijk toch sneller. Haar belager was ongetwijfeld in de buurt en het was vast niet de bedoeling dat ze ontsnapte en de politie waarschuwde.

Haar voeten stapten op het zachte mos, maar af en toe ook op stenen en harde, puntige takken. Liselot wist dat ze op haar hoede moest blijven, anders kon ze haar hele voeten openhalen. En met open voeten kon ze het niet op een rennen zetten als dat nodig was. Maar in het donker leek het een onmogelijke taak.

Ze had geen idee waar ze naartoe liep, maar ze was in ieder geval in beweging. Een klein beetje hoop flakkerde op.

Af en toe hoorde ze iets in de struiken, dicht bij haar in de buurt, of meende ze een beweging te zien tussen de boomstammen.

Dan verstarde ze en hield haar adem in. Dan voelde ze haar hart bonken in haar keel en opnieuw die verschrikkelijke verlammende angst. Maar er kwam geen enge kerel tevoorschijn die haar besprong. Het bleef doodstil om haar heen.

Ze rook het mos, de bomen en de vochtige aarde. Soms rook ze zelfs iets wat op een dood dier leek en wat haar bang maakte. Maar ze rook geen verbrand hout uit een schoorsteen, eten of iets anders wat op de aanwezigheid van een huis, boerderij en vooral mensen duidde.

Ze vroeg zich af of ze hier kon verdwalen, zonder ooit nog de weg naar huis terug te vinden en op die manier alsnog dood te gaan, maar ze hield zichzelf voor dat dát niet zou gebeuren. Hilke zou snel genoeg ontdekken dat ze was verdwenen en alarm slaan. Ze zouden naar haar gaan zoeken.

Misschien was het beter om op één plek te blijven, bedacht ze zich toen. Was zoiets niet ooit op tv geweest? Het advies om op één plek te blijven als je verdwaalde, zodat mensen je vonden? Ze bleef even staan, maar dacht weer aan de dode vrouw en de overval en begon toch weer te lopen. De moordenaar was nog in de buurt. Ze kon niet riskeren dat hij haar vond.

Als ze steeds dezelfde kant uitliep, moest ze een keer ergens uitkomen. Bij een weg, een boerderij of een dorp. Ze keek naar boven, op zoek naar de maan.

Het bleek niet meer dan een dunne streep, maar ze had in ieder geval iets waar ze zich aan vast kon houden om haar richting te bepalen. In geen geval wilde ze de rest van de nacht rondjes lopen.

Naarmate ze langer en langer door het bos dwaalde, schoof de angst voor haar belager naar de achtergrond. Hoewel ze niet helemaal daarop durfde te hopen, rees het vermoeden dat hij haar gewoon in het bos had achtergelaten en zelf allang was verdwenen. Ze kon zichzelf daar nog niet volledig van overtuigen, maar het speelde wel steeds vaker door haar hoofd.

Haar voeten waren nat, vies en pijnlijk. Haar nachthemd plakte aan haar beurse lijf en ze voelde zich ellendig, alsof ze de vorige avond stevig was doorgezakt. Ze wist niet zeker of het nog koud was. De beweging verwarmde haar spieren, maar toch bleef een kil gevoel, diep vanbinnen, haar plagen.

Toen ze eindelijk een wandelpad herkende, haalde ze opgelucht adem. Het leek erop dat de duisternis zich langzaam terugtrok. Ze kon de bomen en struiken nu beter onderscheiden en het was niet meer zo zwart als voorheen. Een lichte streep werd zichtbaar in de verte en de sterren aan de hemel vervaagden.

Het werd dag.

Liselot haalde voorzichtig opgelucht adem toen ze haar eerste passen op het wandelpad zette. Een wandelpad leidde altijd naar een parkeerplaats bij een weg. Naar veiligheid. Ze hoefde niets anders meer te doen dan het te volgen.

De alles verhullende duisternis van de nacht trok zich langzaam terug. Ze kon veel meer in haar omgeving onderscheiden. Ook dat gaf haar dat stukje meer rust waar ze zo naar verlangde.

Ondanks de kou, de klamme nachtkleding en haar pijnlijke voeten voelde ze zich weer een klein beetje beter. Ze was op weg naar huis en de belager was verdwenen. Of ze was hem ontsnapt. In het donker zag hij tenslotte niet beter dan zij en als hij te laat had ontdekt dat ze was vertrokken, was het onmogelijk om haar in die duisternis in het bos terug te vinden, redeneerde ze. Een redenatie die nodig was om te voorkomen dat de angst toch weer toesloeg bij ieder geluid, iedere beweging in het bos.

Het nog aarzelende gevoel van veiligheid verdween echter weer op slag, toen ze iets tussen de bomen zag bewegen. Ze verstarde en hield opnieuw haar adem in. De angst was meteen terug. Haar hart bonkte en haar ademhaling stagneerde. De kou in haar lijf flakkerde op en liet haar hele lijf verkrampen.

Ze keek naar de plek waar ze beweging had gezien. Maar het bleef doodstil.

Misschien zag ze door alles wat ze had meegemaakt nu werkelijk dingen die er niet waren...

Ze haalde diep adem. Ze moest verder. Naar de weg. Naar de veiligheid. Toch nog aarzelend kwam ze weer in beweging.

Ze bleef op haar hoede, terwijl ze het pad volgde. En precies op het moment waarop ze zichzelf er bijna van had overtuigd dat er werkelijk niets was, zag ze het opnieuw. Een donkere schim bewoog zich tussen de boomstammen door, maar ze kon niet zien wat het was.

Was hij er toch nog? Had hij haar gevolgd en wachtte hij op de gelegenheid om haar opnieuw te overvallen? Liselot bleef een paar tellen staan. Ze meende iets te horen, maar zag niets. Ze durfde nauwelijks adem te halen. Haar hart bonkte in haar keel en oren.

'Loop,' dacht ze. 'Maak dat je wegkomt.'

Maar het duurde minuten voordat ze eindelijk weer in beweging kwam. Eerst aarzelend en behoedzaam, later sneller en sneller.

Haar blik bleef op de bossen links van haar gericht, waar ze iets had gezien.

Ze probeerde zichzelf voor te houden dat ze zich dingen in

haar hoofd haalde, maar zag het opnieuw. Dit keer kreeg ze iets beter zicht op de donkere schim tussen de stammen. Ze begreep meteen dat het geen mens was, maar een dier. Het draafde een eind verderop geruisloos tussen de donkere stammen door. Ze kon het beest niet goed onderscheiden, maar dacht toch onmiddellijk aan de wolf, waarover Wilkinson had verteld. De geest van de wolf die geruisloos door het bos draafde: Alpha Phantom.

Onzin. Spoken bestonden niet. Het was vast een ree of iets dergelijks. Ze maakte zichzelf nog gek op deze manier. Hoewel reeën natuurlijk bij mensen vandaan renden. Een ree draafde niet geruisloos met je mee.

Liselot begon weer te lopen. Haastig, bijna hollend. Ze merkte dat haar ademhaling oppervlakkig werd en ze voelde de neiging om te hyperventileren. Dat was wel het laatste wat mocht gebeuren. Als ze flauwviel...

Hij was er weer. Zomaar opeens. Ze had steeds naar het bos links van haar gekeken, een tijdlang niets gezien en gedacht dat ze toch een ree had gezien. Ze had zichzelf er bijna van overtuigd dat er niets aan de hand was, toen hij opeens weer rechts van haar opdook en parallel in de afnemende duisternis mee draafde. En het leek op een wolf, zowel de contouren als de manier van lopen.

Engeland had geen wolven. Niet in het wild. Maar zo'n beest kon ergens zijn ontsnapt. Zei Wilkinson niet dat hij het huilen een aantal maanden voor het eerst had gehoord? Wat als er werkelijk ergens een wolf was ontsnapt en die wolf nu erg hongerig was?

Liselot huiverde en begon te hollen.

"Ik geloof dit niet," mompelde ze. "Eerst overvallen en dan dit. Ik geloof dit niet. Dit kan niet. Dit overkomt niemand. Het is geen wolf. Het is een hond. Hilke zei dat het een hond was, die er zo huilde. Maar honden kunnen vals zijn. Nee, dat hoeft niet. Hij kan ook bang zijn. Maar waarom loopt hij dan mee?" Het hielp niet dat ze tegen zichzelf praatte. Misschien had het dat wel gedaan als het een positieve peptalk was geweest, maar daarvan was geen sprake. Ze liet slechts gruwelijke mogelijkheden de revue passeren. Ze kon gewoon niet anders meer.

Ze lette niet meer goed op waar ze haar voeten neerzette. Haar blote voeten trapten pijnlijk op takjes en andere harde voorwerpen en ze jammerde een beetje, totdat ze ergens achter bleef haken en viel.

Ze bezeerde haar knie en bleef een tel doodstil liggen. Ze werd misselijk. Misselijk van angst. Misschien had ze iets gebroken. Ze had geen schijn van kans als ze iets had gebroken. Voorzichtig bewoog ze haar ledematen. Alles functioneerde nog.

Ze keek haastig om zich heen. Geen wolf, valse hond of moordenaar te bekennen. Ze krabbelde haastig overeind en wilde wegrennen, totdat ze opeens iets achter zich hoorde en verstarde.

Met een ruk draaide ze zich om en stond oog in oog met een hond. Geen wolf.

Hij was even groot als een wolf en had dezelfde ruige pels, maar daarmee hield de gelijkenis op. Dit was een hond. En niet eens een mooie hond.

Voor zover ze in de afnemende duisternis kon zien, had het

beest een vuile witte pels en een donkere vlek om een van zijn ogen. Een oor stond rechtop. Het andere oor leek slechts een poging daartoe te doen, maar was halverwege ergens blijven hangen. Zijn ogen hadden een wat droeve uitdrukking, mogelijk door de hangende oogleden. Zijn snuit leek op die van een bokser, maar misschien net iets minder plat.

Hij had geen gevaarlijk opgetrokken lippen, die zijn tanden bloot legden - als hij dat al kon met die flappers langs zijn mond - maar hij keek haar alleen wat vragend aan. Alsof hij zich afvroeg waarom ze in vredesnaam was gaan liggen.

"Hondje... Braaf hondje..." probeerde Liselot voorzichtig. Schijn kon bedrieglijk zijn en het beest kon hondsdolheid hebben.

De hond week een paar passen achteruit. Niet vals, maar bang. Liselot wist dat je een bange hond met rust moest laten. Haar vriendinnen hadden vroeger honden. Niet dat ze zoveel vriendinnen had gehad als kind zijnde... De meeste kinderen vonden het beroep van haar vader te eng.

Maar er waren vriendinnen geweest met honden en ze was gek geweest op die honden. Zelfs Hilke had vroeger thuis een hond gehad: zo'n klein gevlekt ding.

Dit was dus ook een hond. Geen moordenaar, geen bloeddorstige valse hond en geen wolf, maar een bang, misschien een beetje lelijk, ding. Een zwerver. Dus toch. Hilke had gelijk gehad. Waarschijnlijk door de eigenaars aan zijn lot overgelaten en nu verloren en bang, net als zij.

Maar ze kon niets voor hem doen. Hoe graag ze zou willen. Ze was tenslotte zelf verdwaald. Misschien kon ze later de politie waarschuwen en ervoor zorgen dat ze het beest zochten en hem in veiligheid brachten. Maar niet nu.

"Sorry hond," zei ze. "Ik moet eerst zelf hulp zoeken. Maar ik stuur iemand. Tenzij je met mij meekomt." Dat laatste leek haar een prettig idee. Dan was ze niet alleen. Of je erg veel had aan een angstige hond als beschermengel, was nog maar de vraag. Maar het idee telde.

Liselot draaide zich om en liep weg. Ze verwachtte niet dat het dier volgde, maar toen ze omkeek, zag ze dat hij dat wel deed. Hij hield een veilige afstand aan, maar hij liep met haar mee.

Liselot voelde zich wat beter nu. Ondanks een geradbraakt lijf en mishandelde voeten. De duisternis verdween definitief en de zon kwam op en ze leefde nog steeds. Bovendien was ze niet meer alleen.

Toch dacht ze ook weer aan de jonge vrouw in het bos. Zij was minder fortuinlijk geweest. Zij was dood geweest. Daaraan twijfelde Liselot niet meer.

Er was geen bloed geweest of andere gruwelijke verwondingen maar de vrouw was absoluut dood geweest. Vermoord. Zonder enige twijfel.

De politie moest worden ingeschakeld. Zodra ze de weg naar de Old Mill terug had gevonden. Als ze tenminste ooit de weg uit dit bos vond. Ze keek nog een keer om en zag dat de hond nog steeds bij haar was. De afstand tussen hen was kleiner geworden, maar als ze stopte, stopte hij ook en keek haar aan.

Haar hart maakte een sprongetje toen ze de parkeerplaats bereikte, die op het wandelpad aansloot. Ze had gelijk gehad. Het pad leidde naar de bewoonde wereld. Ze had misschien een rondedans gemaakt als haar voeten niet zo pijn hadden gedaan en haar lijf niet verstijfd van ellende was geweest. Ze was opgelucht. Dat viel niet te ontkennen. Maar ook doodmoe en duizelig. Ze wist dat ze nu slechts de weg op hoefde te gaan om gered te worden. Ze wist dat ze in feite al gered was. Maar haar lijf werkte niet meer mee en uitgerekend dat laatste stukje leek een onoverkomelijke berg.

Ze besloot zichzelf een kleine pauze te gunnen en ging op een bankje zitten, bedoeld voor wandelaars en natuurgenieters. De hond aarzelde.

Ze negeerde hem en onderzocht haar pijnlijke voeten. Ze was ervan overtuigd dat haar voetzolen waren veranderd in bloederig rauw vlees, maar het bleek erg mee te vallen. Natuurlijk waren er schaafwonden en sneetjes door scherpe voorwerpen, maar het zag er niet half zo ernstig uit als het voelde.

Toen ze weer naar de hond keek, was hij opeens opvallend dichtbij. Ze had niet eens gemerkt dat hij haar had benaderd.

Liselot bewoog behoedzaam. Ze merkte dat hij achteruit deinsde bij iedere beweging, dus was ze voorzichtig. Hij was mager, zag ze nu. Broodmager. Als hij nu met haar mee zou gaan...

Het verbaasde haar dat ze zich druk maakte over de hond, na alles wat er was gebeurd. Nadat ze nota bene een dode, vermoorde vrouw in het bos had aangetroffen en bijna zelf was vermoord.

Maar de hond zou sterven als hij niet snel hulp kreeg, begreep ze. En dat toelaten, zou niets van al de dingen die al waren gebeurd, ongedaan maken.

Natuurlijk kon ze het beest aan zijn lot overlaten, als ze dat al zou kunnen, en de politie waarschuwen zodra ze in de bewoonde wereld was. Maar waarschijnlijk zouden ze hem niet vinden. Het was een angstig beest in een immens groot natuurgebied. Dat was zoiets als het zoeken naar de bekende naald in de hooiberg. De kans van slagen was nihil. En het beest zou sterven van de honger en ellende.

Ze keek naar zijn kop en naar zijn droeve ogen. Ze was niet van plan om dat te laten gebeuren. Ondanks alles.

Ze kwam kreunend overeind en liep naar de dichtstbijzijnde vuilnisbak.

Ze huiverde even toen ze hem open maakte en de inhoud, enigszins walgend, onderzocht. Natuurlijk zat er etenswaar tussen. Mensen gooiden altijd eten weg. Ze had ergens gelezen dat er dagelijks voor twaalf miljard mensen voedsel werd geproduceerd, terwijl de aarde slechts zeven miljard mensen rijk was. Een maatschappelijk probleem, terug te vinden in iedere vuilnisbak.

Deze vuilnisbak was geen uitzondering. Ze viste er een broodje salami uit, een half bekertje yoghurt, een appel waar een hap uit was genomen en een boterham met kaas in zakje. Ze zocht niet verder. Voor nu moest dit voldoende zijn. Ze hoopte alleen dat niets ervan bedorven was. Ze had eraan kunnen ruiken, maar dat ging haar echt te ver. Ze gooide de boterham, uiteraard zonder plastic, richting hond en zette een paar passen achteruit.

De hond aarzelde slechts even voordat zijn honger de overhand kreeg. Hij liep naar de boterham en schrokte hem haastig op.

Liselot gooide nu de appel op de grond, een beetje dichterbij. Ze had geen idee of honden appels aten, maar ze nam aan dat een hongerig beest alles at. Ze had gelijk. De hond aarzelde nu wat minder en vrat gejaagd de appel op.

Liselot brak een stuk van het broodje af en gooide het op de grond, ongeveer twee meter van haar af. Ze zette geen stappen meer achterwaarts, maar wachtte af.

Ze leek wel gek, bedacht ze zich. Nou ja, misschien was ze wel gek. Gezien haar nachtmerries en het feit dat ze dode mensen zag. Maar dat alles was nog niet zo idioot als in je nachthemd op de parkeerplaats van een wandelgebied staan, terwijl je het vertrouwen van een hond - een lelijke, vieze hond nog wel - probeerde te winnen, vlak nadat je een jonge vermoorde vrouw in het bos had gevonden en bijna zelf was vermoord. Ze moest wel gek zijn.

De dode vrouw...

Liselot zag haar weer voor zich.

Ze moest iets doen en wel meteen. Als ze haar lichaam zo ver kon krijgen.

"Kom, je moet mee," zei ze tegen de hond. Ze wierp de rest van het broodje bij haar voeten neer en keek hoe de hond het haastig naar binnen werkte. Hij raakte haar zowaar aan. Als laatste liet ze hem het potje yoghurt leeg likken. Dit keer at hij uit haar hand.

Dat was goed. Ze knoopte de ceintuur van haar duster los, die daardoor open viel en nog meer koude ochtendlucht bij haar lichaam liet, en bond hem voorzichtig om de hals van de hond. Ze verwachtte weerstand toen ze ging lopen, maar kreeg die niet. De hond liep met haar mee. Een beetje aarzelend nog, en af en toe vragend omhoog kijkend, maar hij liep mee.

Nu was het gemakkelijk om zichzelf als een zeer edel persoon te zien, die zelfs onder gruwelijke omstandigheden nog koel genoeg in haar hoofd was om een hond te redden. Maar misschien flatteerde ze zichzelf dan net een beetje te veel.

Want ze redde niet alleen de hond, maar ook zichzelf. De hond gaf haar een gevoel van veiligheid. Als de moordenaar nog ergens rondsloop, klaar om haar toch nog te bespringen - net nu ze zich veilig waande - zou hij zich vast bedenken als de hond aan haar zijde liep. Misschien zou het beest onmiddellijk de benen nemen als er iets gebeurde, maar een hond kon een remmende uitwerking hebben op een mogelijke overvaller. Dat had ze ook ergens gelezen. Misschien las ze te veel. Misschien zei ze ook te veel als ze beweerde dat ze de weg op *liep*. Strompelen was een beter woord, want haar voeten deden veel meer pijn dan eerst. Ze had het gevoel dat het nooit meer goed zou komen.

Uitgerekend nu passeerde haar geen auto. Misschien was het daar nog te vroeg voor. Als haar voeten maar eens niet zo pijnlijk waren. Ze kreunde toch maar even. Het hielp niet, maar het luchtte een klein beetje op. Misschien kon ze zelfs klagen. Niemand die het hoorde of zich eraan kon storen.

Maar precies op dat moment zag ze een boerderij verderop. *Mensen. Hulp.*

Ze begon harder te lopen, ondanks de pijn aan haar voeten. Zelfs haar hart begon harder te slaan.

Toen ze de boerderij bijna had bereikt sloeg een hond aan. Ze schrok even, net als de hond die ze aan de riem van haar duster bij zich had. Maar de blaffende hond zat in een ren.

Liselot aarzelde niet toen ze op de bel drukte. Ze had geen idee hoe laat het was, maar twijfelde er geen seconde aan dat het erg vroeg was. Onmenselijk vroeg. Onder normale omstandigheden zou ze er niet eens over hebben gepeinsd om iemand wakker te maken op dit tijdstip, maar dit was een noodgeval.

Ze drukte nog een keer op de bel en nog een keer, totdat ze uiteindelijk iemand de trap af hoorde komen en mompelend de deur hoorde opendoen.

Seconden later keek ze recht in het gezicht van man rond de zestig, klein en dik, met slaperige ogen.

"What's happening?" vroeg hij met een intonatie van nieuwsgierigheid en ergernis.

Pas na zijn vraag leek het tot hem door te dringen dat er een jonge vrouw in nachthemd en op blote voeten voor zijn neus stond, die een achteruit deinzende hond, smerig en mager, aan de ceintuur van de duster bij zich hield.

"What's going on?"

In rap Engels verzocht Liselot hem om de politie te bellen. Ze probeerde duidelijk te maken dat haar een moordenaar op de hielen zat, die al een andere vrouw had vermoord, maar ze betwijfelde of ze erg helder overkwam. Aan het gezicht van de man te zien, lukte dat niet zo bijzonder goed. Weer iemand die dacht dat ze gek was.

De man vroeg haar een moment te wachten. Hij liet haar niet binnen, maar sloot de deur zachtjes. Heel even vreesde Liselot dat hij weer naar bed ging, maar toen zag ze de lampen in de woonkamer aangaan. Waarschijnlijk belde hij toch de politie. Al was het maar omdat hij dacht dat er een vrouw die uit een of ander gesticht was ontsnapt voor zijn deur stond.

Op de bovenverdieping ging ook een lamp aan en een vrouwenstem riep iets. De man riep iets terug. Liselot verstond niet wat ze zeiden. Ze hoorde nog iemand de trap afkomen en de voordeur ging opnieuw open.

Een klein mollig vrouwtje stond in de deuropening. Sommige echtelieden gingen op elkaar lijken, wist ze. Maar deze twee hadden elkaar werkelijk gevonden.

De kleine vrouw bekeek haar verbijsterd, schudde toen haar hoofd en nodigde haar uit met een *"Come in, love."*

Ze mompelde binnensmonds iets van *"Stupid man"*, en begeleidde Liselot naar de grote woonkeuken, na een korte meewarig blik op de hond.

Het was aangenaam warm in de keuken en de tegelvloer voelde heerlijk glad aan onder haar getergde voetzolen.

Pas toen ze zat, zag ze dat ze een bloed- en modderspoor had achtergelaten op de propere vloer en stamelde haastig een excuus.

"Maakt niet uit, *love*," zei de vrouw. Ze probeerde welgemeend te klinken, maar de bezorgde trek om haar mond - na een blik op haar mooie vloer - ontging Liselot niet helemaal.

"Wat is er gebeurd?" wilde de vrouw weten.

Liselot stamelde, vrij onsamenhangend, het verhaal nog een keer en besefte dat de vrouw ook aan het verhaal twijfelde. Maar de vrouw deed haar best om het niet te laten merken en ze had in ieder geval medelijden met haar.

"Mijn man belt de politie," zei ze. "Misschien wil je ondertussen een kopje thee? Je ziet eruit alsof je het kunt gebruiken."

Liselot knikte. Ze had opeens erg veel zin om te huilen. Heel de nacht had ze zich groot gehouden. Goed, ze was bang geweest, maar ze had niet gehuild - nou ja, een beetje - of gegild. En nu opeens voelde ze de tranen opkomen.

Ze slikte ze moeizaam weg en concentreerde zich op haar ademhaling. Een trucje dat ze zichzelf al heel erg jong had aangeleerd, om te voorkomen dat ze meeging in de emoties van familieleden die zojuist iemand hadden verloren. Medeleven was goed, maar iemand in haar beroep die stond te grienen, was nu eenmaal wat minder handig.

Haar trucje liet haar ook dit keer niet in de steek. Ze hield zichzelf onder controle, terwijl ze nerveus haar hand door de vacht van de hond liet gaan.

De hond schrok ervan. Zij ook.

De man die ze eerder bij de deuropening had ontmoet, kwam de keuken binnen.

Ze zag aan zijn gezicht dat hij zijn twijfels had over het binnenlaten van dat vreemde mens in nachthemd, met haar onwaarschijnlijke verhalen over lijken en moordenaars. Maar hij zei daar niets over. Hij wierp alleen de hond een vieze blik toe en liet weten dat de politie onderweg was.

De vrouw gaf Liselot een kopje thee en keek, samen met haar man, toe hoe Liselot voorzichtig kleine slokjes nam.

Liselot voelde zich een curieus voorwerp. Het echtpaar zag haar waarschijnlijk ook zo. En nog steeds voelde Liselot dat ze wilde huilen.

De politie kwam vrij snel. Natuurlijk had ze de tijd niet in de gaten gehouden, maar ze had haar kopje thee net leeg toen de politieauto voor de deur stopte. Het maakte een einde aan de wat gespannen stilte die was ontstaan. Het echtpaar had geen vragen meer gesteld en zij had niets meer verteld, omdat het boerenkoppel duidelijk aan haar verstandelijke vermogens twijfelde.

Maar toen twee politiemannen binnenkwamen, veranderde de sfeer onmiddellijk. De politiemannen gebruikten de charme en de empathie die ze zich op de politieschool eigen hadden gemaakt en richtten hun aandacht vrijwel meteen op Liselot.

"Liselot Kreyns?" vroeg de oudste, met een gezicht dat alles al had gezien.

Liselot knikte. Verbijsterd. "Zochten jullie al naar mij?"

"Juffrouw Hilke Rubens belde een half uur geleden over uw vermissing. Ze was in alle staten en wilde de recherche en geheime dienst inschakelen. Ze was ervan overtuigd dat er iets verschrikkelijks was gebeurd en dat iedere seconde telde. Het lukte mij nauwelijks om aan het woord te komen. Een ding is zeker: uw vriendin is zeer begaan met uw wel en wee. Toen ik eindelijk aan het woord kwam, heb ik haar ervan kunnen overtuigen dat we beter eerst konden kijken of u misschien een stukje was gaan wandelen en dat we alsnog een grootscheepse actie konden opzetten als wij u niet konden vinden. Twee collega's van ons zijn naar de Old Mill gegaan om uw vriendin gerust te stellen en persoonlijke gegevens van u op te nemen."

"Er ligt een dode vrouw in het bos bij de Old Mill," onderbrak Liselot hem gejaagd. "Daar begon het allemaal mee. Ik ging naar buiten omdat ik iets hoorde en zag iemand in het bos rondlopen. Ze verdween uit het zicht en even later lag ze op de grond. Ik ging erheen, omdat ik niet zeker wist of het een persoon was. Ik bedoel... het was meer een wit laken. Ik bedoel... ik dacht dat het een wit laken was. Zoals een spook. In verhalen dan. Spoken bestaan natuurlijk niet, maar ik dacht dat de Wilkinsons een grap uithaalden, zodat ik dacht dat ik een spook zag. Maar het was natuurlijk geen spook. Het was ook geen stuk plastic. Want dat dacht ik ook. Het was een dode vrouw. Een mooie, blonde dode vrouw, net als Aiden. U weet wel... van die legende van de Old Mill. Ze droeg zo'n ouderwetse witte jurk en een cape met capuchon... maar ze was dood. En toen werd ik overvallen. Ik kreeg iets over mijn hoofd, waardoor ik niets kon zien en een prop in mijn mond, zodat ik niet kon gillen. Het was mijn duster, maar dat wist ik toen nog niet. Mijn handen werden vastgebonden en ik werd door het bos gesleept. En daar liet hij mij achter. De moordenaar dus. Ik kon gelukkig mijn handen los krijgen, anders had ik daar nu nog gelegen. Of dan had hij mij vermoord. En toen vluchtte ik, door het bos. Ik wist niet waar ik naartoe moest gaan, dus lette ik maar op de maan. Om mij te oriënteren. En toen opeens dacht ik dat ik de wolf zag. U weet wel... de wolf van de legende? De laatste wolf, die na het uitroeien rond bleef zwerven en dat nu nog doet? Volgens de verhalen dan. Ik weet natuurlijk wel dat het onzin is, maar ja... ik liep daar in het donker in het bos en ik zag iets wat op een wolf was. Uiteindelijk hadden we hem horen huilen. Toen we nog bij de Old Mill waren. Wilkinson begon toen over die spookwolf en zo. Vandaar. Maar ik weet natuurlijk dat spoken niet bestaan. Ik ben niet gek. Maar ik dacht daar toch aan, daar in het bos in het donker. Je denkt rare dingen in het bos in het donker, nietwaar? Maar het was dus deze hond. Hij liep daar rond en ik wilde hem niet alleen laten, want hij was mager en misschien werd hij wel doodgereden. Bij de weg dan, als hij mij achterna kwam. Dus toen gaf ik hem yoghurt en zo uit de vuilnisbak. En toen kon ik hem die ceintuur om doen. Ik had natuurlijk geen riem. Maar ik moest iets doen en toen kwam ik bij de boerderij."

Liselot stopte met praten en haalde adem. Ze zag nu pas de verbijsterde uitdrukking op de gezichten van de mensen om haar heen. Ze konden zich natuurlijk niet voorstellen dat er een moord was gepleegd.

"Het is waar," zei ze met nadruk.

"Eh... uiteraard zullen we op onderzoek uitgaan," zei de oudere agent met het alwetende gezicht. "We zullen nu eerst naar The Old Mill gaan. Uw vriendin was volledig in paniek en ik denk dat de rest van het reisgezelschap inmiddels ook ongerust is. U kunt mij dan aanwijzen waar u die dode vrouw heeft gezien."

Liselot knikte. Ze had het gevoel dat niemand haar geloofde, maar ze zouden wel anders reageren als ze de vrouw vonden.

"Ik ben overigens Albern Tumbell en dit is mijn collega Cole Cuthel."

Liselot knikte even naar de jongere politieman met het Ricky Martin gezicht. Ze had eigenlijk geen interesse in namen, maar beleefdheid was haar met de paplepel ingegeven. Ze kon niet eens anders. Dus glimlachte ze zelfs even netjes naar de mannen.

"Hoe gaat het met uw voeten?" vroeg Tumbell.

"Pijnlijk," bekende Liselot.

Albern Tumbell knielde bij haar voeten neer om ernaar te kijken.

Het bracht Liselot zowaar in verlegenheid. Ze was niet gewend aan mannen die bij haar voeten neerknielden. Ze hoopte dat hij de rode kleur van haar wangen niet zag en tilde haar voet op om hem ernaar te laten kijken.

"Oppervlakkige wondjes, voor zover ik kan zien," zei de man. "We zullen u naar de dokter brengen, maar misschien kunt u eerst aanwijzen waar u de vrouw in het wit hebt gezien."

Hij schoof haar verhaal dus niet helemaal aan de kant en dat stelde Liselot enigszins gerust.

Ze knikte.

"We dragen u wel naar de auto."

Liselot schudde meteen heftig haar hoofd. Ze wilde niet door de mannen gedragen worden. Ze zou zich geen raad weten. Nee, ze had zo lang door het bos gezworven dat de paar meter van de keuken naar de auto ook nog wel lukte.

Toen ze opstond, kreeg ze meteen spijt van haar weigering. Haar voeten deden meer pijn dan eerst. Maar ze beet op haar tanden en liep mee, de hond achter zich aanzeulend. Hij had gedurende het gesprek onder de tafel gelegen en helemaal vrijwillig kwam hij daar niet onderuit. Maar ze kon hem overtuigen en hij volgde uiteindelijk dus toch.

"We kunnen de hond naar het asiel brengen," meende Cole Cuthel. Ze zag aan hem dat hij het beest liefst niet eens in de auto wilde hebben, maar hij zei het in ieder geval niet hardop. Het was duidelijk dat hij zich niet kon voorstellen dat iemand het beest vrijwillig bij zich zou houden.

Liselot schudde haar hoofd, terwijl ze met de nodige moeite het mormel zo ver wist te krijgen dat hij met haar in de auto stapte. Daarbij negeerde ze de opengehouden achterklep van de politieauto. Ze ging de hond niet in de achterbak duwen. Het beest was toch al zo bang en hij had haar nodig. Eindelijk iemand die haar nodig had.

"Hij kan bij mij blijven," zei ze.

De politiemannen keken haar wat verbaasd aan. "We moeten kijken of iemand hem mist, maar als dat niet het geval is..."

"Dan kijken we dan wel verder. Maar voor nu mag hij bij mij blijven."

De politiemannen knikten. Bijna alsof ze dachten dat je iemand als Liselot beter niet kon tegenspreken. Net zo min als andere gekken, dronken mensen en kleine kinderen.

Het bleek niet ver naar de Old Mill. Liselot had het gevoel dat ze honderd kilometer had gelopen, maar met de auto waren ze in nauwelijks vijf minuten bij de Old Mill.

Toen de politieauto de parkeerplaats voor het huis opreed, kwam Hilke meteen naar buiten gehold. Ze droeg haar nachthemd nog, met daaronder twee verschillende sokken tot aan haar knieën en rubberlaarzen. Ze had wel een sjaal om haar hoofd gedaan om de krullen in bedwang te houden. Hilke vertoonde zich nooit zonder sjaal - het was een wonder dat ze er niet mee sliep - maar aankleden was duidelijk haar prioriteit niet geweest.

Hilke zwaaide woest met haar armen. "Liselot! Liselot! Lotje!"

Ze trok de achterdeur van de politieauto open, nog voordat de politiemannen daar de kans toe zagen en viel half naar binnen om Liselot te omhelzen.

"Waar was je? Ik dacht dat ik gek werd. Toen ik wakker werd omdat ik naar het toilet moest, dacht ik dat jij daar was. Het was nog te vroeg om op te staan. Dus ik wachtte en wachtte, maar je kwam maar niet. Toen ging ik kijken en je was er helemaal niet. En toen ging ik zoeken. Ik heb natuurlijk iedereen wakker gemaakt. Ze moesten mee zoeken. Ik dacht dat je misschien was gaan slaapwandelen. Na de nachtmerries en dat gedoe van de laatste tijd... Ik dacht... misschien is ze het bos ingelopen. We hebben ons rot gezocht."

"Juffrouw Rubens, als u een stapje opzij zet, dan kunnen we uw vriendin helpen bij het uitstappen."

Hilke schoof met tegenzin achteruit en zag nu pas de hond, die zich plat op de vloer van de auto had gedrukt, op het moment dat ze was binnengestormd.

"Wat is dat?" vroeg ze verbijsterd.

"Lang verhaal." Liselot probeerde te glimlachen, maar begon in plaats daarvan te huilen.

Hilke wilde haar opnieuw omhelzen, maar de agenten verwijderden haar met zachte dwang, zodat ze Liselot uit de auto konden helpen.

Liselot zag dat de rest van het gezelschap en de Wilkinsons ook naar buiten waren gekomen. Ze bekeken het tafereel op een afstandje.

Liselot schaamde zich weer. En ze schaamde zich omdat ze zich schaamde. Want uiteindelijk was er niets om zich voor te schamen. Ze was op onderzoek uitgegaan toen ze iets hoorde - wat erg dapper van haar was geweest - had een vermoorde jonge vrouw aangetroffen in het bos en was bijna zelf vermoord. Ze durfde er niet eens aan te denken wat er was gebeurd als ze niet was ontsnapt. Nog meer tranen stroomden over haar wangen.

"Ik wil u graag naar de dokter brengen," begon Tumbell. Hij was degene die blijkbaar meestal het woord deed. "Maar ik zou het prettig vinden als u kunt aanwijzen waar u die vrouw hebt gezien."

"Vrouw? Wat voor vrouw?" reageerde Hilke meteen.

"Een vrouw in het wit. Ik zag haar in het bos. Ze is vermoord. Ik werd zelf ook overvallen en..." Liselot snakte naar adem. Ze kreeg er niet meer woorden uit.

"Vermoord?" vroeg Hilke verbijsterd. "We hebben overal naar je gezocht. Ook in het bos. Maar we hebben niets gezien."

"Ze ligt daar." Liselot wees in de richting waar ze de vrouw had aangetroffen.

"Waar stond u precies toen u haar zag?" vroeg Cuthel.

"Daar." Liselot strompelde naar de plek waar ze de vorige avond had gestaan.

De politiemannen haastten zich om haar te ondersteunen.

Liselot probeerde dezelfde plek te vinden waar ze afgelopen nacht had gestaan, terwijl haar ogen, door de tranenwaas heen, tussen de dikke bomen door de omgeving aftastten, ervan overtuigd dat ze haar weer zou zien. Maar overdag zag alles er anders uit en ze zag niets.

"Hier ongeveer," zei ze toch maar. Ze was niet zeker. "Misschien iets naar rechts of links. Je moet precies op de goede plek staan om het te zien, denk ik."

Tumbell knikte. "We zullen de omgeving onderzoeken. Maar u gaat eerst naar de dokter. Misschien kan iemand van het gezelschap u brengen." Hij keek vragend om.

"Sven," zei Hilke meteen. Ze was hen gevolgd en stond vlak achter hen. "Sven brengt haar wel met de bus. Ik ga natuurlijk mee."

"Goed. Doe dat. Ik wil wel graag dat jullie hier terugkomen. Er zijn ongetwijfeld nog vragen en afhankelijk van wat we vinden..."

"Natuurlijk komen we terug," zei Hilke. Ze liep naar Liselot, pakte haar vast om haar te ondersteunen en riep Sven. "Ze moet naar een dokter. Nu."

Terwijl Liselot zich door Hilke mee liet nemen naar het busje, kwamen de reisgenoten en de Wilkinsons dichterbij.

Iedereen wilde weten wat er was gebeurd, maar Liselot kon nauwelijks meer een woord over haar lippen krijgen. Vermoeidheid, pijn, angst, verdriet... alles overviel haar gelijktijdig.

"Geef haar even de ruimte," zei Hilke moederlijk. "Jullie zien toch dat ze veel heeft meegemaakt. Sven en ik brengen haar naar de dokter en daarna horen we vast wel wat er precies is gebeurd." Hilke keek even naar de hond, die Liselot nog steeds meezeulde. "Wat doen we met hem?"

"Het is de hond die we hoorden, gisteravond. Hij is erg bang."

"Hm. Neem die arme drommel maar mee in de bus. Bij het ziekenhuis kunnen we hem wel in het busje laten wachten en dan pikken we op de terugweg wat voer op. Als ze je daar tenminste niet houden."

"Ik blijf daar heus niet."

"Je voeten zien er verschrikkelijk uit. Het kan wel gaan ontsteken of zo."

"Ik blijf daar heus niet," herhaalde Liselot.

"Goed. Dan halen we voer op. Ik neem tenminste niet aan dat je hem naar het asiel laat gaan."

Liselot schudde haar hoofd.

"Zou ik ook niet doen. Bange, lelijke beesten staan niet op het verlanglijstje van de gezinnetjes die een hond komen uitzoeken."

Misschien is er nog een eigenaar die hem mist, had Liselot kunnen zeggen. Maar ze had geen zin meer om iets te zeggen. Zelfs haar eigen woorden leken haar te verstikken.

Ze liet zich in de bus helpen, negeerde Svens bedenkelijke blik toen de hond instapte en zwaaide zwakjes naar haar reisgenoten, terwijl ze wegreden. Ze zag dat de Ricky Martin-politieman iets in een portofoon zei. Waarschijnlijk riep hij assistentie op. De recherche werd ongetwijfeld ingeschakeld.

Het stelde Liselot enigszins gerust. Misschien vonden ze de moordenaar die ook haar naar het leven had gestaan.

HOOFDSTUK 7

Tegen de tijd dat Liselot, Hilke en Sven terugkwamen bij de Old Mill, zwermden agenten over het terrein en door de bossen als een stel bijen waarvan de korf was afgenomen.

Het stelde Liselot gerust. Toen de politiemannen haar verhaal hadden aangehoord, bij het echtpaar wat haar na haar nachtelijk avontuur had opgevangen, hadden ze de indruk gewekt ernstig aan Liselots verstandelijke vermogens te twijfelen. En misschien was de zoektocht zonder enige animo begonnen. Maar het was ongetwijfeld veranderd toen ze de vrouw hadden gevonden en hadden begrepen dat Liselot de waarheid had verteld.

Want dat ze haar hadden gevonden, was voor Liselot wel duidelijk. Als je werkelijk naar haar zocht, daar waar zij haar had gezien, kon je haar niet missen.

Liselot was blij dat Hilke op het idee was gekomen om al op weg naar de eerste hulp naast hondenbrokken en een riem, een slappe huisbroek en ruim zittend shirt te halen, die ze na haar onderzoek in het ziekenhuis aan kon trekken. Veel extra tijd had het niet gekost. Sven kende duidelijk de weg hier.

Goed... het was niet haar smaak kleding. De grijze huisbroek met het felle koord kon nog net, maar het gigantische roze shirt met een print van een varken, compleet met aangenaaide, vrolijk flapperende oren, zou niet haar keuze zijn geweest. Net zomin als de sloffen met varkenssnoeten. Maar het was schoon en het zat lekker. Ze had de kleren meteen na het onderzoek op de eerste hulp aangetrokken.

Liselot huilde eindelijk niet meer. Ze had niet het gevoel dat de huilbuien definitief achter haar lagen, maar nadat ze bij de arts in snikken was uitgebarsten toen hij haar naam had gevraagd en nadat ze opnieuw had gehuild toen haar voeten werden verbonden, was ze toch echt wat rustiger geworden.

Hilke was de hele tijd bij haar gebleven en had zich als een moederkloek over haar ontfermd. Sven was in de wachtkamer gebleven. Iets wat Liselot wel op prijs stelde, omdat de arts haar volledig had onderzocht.

Het onderzoek had weinig anders opgeleverd dan de bevestiging dat haar voetzolen de nodige wondjes en kneuzingen hadden opgelopen. Iets wat ze zelf ook al had begrepen. En natuurlijk waren er wat schaafwonden en blauwe plekken op haar hielen en op haar knie geweest, en een aantal lichte kneuzingen. Niets ernstigs en vanwege de pijn aan haar voeten had ze daar niet eens meer aan gedacht. Maar ze waren wel een stil bewijs van haar valpartij en de sleeptocht door de bossen. Dat haar lijf in de loop van de dag meer pijn zou gaan doen, wist ze nu al. De arts had daarvoor gewaarschuwd en ze voelde dat haar spieren stijver en gevoeliger werden, naarmate de tijd verstreek. Ze had nogal een afstand op blote voeten afgelegd...

Maar nu was ze terug bij de Old Mill, met verbonden voeten, en wachtte een heel reisgezelschap, klaar om te smullen van een waargebeurd spookverhaal.

En de politie had ongetwijfeld vragen. Ze zou getuige zijn in een belangrijke zaak. Misschien was de dader een seriemoordenaar, die dankzij haar ontsnapping eindelijk opgepakt werd.

"We gaan meteen naar binnen. De politie komt vanzelf wel als ze vragen hebben. Hoewel je eigenlijk moet slapen," zei Hilke, met een vlugge blik op de politiemacht in de tuin.

"Ik geloof niet dat ik nu kan slapen," zei Liselot. Ze was doodmoe, maar ook bang om haar ogen te sluiten. Ze verlangde naar een comfortabele stoel, thee en mensen om haar heen.

De hond leek inmiddels al min of meer aan haar gewend. Hoewel hij nog in paniek leek te raken als hij dacht dat ze hem wilde aaien, bleef hij dicht bij haar in de buurt.

Sven had onderweg het woord 'asiel' laten vallen, wat hem een scherpe opmerking van Hilke had opgeleverd. Hij had het er verder maar bij gelaten.

Liselot zag de vragende, misschien iets afwijzende blik, van het echtpaar Wilkinson toen ze met de hond de Old Mill binnen strompelde, maar ze kregen geen kans om er iets over te zeggen.

"Liselot heeft de hond in het bos gevonden. Het beest was bijna dood van de honger. Hij heeft hulp nodig. Net als Liselot. Ik neem aan dat het geen probleem is?" De manier waarop Hilke dat zei, hield de belofte van een scène in, als iemand er wel problemen mee had.

Liselot vond het best. Ze hield de hond vast alsof het een reddingsboei was.

Ze werd de woonkamer binnengeloodst en op een stoel geplaatst.

Mevrouw Wilkinson haastte zich met het aandragen van een warme plaid, die ze moederlijk over Liselot heen legde en een beetje instopte. Ze sleepte zelfs een voetenbankje dichterbij, waar Liselot de voeten op kon leggen. De hond ging naast haar liggen.

"Je lust vast een lekkere kop thee en een goed ontbijt," meende mevrouw Wilkinson. "Na zo'n lange nacht... En Sven en Hilke ook. De rest heeft al ontbeten."

Liselot knikte. Ze voelde toch weer de neiging opkomen om te huilen. Hier zat ze, warm en veilig. En uitgerekend nu wilde ze huilen. Ze had de hele nacht niet gehuild.

Nou ja, ze had bijna de hele nacht niet gehuild. En de hele ochtend. Maar haast niet in de nacht, toen ze werkelijk problemen had.

Ze gebruikte haar trucje maar weer om rustig te blijven en ook dit keer werkte het. Ze wist zelfs een zwakke glimlach te produceren naar de rest van het gezelschap, die intussen ook in de kamer waren en duidelijk wachtten op haar verhaal.

"Hebben ze haar gevonden?" wilde ze weten. Een overbodige vraag, leek het. Natuurlijk was de vrouw gevonden.

Ze keek naar Wilkinson. Meneer Wilkinson wist ongetwijfeld het beste wat er op zijn terrein gebeurde.

Maar hij schudde zijn hoofd.

Verbijsterd staarde Liselot hem aan. "Ze hebben haar niet gevonden?"

"Nee. Ze hebben haar niet gevonden en geen enkele aanwijzing in die richting. Maar ze zoeken nog." Dat laatste had misschien geruststellend moeten klinken, maar er lag ook iets van berusting in. Hij geloofde er niet meer in.

"Ze lag er werkelijk," zei Liselot. "Ik heb naast haar gezeten en aan haar halsslagader gevoeld. Omdat ik niet zeker wist of ze werkelijk dood was of dat het misschien één of andere stunt was..."

Ze keek naar Wilkinson. "Ik dacht dat jullie een soort toneelspel hadden opgezet. Vanwege dat verhaal over Aiden. Om toeristen te laten geloven dat het werkelijk spookte. Ze leek tenslotte op Aiden. Tenminste... je kon haar beschrijven zoals jullie Aiden omschreven."

Er ontstond iets van onrust in het gezelschap en Hilke tilde haar hand op.

"Wacht." Ze wendde zich tot Liselot. "Begin bij het begin."

Liselot knikte.

Mevrouw Wilkinson kwam de kamer binnen met een dienblad met thee voor iedereen en maande meneer Wilkinson om de borden met ontbijt te halen.

Liselot wachtte tot ze de mok thee in haar handen had en de eerste voorzichtige slokjes had genomen en meneer Wilkinson een bord met roerei, witte bonen in tomatensaus, twee schijfjes bacon, een worstje en een paar schijfjes tomaat op haar schoot had gezet - waarom aten de Engelsen in hemelsnaam worstjes als ontbijt? - voordat ze na een diepe ademteug haar verhaal begon.

"Ik hoorde iets. Midden in de nacht. Ik weet niet hoe laat het precies was, want ik keek niet op de klok, maar het was aardedonker. Ik keek door het raam naar buiten en zag iets bewegen. Ik dacht aan de hond."

Ze keek naar Wilkinson. "Het huilen dat we de vorige dag hoorden... Hilke en ik gingen ervan uit dat het een hond was."

Meneer Wilkinson wilde protesteren, maar zijn vrouw stootte hem aan en hij sloot zijn mond weer.

"Ik dacht aan een verwaarloosde hond, misschien achtergelaten door zijn baas die op vakantie wilde of iets dergelijks, en besloot te gaan kijken. Ik wilde Hilke eerst wakker maken, maar ze leek nogal vast te slapen."

Ze keek naar Hilke, die schaapachtig grijnsde. "Ik vrees dat ik iets te veel likeur achter mijn kiezen had. Ik heb niets gehoord."

"Nee. Dat dacht ik al. Ik weet trouwens dat je altijd vast slaapt. Weet je nog toen we in Spanje waren en dat vuurwerk werd afgestoken, vanwege het feest van een of andere heilige... Ik weet niet meer wie het was..."

"Ik werd niet wakker. Sangria."

"En het was werkelijk mooi vuurwerk. Keihard."

Hilke haalde even haar schouders op. "Wat kan ik zeggen? Ik heb een gezonde slaap."

"Je zag iets," spoorde Fonds haar wat ongeduldig aan.

"Spannend," giechelde Levi.

Liselot haalde diep adem en ging verder met haar verhaal. "Ik pakte mijn zaklamp en ging naar beneden, naar buiten. Ik zag niets meer en keek rond met behulp van mijn zaklamp. En toen zag ik dus iemand in het wit. Ik dacht eerst aan een grap van Wilkinson." Ze keek enigszins verontschuldigend naar meneer Wilkinson.

"Waarom zou ik in vredesnaam zoiets doen?" vroeg hij. "Het is niet nodig. Aiden is vaker gezien in het witte gewaad waarin ze werd aangetroffen. Zelfs *wij* hebben haar vaker gezien..."

"Ik dacht dat het een trucje was," zei Liselot. Ze vertelde niets over de angst, die ze toch even had gevoeld.

"Dus ging je op onderzoek uit?" zei Peppin. Zijn stem klonk rustig en hij keek haar vriendelijk onderzoekend en oprecht geïnteresseerd aan.

Ze knikte en ging verder. Dit keer lukte het haar om haar verhaal in chronologische volgorde voort te zetten. Helder vertelde ze wat er gebeurd was, stap voor stap. Ze verbaasde zich zelf over de nuchterheid waarmee ze haar verhaal nu deed. Natuurlijk ging ze niet in op de angst die ze had gevoeld, het smeken en jammeren, en het sprak vanzelf dat ze met geen woord repte over het feit dat ze de hond in het begin voor een wolf had aangezien. Het deed er tenslotte niet toe.

"Wat spannend," giechelde Levi toen Liselot was uitgepraat. "Dat je durfde te gaan kijken toen je iets in het bos zag..." Ze huiverde even.

"Waarom zou ze niet gaan kijken," meende Fonds. "Het was dicht bij huis en ze dacht dat het om een grap ging."

"Maar ze wist het niet zeker," merkte Peppin op. "Ze voelde misschien dat haar vondst belangrijk was, maar probeerde zichzelf desondanks voor te houden dat het om een grap ging. Maar ze had dus geen enkele zekerheid. Het was een dappere daad. Gevaarlijk, dat bleek wel. Maar ook dapper."

Liselot glimlachte naar de man. Hij was vriendelijker dan ze had gedacht.

"Ik begrijp het niet," zei Sven. "Er gebeurt hier nooit iets. En de politie heeft nog niets gevonden. Wat natuurlijk niet wil zeggen dat ik het niet geloof." Dat laatste zei hij er haastig achteraan. "Het is alleen zo... onbegrijpelijk. Maar ik ben blij dat je ongeschonden bent. Alleen 's nachts in de bossen, in een nachthemd en op blote voeten... Het is ongetwijfeld verschrikkelijk geweest. Het spijt me dat ik niets heb gehoord."

"Ik ben heel stilletjes naar buiten gelopen," zei Liselot. "Je had het niet kunnen horen."

"Veel mensen hebben Aiden gezien," zei meneer Wilkinson toch nog even. "Veel mensen hebben haar gedaante, gekleed in het wit, bij nacht tussen de stammen van de eeuwenoude bomen zien zweven, en er zijn verhalen van mensen die haar hebben zien liggen. Dood. Soortgelijke verhalen als dat van Liselot."

"Het was geen spook," bracht Liselot er meteen tegenin. "Ze was echt."

Wilkinson knikte, maar geloofde haar niet.

"Ze verzint het heus niet," viel Hilke haar bij. Ze keek even naar Wilkinson en naar Sven. "Ik ken Liselot al een leven lang. Zij is veel te nuchter en verzint geen wilde verhalen. Als zij zegt dat ze een dode vrouw heeft gezien, dan is dat zo." Er klonk iets van uitdaging in haar stem.

Niemand bracht er iets tegenin. Alleen mevrouw Wilkinson mompelde iets van 'op blote voeten' en schudde haar hoofd.

Wilco zei niets. Liselot wist niet eens zeker of hij alles had gehoord. Hij leek, zoals altijd, in zijn eigen gedachten verzonken.

Liselot nam wat happen van haar ontbijt. Het dreigde koud te worden en dat zou jammer zijn. Het zelfgebakken brood, dat Wilkinson erbij had gelegd, smaakte opvallend goed. Ongelooflijk dat na de gebeurtenissen van die nacht het ontbijt zo goed smaakte.

Toen Tumbell de woonkamer binnenstapte, was Liselot ervan overtuigd dat hij zou vertellen dat ze haar toch nog hadden gevonden.

Albern Tumbell zei echter niets over de vrouw, maar tilde de pantoffels op die ze meteen als de hare herkende en vroeg of ze haar bekend voorkwamen.

Ze knikte heftig. "Die heb ik verloren toen de moordenaar mij bij die vrouw wegsleepte. Dan hebben jullie haar ongetwijfeld ook gevonden."

Tumbell schudde zijn hoofd. "De pantoffels lagen in de tuin. Niet in het bos."

Liselot staarde hem verbijsterd aan. "Maar dat kan niet. Ze vielen van mijn voeten af, toen de moordenaar mij bij die vrouw wegsleepte. Dat weet ik zeker."

De politieman knikte en richtte zijn aandacht op de rest van het gezelschap.

"Ik zou graag even met juffrouw Kreyns alleen willen spreken."

Het gezelschap knikte met zichtbare tegenzin en trok zich terug, richting tuin. Misschien was daar nog wat te beleven.

Alleen Hilke bleef.

Toen de politieman haar aankeek, reageerde ze zonder dat hij zijn vraag stelde.

"Ik blijf bij haar. Ze kan wel wat steun gebruiken en ik ken haar mijn hele leven al."

De politieman keek naar Liselot. "Wat wilt u zelf?"

"Dat ze blijft."

"Goed." Hij schoof een stoel dichterbij en ging zitten. "We hebben de hele omgeving onderzocht, maar niets gevonden. Geen dode vrouw, geen sporen van geweld, bloed of iets anders wat het verhaal kan bevestigen."

"Hoe kan dat nu?" reageerde Liselot verbijsterd. "Ik weet wat ik heb gezien."

"U zei dat u bij het lichaam van de vrouw werd overvallen en uw pantoffels verloor toen hij u bij het lijk wegsleepte."

Liselot knikte.

"Maar de pantoffels lagen in de tuin."

"Ik begrijp het niet. Dat moet hij dan hebben gedaan. Hij heeft haar daar weggehaald, de sporen gewist en mijn pantoffels in de tuin gelegd. Dat kan niet anders."

"Niet?" Tumbell keek haar onderzoekend aan. "Juffrouw Rubens noemde de problemen die u had, toen ze over de vermissing belde. Ze noemde de nachtmerries en het feit dat u licht overspannen was. Ze was bang dat u zichzelf in gevaar bracht."

Liselot keek naar Hilke. Hilke reageerde wat onzeker. "Ik werd wakker en je was verdwenen. Ik dacht meteen aan de nachtmerries en aan de mogelijkheid dat je was gaan slaapwandelen en jezelf daarbij in gevaar had gebracht. Ik was gewoon erg bezorgd." Ze wendde zich tot de politieman. "Wat niet wil zeggen dat ze een dergelijk verhaal verzint."

"Ik denk niet dat het verzonnen is, maar ik denk dat Miss Kreyns het slachtoffer van illusie is, door de spookverhalen en haar toestand. Dat Miss Kreyns na het luisteren naar de spookverhalen van Wilkinson - en ik weet hoe goed hij kan vertellen - erover heeft gedroomd." Hij keek Liselot aan. "Zou het niet kunnen dat u droomde dat u iets hoorde, naar buiten ging en Aiden zag? Dat u al slaapwandelend die route werkelijk volgde en zo in het bos terechtkwam, wakker werd door een val, en vervolgens niet wist waar u was? Ik zag de schaafwond op uw knie toen ik u in de auto hielp."

"Ik slaapwandel niet," bracht Liselot ertegenin.

"Je hebt al een paar keer 's nachts de ramen van je bedrijf opengezet zonder het te weten, en je bent zelfs een keer in de rouwkamer wakker geworden," ontglipte Hilke.

Liselot keek Hilke vernietigend aan.

Hilke trok een verontschuldigend gezicht. "Ik dacht werkelijk dat je in overspannen toestand aan de wandel was gegaan. Ik moest het uitleggen. Wat natuurlijk niet wil zeggen dat je nu ook aan het slaapwandelen was."

Hilke wendde zich tot de politieman. "Ze werd door het bos gesleept met de duster over haar hoofd en vastgebonden handen," bracht Hilke hem in herinnering. "Dat kan ze niet allemaal hebben verzonnen."

"Eh, ja. Het probleem met dromen is soms de grens vaststellen tussen droom en realiteit. Zaken kunnen in elkaar overlopen, vooral als je een beetje... problemen hebt."

"Als je gek bent, bedoelt u," zei Liselot.

"Nee, dat bedoel ik niet. Ik bedoel dat wat ik zeg. Droom en werkelijkheid kunnen in elkaar overlopen. En als je wakker wordt, midden in de nacht in een bos waar je de weg niet kent, komt daar nog een traumatische gebeurtenis bovenop."

"Dus u gaat ervan uit dat het allemaal niet echt gebeurd is."

"Op dit moment kunnen we daar geen enkel bewijs voor vinden. Uiteraard gaan we na of er ergens in Engeland een jonge vrouw als vermist is opgegeven, die aan de omschrijving voldoet. Maar als dat niet is gebeurd, wordt het moeilijk voor ons om nog iets te ondernemen."

"Ik weet wat ik heb gezien," gromde Liselot.

Tumbell ging daar niet meer op in.

"Het zou prettig zijn als u nog een paar dagen in Engeland blijft en bereikbaar bent. Voor het geval er alsnog iemand als vermist blijkt opgegeven."

"Ik denk dat ze veel beter naar huis kan gaan," bemoeide

Hilke zich ermee. "Na alles wat ze heeft meegemaakt, heeft ze behoefte aan rust."

"Ik blijf wel hier," bracht Liselot er echter tegenin.

"Zou je dat wel doen?" vroeg Hilke wat bezorgd. "Na vannacht..."

Liselot knikte. "Ik blijf hier. Voor het geval iemand als vermist is opgegeven. Zoals de agent al zegt."

"Tja... Als je dat graag wilt..."

Tumbell glimlachte even. "Fijn. Misschien mag ik uw mobiele nummer?"

Liselot gaf hem haar nummer en hij noemde zijn nummer, wat ze op zijn aanraden meteen in haar gsm zette.

"Voor alle zekerheid," zei hij.

Hij groette bij wijze van afscheid en Liselot keek hoe hij kort daarna vertrok.

"Ik weet wat ik heb gezien," mompelde ze nog maar een keer.

"Natuurlijk," zei Hilke.

Liselot keek haar vriendin aan. "Je gelooft mij ook niet," constateerde ze.

Hilke aarzelde even, voordat ze antwoord gaf. "Ik geloof dat je er zelf van overtuigd bent dat het zo is."

"Je gelooft mij niet," besloot Liselot gedeprimeerd. "Waarom probeerde je zojuist die inspecteur dan nog te overtuigen door die opmerking over het slepen te maken?"

"Omdat je mijn vriendin bent en omdat ik je graag wil geloven. Ik bedoel... ik wil natuurlijk niet dat er een vermoorde jonge vrouw ergens in het bos ligt, maar ik wil wél jou geloven."

"Maar dat doe je niet."

"Ik wíl het wel. Maar Wilkinson heeft dat verhaal over die spoken verteld en ik weet dat je nachtmerries hebt en slaapwandelt... en dan de dode mensen die je al hebt gezien. Ik bedoel... het is niet de eerste keer dat je iemand ziet die dood is."

"Dat was anders. Dat waren mensen die ik zelf had begraven en die opeens op een terras zaten of in een winkel stonden. Deze jonge vrouw kende ik niet."

"Uit het verhaal van meneer Wilkinson."

"Dat is niet hetzelfde."

"Nee, dat niet."

"En ik heb schaafwondjes op mijn hielen."

"Ja. Ja, dat is waar. Ik weet het ook allemaal niet. Ik *wil* je echt geloven en misschien is het ook zo. Hè, ik ben zelf verward. Het ene moment ben ik ervan overtuigd dat je het allemaal werkelijk hebt meegemaakt, en het andere moment is er die twijfel. Vanwege die nachtmerries en het feit dat je eerder dode mensen zag. Het spijt me. Ik mag niet aan je twijfelen en dat wil ik ook niet doen."

"Je bent gewoon eerlijk. Ik begin bijna aan mezelf te twijfelen." Liselot staarde wat beteuterd voor zich uit. "Alleen al vanwege de vraag waarom hij mij niet heeft vermoord."

"De moordenaar?"

"Hij had me gemakkelijk om het leven kunnen brengen. Dat deed hij niet. Hij bond me vast en sleepte me een stuk door het bos om me daar ergens neer te leggen. Hij liet me niet vallen, maar legde me neer. Daarna verdween hij. Dat is onlogisch."

"Een beetje. Misschien..."

"Ik weet het allemaal niet meer." Ze keek naar Hilke.

"Word ik gek, denk je?"

Hilke schudde haastig haar hoofd. "Natuurlijk niet," zei ze.

Maar Liselot zag de bezorgde trek rond haar mond.

"We kunnen naar Londen teruggaan," stelde Hilke voor. "We kunnen onze intrek in een luxe hotel nemen, totdat de politie je niet meer nodig heeft."

"Ik denk dat ze mij hoe dan ook niet nodig hebben. Maar ik blijf vandaag liever hier. Ik denk dat ik dadelijk een paar uurtjes probeer te slapen. Morgen zien we dan wel verder."

"Weet je dat zeker? Na alles wat er is gebeurd?"

Liselot knikte. "Juist daarom," zei ze. Ze negeerde de vragende uitdrukking op het gezicht van haar vriendin. "Ik denk dat ik voor een paar uurtjes naar bed ga."

"Dat is goed. Je bent vast doodop. Ik ga wel mee naar boven en blijf bij je."

Liselot schudde haar hoofd. "Welnee, dat hoeft niet. Het is klaarlichte dag. Ga een stukje wandelen of iets leuks doen."

"Alleen?" Hilke trok even haar neus op.

"Vraag Sven."

Er verscheen een klein lachje op Hilke's gezicht. "Klinkt als een leuk plan. Maar Sven moet volgens mij ergens naartoe. Daar heeft hij een opmerking over gemaakt. Misschien moet hij wel naar zijn ex. Ik geloof er niets van dat het definitief is afgelopen tussen die twee. Ik zie het aan zijn gezicht als er een opmerking over valt. Misschien woont ze wel hier in de buurt."

"Misschien wel," gaf Liselot toe. "Hij weet hier in ieder geval goed de weg."

"Heel erg goed. Misschien moet ik hem wel met rust laten."

"Dan kun je nog altijd met een van de anderen optrekken."

"Fonds en Levi zitten doorlopend aan elkaar te friemelen. Daar word ik zenuwachtig van. En die andere twee..." Hilke rolde met haar ogen.

"Peppin is volgens mij best aardig," meende Liselot. "Een beetje apart misschien, maar toch wel aardig. Van Wilco krijg ik ook niet zo goed hoogte. Hij zegt niet veel en gaat zijn eigen gang."

"Een vreemde vogel."

"Misschien wel."

"Ik denk dat ik gewoon een stuk ga wandelen," besloot Hilke. "In mijn eentje. Misschien vind ik wel een of ander bewijs voor je verhaal."

"Reken daar maar niet op. De politie heeft vast goed gezocht."

"Maar ik ben beter." Hilke grijnsde. "Ik zal je nu eerst naar boven brengen."

"Ik kan zelf wel..."

"Zeur niet. Ik breng je."

Hilke begeleidde Liselot naar boven en bleef bij haar totdat Liselot in bed lag. De hond ging uiteraard mee naar boven. Als vanzelfsprekend ging hij naast het bed van Liselot liggen.

"Weet je zeker dat ik niet bij je moet blijven?" informeerde Hilke.

"Ik weet het zeker. Het is klaarlichte dag en de hond is bij me."

"Misschien zou je hem eens moeten wassen. Hij is nogal vies. Ik denk dat de Wilkinsons niet zo blij zijn met een vieze hond in de slaapkamer."

"Later misschien. Hij is nog zo bang."

"Niet meer zo heel erg bang."

"Nee, niet meer zo heel erg."

Hilke trok de gordijnen dicht en verdween stilletjes uit de slaapkamer.

Liselot bleef alleen achter en staarde naar het plafond. Werd ze werkelijk gek?

Ze dacht aan de dingen die de afgelopen nacht waren gebeurd. Of waarvan ze dacht dat ze waren gebeurd. Ze dacht ook aan de woorden van de politieman.

Was het werkelijk mogelijk dat ze alles had gedroomd? Ze kon het zich niet voorstellen. Misschien werd ze echt gek. Een beangstigende gedachte.

Misschien kon ze beter gaan slapen en alles vergeten.

Ze deed haar ogen dicht en zag de dode vrouw weer voor zich. Zo jong, zo mooi...

Nee. Ze had niet gedroomd. Ze had haar werkelijk gezien. En ze was werkelijk overvallen. Ze kon zich het moment van de overval haarscherp herinneren. De korte worsteling waarbij ze misschien niet had gevochten zoals ze had moeten doen omdat ze werd overrompeld... En daarna de sleeptocht door de bossen. Ze herinnerde zich haar angst en huiverde. Ze wist niet hoe ver de moordenaar haar had gesleept, maar nu ze erover nadacht, geloofde ze niet dat het erg ver was geweest. Het was maar langzaam gegaan. Ze had de dader horen hijgen van vermoeidheid.

Hij had haar uiteindelijk neergelegd. Niet laten vallen, maar neergelegd. Liselot had geen idee waarom hij dat had gedaan. En ze begreep al helemaal niet waarom hij haar niet had vermoord.

Misschien was dat gewoon nooit zijn bedoeling geweest. Misschien had hij de jonge vrouw met een reden vermoord en stond Liselot daar volledig buiten. Dat leek haar aannemelijk.

Bleef de vraag waarom iemand uitgerekend hier die vrouw had vermoord. Zo dicht bij de molen, waar toch mensen waren.

Waarom hier? Waarom niet midden in het bos of ergens in de stad, als moordenaar en slachtoffer elkaar hadden gekend?

De enige verklaring daarvoor bezorgde Liselot bijna een shock. De moordenaar was iemand die hier in de Old Mill aanwezig was geweest.

Dat was de enige aannemelijke reden waarom die vrouw uit-gerekend achter de molen werd vermoord. De dader was ie-mand uit het reisgezelschap geweest of misschien zelfs Wilkinson.

Liselot voelde de angst als een stoet mieren door haar lijf krui-pen. Iemand in dit huis was een moordenaar. Het klonk te gek voor woorden en opnieuw besloop haar de gedachte dat ze gek was. Maar ze schudde weer haar hoofd. Ze was niet gek. Iemand hier in dit huis had de jonge vrouw vermoord en de sporen gewist. Niemand anders was in die gelegenheid ge-weest. Althans... niet in dezelfde mate.

Liselot speelde met het idee om naar beneden te rennen en er met mevrouw Wilkinson over te praten. Mevrouw Wilkinson kon nooit een moordenaar zijn.

Maar Liselot bedacht zich. Wat als het haar man was geweest en zij er vanaf wist? Wat zouden ze dan doen?

Nee. Ze kon het niet tegen hen zeggen en niet tegen iemand anders in het gezelschap. De kans was groot dat ze het dan tegen de verkeerde zei en dat ze daardoor alsnog in gevaar kwam. Onrustig woelde ze in haar bed.

Haar voeten waren pijnlijk en bonkten alsof er een bende duimhoge trollen met mokerhamers in de weer waren.

Toen er op de deur werd geklopt, schrok ze. "Wie is daar?" Ze kon het niet helpen dat ze paniekerig klonk.

"Mevrouw Wilkinson, *dear*."

"Kom maar binnen." Liselot vroeg zich gespannen af waarom de vrouw haar bezocht. Ze kreeg het gevoel dat ze een beetje paranoïde begon te worden.

Mevrouw Wilkinson kwam binnen met een glaasje warme melk. "Ik dacht dat je misschien wat moeite kon hebben met inslapen, na alles wat er is gebeurd. Bovendien doen je voeten ongetwijfeld pijn. Ik heb warme melk voor je en iets tegen de pijn. Als je dat graag wilt."

Liselot knikte. Haar voeten zouden haar geen seconde rust gunnen als ze er niets aan deed. Ze nam het tabletje aan en dronk haar melk, onder toeziend oog van de bezorgde mevrouw Wilkinson. De moederlijke zorgen van de vrouw waren prettig en troostend.

Toen mevrouw Wilkinson zich weer terugtrok, was Liselot wat rustiger.

Heel even kwam het nog bij haar op dat de vrouw haar misschien een dodelijke pil had gegeven, maar die fantasie ging zelfs haar te ver. Als mevrouw Wilkinson de moordenaar was - wat erg onwaarschijnlijk was - had ze haar werk in de bossen afgemaakt en niet hier, in haar eigen huis.

Liselot gaf zich over aan de loomheid die haar overviel en viel in slaap.

HOOFDSTUK 8

Liselot voelde zich wat beter toen ze wakker werd. Ze keek op de klok en zag dat het drie uur was. Ze wist niet hoe laat ze was gaan slapen, maar een aantal uurtjes rust had ze toch gehad.

Het verbaasde haar dat ze had kunnen slapen, na alle gebeurtenissen. Ze dacht weer aan het pilletje van mevrouw Wilkinson. Misschien was het meer dan alleen een pijnstiller geweest. Misschien had haar dat ongerust moeten maken, maar ze was dankbaar voor de rust die ze daardoor had gekregen. Ze voelde zich stukken beter en ze geloofde zeker dat ze nu in staat zou zijn helder na te denken over alles wat er was gebeurd.

De gedachte dat iemand in het gezelschap verantwoordelijk kon zijn voor de dood van de jonge vrouw, spookte echter nog steeds in haar hoofd rond.

Want nu ze goed uitgerust was, wist ze zeker dat ze het niet had gedroomd. Ongeacht wat de anderen zeiden. Ze had het niet gedroomd, ze was niet overspannen, ze was zeker niet gek en ze zou dat bewijzen ook. Ze wist nog niet hoe, maar ze wist dat ze het zou doen.

Ze kwam overeind en slingerde haar voeten over de rand van het bed. De hond werd ook wakker. Hij keek haar aan met een blik van *staan we nu al op?* Daarna gaapte hij uitgebreid en rekte zich uit.

Het bonken in haar voeten was onmiddellijk weer terug. Het was naïef geweest om te denken dat de pijn verleden tijd was. Haar hele lijf deed pijn. Maar dat was slechts spierpijn, wist ze.

Ze zag ertegenop om te gaan staan, maar ze was niet van plan om aan die weerzin toe te geven. Ze wilde niet de rest van de dag in haar eentje hier op deze kamer in bed liggen. Ze wilde nadenken en misschien met mensen praten.

Vooral met Hilke. Hilke twijfelde aan het verhaal. Ze had aangegeven dat ze het wílde geloven, maar had duidelijk haar twijfels gehad, wat je haar niet eens kwalijk kon nemen, na de afgelopen maanden.

Maar Liselot wist dat Hilke haar evengoed zou helpen, als ze onderzoek wilde doen. Het kwam natuurlijk bij haar op dat het gevaarlijk kon zijn, maar ze zou voorzichtig zijn en onmiddellijk de politie waarschuwen als er ook maar de minste aanleiding toe was.

Kreunend stond ze op, trok de verschrikkelijke kleding die Hilke had uitgekozen aan, omdat het in ieder geval gemakkelijk zat en ze toch nergens heenging, en strompelde de kamer uit, op de voet gevolgd door de hond.

In de woonkamer trof ze alleen Peppin aan.

Hij zat in kostuum, met kaarsrechte rug op een Chesterfield stoel en genoot van een kopje koffie. Hij keek Liselot aan toen ze de kamer binnenliep en glimlachte minzaam naar haar.

"Je bent op," stelde hij verrast vast. "Zal ik je helpen?" Hij sprong meteen overeind, maar Liselot schudde haar hoofd.

"Het lukt wel." Ze strompelde naar de sofa en ging met een zucht van verlichting zitten.

"De voeten zijn nog pijnlijk?"

Liselot knikte. "Ik loop normaal gesproken vrijwel nooit op blote voeten. Zelfs thuis niet. Ze zijn niets gewend."

"De voeten van de meeste Europeanen zijn niets gewend.

Daarbuiten bestaan hele culturen die op blote voeten leven. Dus het is niet onmogelijk. Niet als je ermee bent opgegroeid. Maar in jouw geval is dat wat anders."

Liselot knikte. Het was een paar tellen stil. Liselot hoorde mevrouw Wilkinson in de keuken met pannen en potten rammelen. Ze zag de wat taxerende blik van Peppin.

"Het spijt me dat ik voor zo veel ongemak zorgde voor iedereen. De politie zei dat het een nachtmerrie was." Terwijl ze dat zei, hield ze Peppins reactie goed in de gaten, maar het was moeilijk om een emotie in zijn serene gezichtsuitdrukking te herkennen.

"Wat denk je zelf?" vroeg hij.

Liselot aarzelde. "Ik geloof niet dat het een nachtmerrie was. Althans, niet op de manier waarop de politie dat suggereerde." Ze bleef Peppin aankijken.

"Ik denk het ook niet," antwoordde Peppin.

Liselot kon een lichte verwondering niet onderdrukken. "Werkelijk niet?" vroeg ze.

Hij schudde zijn hoofd.

"Ik denk dat je dan de enige bent."

"Misschien wel, maar ik geloof dat je die vrouw werkelijk hebt gezien en dat je werkelijk bent overvallen."

"Waarom geloof je mij? Je kent mij niet, je weet dat ik last had van nachtmerries en af en toe dingen zag... Hilke heeft dat tenslotte genoemd."

"Hadden de nachtmerries betrekking op seriemoordenaars, enge films, krantenberichten of boeken?"

"Nee. Het betrof altijd mensen die ik had begraven. Ze werden levend in mijn droom. Soms droomde ik ook van kakkerlakken. In samenhang met de begraven mensen. Ik ben als de dood voor kakkerlakken."

"En bang dat iemand opstaat uit de dood?"

"Dat bestaat niet."

Hij glimlachte minzaam en ging verder. "Je zag bepaalde dingen, vertelde je vriendin toen je was vermist. Ze was in alle staten en bang dat het daarmee te maken had. Ze noemde het een lichte staat van overspannenheid."

Liselot knikte.

"Zag je vampiers, weerwolven? Jack de Ripper misschien?"

"Nee. Ik zag de mensen die ik had begraven, in de stad, op een terras of in de winkel."

"Geloof je in spoken, geesten, het bovennatuurlijke?"

"Nee, natuurlijk niet."

"Voilà."

Liselot keek hem verbaasd aan.

"Als je door een nachtmerrie was geplaagd waarin een van de mensen die je had begraven in de tuin had gestaan en die persoon achterna was gegaan, had het inderdaad een nachtmerrie kunnen zijn. Mensen staan niet op uit de dood. Althans niet voor zover wij dat weten en al helemaal niet voor zover wij dat kunnen zien. Dat zei je zelf al. Dus was het dan een nachtmerrie geweest. Maar je zag dit keer niet iemand die je had begraven. Je zag een dame in het wit. Je nachtmerries gingen nooit over mooie dode vrouwen in het wit en ook niet over overvallers. Ze brachten je nooit naar een bos, waar je vervolgens gedesoriënteerd wakker werd."

"Nee, dat niet."

"Dus moeten we aannemen dat je werkelijk een dode vrouw

hebt gezien."

Liselot knikte langzaam.

"Dus is er werkelijk iemand vermoord en zijn de sporen daarvan gewist."

"Dat is in mij opgekomen," bekende Liselot.

"En dat niet alleen," ging Peppin verder. Hij keek Liselot aan en ze meende zowaar iets van vermaak in zijn ogen te herkennen. "Het moet iemand in ons gezelschap zijn geweest."

Liselot staarde hem aan.

"Het is onlogisch dat een volledige buitenstaander midden in de nacht uitgerekend in het bos achter dit huis zijn slachtoffer treft en vermoordt, terwijl hij dat ook elders had kunnen doen, waar de kans op ontdekking veel kleiner was. Bovendien had de dader dan niet dezelfde gelegenheid gehad alle sporen te wissen. Het is dus iemand die we kennen."

Liselot knikte. "Daar heb ik ook aan gedacht," zei ze eerlijk. Ze was op haar hoede. Hield hij haar niet voor de gek?

Maar Peppin leunde eindelijk achterover in zijn stoel, terwijl hij haar bleef aankijken. "De vraag is: *wie*?"

Liselot knikte. Ze aarzelde even. "Misschien moet ik het toch nog een keer met de politie bespreken."

"Denk je dat ze je geloven?"

Ze schudde haar hoofd.

"Dan kun je beter zelf met de mensen praten. Onschuldige gesprekken geven vaak onweerlegbare aanwijzingen. Ik weet waarover ik praat."

"Maar ik weet niet eens waar ik moet zoeken."

"Je moet beginnen met het bekijken van mogelijkheden en motieven. Zo begint het altijd." Peppin zat nu weer een beetje naar voren in zijn stoel, en Liselot zag dat hij hiervan genoot. Ze voelde zelf ook een lichte spanning die bijna prettig was. Maar ook een klein stukje angst.

Ze wilde iets zeggen, maar mevrouw Wilkinson kwam de huiskamer binnen en Liselot sloot haastig haar mond.

"Liselot! Je bent alweer op. Lust je een lekker kopje koffie?"

"Nee, dank je. Geen koffie."

"Och nee, natuurlijk niet. Je lust geen koffie. Maar een kopje thee gaat er vast in?"

Liselot knikte dankbaar en mevrouw Wilkinson verdween weer.

"De Wilkinsons," begon Peppin.

"Wat?"

"Ze wonen hier. Ze kunnen gemakkelijk in en uit lopen zonder dat iemand het ziet en ze kennen de bossen ongetwijfeld op hun duimpje."

"Waarom zouden ze iemand vermoorden?"

"Het slachtoffer leek op Aiden en droeg soortgelijke kleding. Misschien was het een actrice, in dienst van de Wilkinsons, om toeristen het spookverhaal te laten geloven. Ze kregen ruzie met haar en toen die vrouw dreigde om met haar verhaal naar de krant te stappen..." Hij haalde zijn hand met een veelbetekende blik langs zijn keel.

"De Wilkinsons?" vroeg Liselot. "Ik kan het mij niet voorstellen." Maar ze had er zelf ook aan gedacht.

"Veel moordenaars leken aardig voor omstanders," zei Peppin. Liselot knikte. Dat wist ze wel. Ze had het onlangs nog in de krant gelezen: een jonge man was opgepakt vanwege de moord op zijn vrouw. Hij zwaaide altijd en was altijd in voor een gezellig praatje, hadden zijn buren gezegd.

"Je vriendin?"

Liselot giechelde even. "Hilke doet letterlijk geen vlieg kwaad en kent niemand hier in de omgeving. Bovendien lag ze te slapen."

"Hm... dan valt ze inderdaad af. Maar zij is de enige van wie je zeker weet dat ze op de kamer was en in bed lag."

Liselot knikte.

"Wilco was niet op zijn kamer," zei Peppin langzaam. "Ik slaap licht en werd wakker toen hij de kamer verliet. Ik weet niet wanneer hij is teruggekomen. Dat heb ik niet meer gehoord. Maar hij is een hele poos weggeweest en ik zag vanmorgen verse modder aan zijn schoenen."

"Hij is wel apart," gaf Liselot toe. "Maar ik geloof niet dat hij hier iemand kent."

"Dat weet je niet. Eigenlijk weten we maar erg weinig van hem af."

Liselot knikte weer. Peppin had een punt.

"Sven," noemde Peppin. "Sven is goed bekend in de omgeving, veel weg en heeft moeite met de beëindiging van zijn relatie."

"Hij belt veel," wist Liselot.

"Je ziet het aan hem," vond Peppin. "En het is niet te controleren of hij vannacht op zijn kamer was. Hij slaapt alleen."

Dat was ook waar.

"Hij kan zijn ex hebben ontmoet, ruzie hebben gekregen en..."

Hij hoefde de zin niet af te maken. Liselot begreep prima wat hij bedoelde.

"Ik heb Fonds in Londen met een blondine gezien," herinnerde Liselot zich. "Het was niet Levi."

"Voilà. Nog een motief. De blondine is hem gevolgd en heeft gedreigd om Levi te informeren. Of Levi heeft een afspraak met haar gemaakt en de concurrentie uitgeschakeld."

"Fonds en Levi hadden gisteren ruzie," herinnerde Liselot zich.

"*Exactement.*"

Liselot schoof een beetje naar achteren totdat ze met haar rug stevig tegen de leuning zat. Het duizelde haar een beetje.

Mevrouw Wilkinson kwam de huiskamer binnen met thee en koekjes.

"Als er nog iets is wat je nodig hebt... Ik ben in de keuken..."

Liselot bedankte haar hartelijk. Ze had verder niets nodig.

"En ik," zei Peppin.

Liselot keek hem bevreemd aan.

"Je weet niet of ik de waarheid spreek en je weet niet of ik in mijn kamer was."

"Eh, nee." Liselot onderdrukte een lichte huivering.

Hij glimlachte. "Ik ben de enige die zeker weet dat ik onschuldig ben. Maar jij moet niets zomaar aannemen. Niemand vertrouwen."

Liselot roerde in haar thee. Niemand vertrouwen. Bepaald niet prettig als je nog met elkaar wilde optrekken. Het was gemakkelijker om naar Londen terug te gaan, daar een prachtig hotel te zoeken en alles te vergeten.

Maar ze wist dat ze dat niet kon doen. Dan zou ze met haar vragen blijven worstelen. En misschien denken dat ze werkelijk gek was. Om nog maar te zwijgen over mogelijke bezorgde blikken en opmerkingen van Hilke.

"En nu?" vroeg ze aan Peppin.

"En nu moet je met de mensen praten als je daar de kans voor krijgt. Onschuldige gesprekken, waaruit je kunt opmaken of de persoon op zijn kamer was en of hij of zij een motief zou kunnen hebben. Een rechtstreeks antwoord zul je nooit krijgen, maar je kunt je eigen conclusies trekken. Vooral als twee mensen tegenstrijdige verklaringen geven."

"Detectivewerk."

"Huis-, tuin- en keukendetectivewerk. Omdat de politie het niet doet."

"Is het niet gevaarlijk?"

"Daarom moet je ervoor zorgen dat je vragen onschuldig, bijna naïef zijn."

Liselot knikte en nam een slokje thee. Ze zag wel in dat dit het enige was dat ze kon doen. Als ze tenminste niet gewoon naar huis wilde gaan om alles te vergeten. Als ze anderen, maar vooral zichzelf, ervan wilde overtuigen dat ze werkelijk niet gek was.

"Ik zal mijn oren en ogen open houden en hetzelfde doen," beloofde Peppin.

Ze had graag nog wat langer met Peppin over het onderwerp willen praten, maar Wilco kwam de kamer in en maakte daarmee een einde aan het gesprek.

Mevrouw Wilkinson had hem blijkbaar gehoord. Ze verscheen vrijwel meteen op de drempel met de vraag of hij ook een kopje thee of koffie lustte.

Wilco nam het aanbod van thee met graagte, maar ook wat nerveus, aan en mevrouw Wilkinson verdween weer.

Peppin stond op en groette Wilco en Liselot met een kort

hoofdknikje. "Ik ga een stukje wandelen. Het is heerlijk weer."
Zijn blik bleef net iets langer op Liselot rusten, en ze wist
waarom hij uitgerekend nu vertrok en haar alleen achterliet
met Wilco.

Het maakte haar nerveus, maar ze deed haar best om niets
te laten merken en wenste Peppin een prettige wandeling.
Meteen na zijn vertrek ontstond er een wat gespannen stilte in
de woonkamer.

"Hoe gaat het met je voeten?" wilde Wilco weten. Hij keek
haar niet recht aan.

"Pijnlijk," zei Liselot. "Het zal wel tijd nodig hebben."

Wilco knikte.

"Denk je dat ik gek ben?" vroeg ze toen rechtstreeks.
Misschien een wat ongelukkige inleiding voor een gesprek,
maar het was in ieder geval een inleiding.

Dit keer keek Wilco haar wel aan en leek daar zelf van te
schrikken. "Nee," zei hij. "Je bent niet gek."

"Geloof je mijn verhaal?"

"Ik ben ervan overtuigd dat het voor jou de waarheid is. En er
zitten zeker elementen in die niet eenvoudig te verklaren zijn."

Liselot keek hem afwachtend aan.

"Slaapwandelen is een veel voorkomend fenomeen. Hoewel
dit in een halfbewuste toestand gebeurt en men zich bewust
is van het eigen lichaam, wordt de omgeving bepaald door een
droombeeld of droombewustzijn. Het moment van wakker
worden kan gepaard gaan met sluimerhallucinaties, waarbij de
droombeelden dusdanig levendig zijn, dat onderscheiding van
werkelijkheid een probleem kan opleveren. Desoriëntatie bij
het wakker worden, zeker als dat plotseling gebeurt door een

val, is niet ongebruikelijk."

Liselot staarde hem een paar tellen aan. "Dus volgens jou heb ik gewoon een nachtmerrie gehad."

"Dat weet ik niet. Ik geef alleen de mogelijkheid aan."

Liselot voelde er veel voor om ertegenin te gaan, maar ze deed het niet. Ze dacht aan de adviezen van Peppin. "Ik neem aan dat het mogelijk was. Het is jammer dat niemand mij heeft gezien, toen ik naar buiten liep. Dan had ik misschien zekerheid gehad..." Ze keek peinzend.

Wilco knikte. "Een ongelukkig toeval. Aangezien ik ergens rond die tijd ook buiten was. Maar ik vrees dat ik in slaap ben gevallen."

"Je was buiten?" Het verbijsterde Liselot dat hij dat zo eenvoudig had gezegd. Alsof hij niets te verbergen had. Wat misschien ook wel zo was.

Hij knikte.

"Waarom?"

"Vanwege de molen. Onderzoek."

"Aiden en de molenaar?"

Hij knikte.

"Maar het is toch alleen maar een legende? Misschien zelfs dat nog niet eens. Misschien heeft Wilkinson het hele verhaal verzonnen om toeristen te trekken."

Maar Wilco schudde zijn hoofd. "Nee, Booker heeft hier werkelijk gewoond en het verhaal van Aiden is op waarheid gebaseerd. De waarnemingen zijn ook reëel en eerder onderzoek heeft paranormale activiteit laten zien. Het valt alleen te betwijfelen of dat onderzoek onder de juiste condities heeft plaatsgevonden. Maar het verhaal van Booker is in ieder geval waar. Er zijn oude geschriften die daar het bewijs van vormen. De papieren die Wilkinson liet zien waren ook authentiek. Maar ik had ook niet anders verwacht."

Liselot bleef hem aanstaren. "Je hebt dat uitgezocht?"

"Het is een reden waarom ik hier ben. Zonder duidelijke aanwijzingen in de richting van paranormale verschijnselen zou de Old Mill voor mij geen boeiend reisdoel zijn."

"Ik dacht dat Wilkinson alles verzon. En die wolf?"

"Ik weet dat de wolven eind zestiende eeuw uitgeroeid zijn in Engeland en ik heb inderdaad de legende gehoord van de laatste wolf, wiens geest hier nog zou rondspoken, maar de verhalen daarover zijn erg wisselend en nauwelijks betrouwbaar. Vooralsnog niet interessant voor nader onderzoek."

"Ik begrijp niet dat paranormale activiteiten hoe dan ook interessant zijn voor wetenschappelijk onderzoek. Wetenschappelijk onderzoek baseert zich, voor zover mij bekend, op feiten. Paranormale verschijnselen zijn geen feiten, geen meetbare gegevens."

"Je hebt de *close-minded* sceptici die het ongetwijfeld met je eens zouden zijn. Hun overtuiging is zo star dat ze bij voorbaat ieder onderzoeksresultaat met betrekking tot paranormale activiteit afdoen als fraude of het niet handhaven van de juiste richtlijnen en normen. Maar ze hebben niet altijd gelijk. Professor Henry Morton bijvoorbeeld, noemde Edisons experimenten bedrog. En Simon Newcomb van de John Hopkins Universiteit verklaarde de Wright Brothers voor gek omdat het volgens de wetenschap onmogelijk was dat machines konden vliegen. Andere sceptici vielen John Logie Baird aan omdat het volgens hen absolute onzin was dat televisiegolven een beeld konden produceren. "We moeten niet gaan voor volledig scepticisme, maar voor verschillen in waarschijnlijkheid," zei Professor Bertrand Russell. Hij was een *open-minded* scepticus en daar reken ik mijzelf ook toe."

"Dus jij doet hier onderzoek om de aanwezigheid van spoken, zoals Aiden, te bevestigen of te weerleggen?"

"Nee, nog niet. Ik wil graag paranormale activiteiten onderzoeken, maar moet een keuze maken voor een project. Momenteel onderzoek ik dus alleen welk project voor mij interessant is. Mijn aanvraag om onderzoek te doen, moet gestoeld zijn op goede argumenten. Die zoek ik dus ook. Zonder argumenten geen geld." Hij glimlachte even.

Liselot knikte. "Vandaar dat je zo veel weg bent."

Hij leek even te aarzelen, maar knikte toen.

"Je praat ook niet zo veel met de mensen in het gezelschap," haalde Liselot voorzichtig aan.

"Ik ben niet erg goed met mensen," bekende Wilco. Hij kleurde zowaar een beetje.

Liselot glimlachte een beetje. Wilco zag er opeens zo hulpeloos uit.

Eigenlijk was hij best sympathiek.

Ze werden onderbroken omdat mevrouw Wilkinson thee bracht. Ze schonk ook Liselot nog een kopje thee in, omdat Liselot zich beter rustig kon houden volgens haar en lekker op de sofa moest blijven zitten en rustgevende thee moest drinken. Liselot vond het prima. Ze had geen behoefte om iets anders te ondernemen.

"Ik begrijp wat je bedoelt," bekende ze. "Ik heb zelf beroepsmatig veel met mensen te maken en bepaalde omgangsvormen worden wel van mij verwacht. Dat kan ik ook en ik geloof zelfs dat ik daar ook goed in ben. Maar buiten mijn werk om is het anders."

Wilco knikte. "Ik kan met collega's discussiëren, mijn punten duidelijk maken en zelfs gastlessen geven. Maar dat is beroepsmatig en op mijn vakgebied."

"Precies," was Liselot het er helemaal mee eens. "Dat is heel wat anders dan het omgaan met mensen in privésfeer."

Hun blikken bleven een paar tellen op elkaar gevestigd, totdat ze allebei een beetje verlegen werden en kleurden.

"Wilkinson beweerde dat ik Aiden had gezien," zei Liselot.

"Dat denk ik niet," zei Wilco.

"Omdat het hier niet echt spookt? Jij hebt natuurlijk onderzoek gedaan. Je zult wel weten of Aiden hier werkelijk rondspookt of niet."

"Nee, nog niet. Ik heb geen goede meetapparatuur ter beschikking, dus het is behelpen en als je dan ook nog in slaap valt..." Hij grijnsde wat beschaamd.

"Reizen is nu eenmaal vermoeiend," zei Liselot begrijpend.

"Ja, dat ook. Vooral in een gezelschap."

"Waarom ging je dan niet alleen op stap? Waarom koos je hiervoor?"

"Omdat ik de belevenissen van mensen tijdens een dergelijke reis wilde meemaken en omdat de Old Mill alleen gezelschappen accepteert. En uitgerekend hier wilde ik graag een kijkje nemen."

"Je had toch kunnen zeggen dat je onderzoeker bent?"

"Niet iedereen is gecharmeerd van onderzoekers."

"Nee, dat misschien niet. Er bestaat altijd het risico dat hun verhaal, dat toch toeristen moet aantrekken, als pure fantasie wordt afgedaan."

Wilco knikte. "Waarom reis jij met een gezelschap?" wilde hij weten.

"Een idee van mijn vriendin Hilke."

"Oh."

"Ze vond dat ik er een keertje uit moest. Ik had die nacht-merries en zag af en toe... nou ja, je hebt het ongetwijfeld ge-hoord."

"En dan ga je op spokenjacht?"

"Ik weet het. Een onlogische keuze. Een speciaal talent van mijn vriendin. Ze maakte een vergelijking met een spinnenfo-bie. Daar kom je niet overheen als je spinnen ontwijkt."

Wilco trok even zijn wenkbrauwen op. "Je hebt toch geen do-denfobie?"

"Nee. Dat niet. Maar ze komen wel tot leven in mijn droom. Overdag zie ik ook dode mensen. Ik lijk wel dat jongetje uit die film met Bruce Willis."

"The sixth sense."

"Ja. Gezien?"

"Natuurlijk. Mooie film."

"Denk je dat die dode jonge vrouw ook zoiets was?"

"De dode mensen die je zag..."

"Mensen die ik had begraven. Ik zag ze opeens weer rond-lopen."

"Dan zou het logischer zijn geweest als je hier in het bos ie-mand had gezien die je eerder had begraven."

"Maar dat was niet zo."

"Nee. Dus is de theorie van de nachtmerrie aannemelijk. Of je hebt echt een dode jonge vrouw gezien."

Liselot staarde hem aan.

"Dat is alleen maar logisch," zei Wilco.

"Maar dat ze is verdwenen zonder een spoor achter te laten, is dat niet."

"Als de vrouw werkelijk is vermoord, was de overval op jou ook logisch. Hij zag je komen, verstopte zich, overviel je en zorgde ervoor dat hij ruim de tijd had om de sporen te wissen."

"Maar waarom vermoordde hij mij dan niet?"

"Jij zou worden gemist. De vermoorde vrouw niet. Of misschien pas na een bepaalde tijd. Bovendien had hij geen reden om jou te vermoorden. Tenzij het een seriemoordenaar was, maar ik denk dat we dat wel kunnen uitsluiten."

"Maar ik zag het slachtoffer. Ik was getuige."

"Je zag het slachtoffer, maar niet hem. Een slachtoffer dat, mogelijk met opzet, aan Aiden deed denken. Het was dus zaak om ieder spoor van de moord te wissen, zodat jouw waarneming gemakkelijk als illusie kon worden gezien. Na de verhalen van Wilkinson over Booker en Aiden, zou niemand dat voor onwaarschijnlijk houden. Alles wat hij nodig had, was tijd. En die kreeg hij door je te overvallen en verderop in het bos achter te laten, wetend dat het een tijd zou duren voordat je je weer bij de Old Mill zou melden en verslag zou doen van de dode vrouw in het bos."

"Dus je denkt toch dat ik die dode vrouw heb gezien?"

"Ik leg alleen een mogelijk scenario neer. Zoals ik dat ook deed toen ik de mogelijkheid van een nachtmerrie noemde."

Liselot dacht daar even over na. "Peppin geloofde mij," zei

ze toen. "Hij geloofde dat ik werkelijk een dode vrouw heb gezien."

"Wat stelde hij voor?"

"Vragen stellen." Liselot realiseerde zich dat Peppin Wilco op zijn lijst van mogelijke schuldigen had staan. Maar ze kon Wilco niet als een moordenaar zien. Niet meer.

"Als je werkelijk een dode vrouw hebt gezien, is dat niet zonder risico."

"Nee. Maar ik kan niet gewoon naar Londen of naar huis gaan, zonder het met zekerheid te weten."

"Hij kan zelf ook de schuldige zijn."

"Hij zei hetzelfde over jou."

"Hij heeft gelijk."

Liselot keek Wilco wat bevreemd aan.

Hij haalde even zijn schouders op. "Objectief gezien kunnen we allebei de dader zijn, omdat ik afgelopen nacht ook mijn kamer heb verlaten."

"Denk je dat het in ieder geval iemand van ons gezelschap is?" vroeg Liselot.

"Als de moord werkelijk heeft plaatsgevonden, dan is het alleen maar logisch dat de dader op dat moment in de Old Mill sliep. Er is geen enkele andere reden te bedenken, waarom iemand een vrouw op een plek om het leven brengt waar hij gezien kan worden, als hij daar niets te zoeken heeft."

"Peppin noemde dat ook."

"Daarom moet je voorzichtig zijn."

"Als het tenminste geen nachtmerrie was."

"Als het geen nachtmerrie was, nee."

"Wie denk je dat de schuldige is?"

Wilco glimlachte even. "Ik raad niet graag. Ik baseer mij liever op feiten."

"En die zijn?"

"Dat vrijwel iedereen de dader kan zijn."

"Ja."

Ze dronken samen hun thee en hoorden mensen naderen.

Wilco leek zich weer een beetje terug te trekken in zijn schulp. Een beetje jammer, vond Liselot, want eigenlijk mocht ze hem wel.

Maar ze kreeg niet de kans om daar lang over na te denken. Fonds en Levi kwamen, klittend aan elkaar, de woonkamer binnen, meteen gevolgd door Sven. Een paar minuten later kwam ook Hilke met rode wangen binnen en zelfs Peppin verscheen weer, opgeruimd als altijd.

Mevrouw Wilkinson maakte thee en koffie voor iedereen en zorgde voor verse muffins, waarvan de geur als een wolk zalige zoete parfum door het hele huis zweefde. Zelfs meneer Wilkinson leek erop af te komen. Hij kwam via de keuken binnen. Mogelijk was hij steeds in de aanbouw geweest die hij met zijn vrouw bewoonde of hij was buiten aan het werk geweest. Zijn handen waren in ieder geval smerig genoeg.

Hilke ging meteen bij Liselot zitten. "Hoe gaat het met je?" wilde ze weten.

"Redelijk. Naar omstandigheden."

"Goed. Redelijk is voor nu goed genoeg. Doen je voeten nog steeds zo'n pijn?"

"Dat wel. Het heeft tijd nodig, denk ik."

"Natuurlijk heeft het tijd nodig. Ze waren behoorlijk gehavend."

"Fijn gewandeld?"

"Ja. En op tijd terug, zag ik. Volgens mij was je alleen met krullenbol?"

"Ja."

"Oei."

"Hij is best aardig."

Hilke trok een raar gezicht.

"Echt," vond Liselot.

Hilke grijnsde even, maar werd meteen weer ernstig. "Ik heb eens goed nagedacht tijdens mijn wandeling," zei ze. "Ik denk dat we morgenvroeg maar meteen naar Londen terug moeten gaan. Dan nemen we daar een luxe hotelkamer en laten ons lekker verwennen. Ik had je hier nooit mee naartoe mogen slepen."

"Denk je nog steeds dat ik alles heb verzonnen?"

"Nee. Ik denk niet dat je iets hebt verzonnen. Ik sluit niet uit dat je werkelijk een nachtmerrie had, wat in jouw situatie begrijpelijk zou zijn. Maar ik sluit ook niet uit dat je werkelijk iets hebt gezien. Ik weet het ook niet." Ze zuchtte diep. Maar ik denk gewoon niet dat het uitmaakt. Ik bedoel... het maakt natuurlijk wel degelijk uit of iemand echt werd vermoord of niet, maar het maakt niet uit of we deze reis voortzetten of ons in Londen laten verwennen terwijl de politie het verder uitzoekt."

"Nou..."

"Wat?"

"Er is iets... Ik zeg het liever niet hier..."

"Je maakt mij nieuwsgierig."

"We hebben het er later wel over."

144

Ze wendde zich tot het gezelschap en luisterde naar de verhalen van de andere deelnemers, die wandelingen in de omgeving hadden gemaakt en daarbij hadden genoten van de mooie natuur. Levi merkte giechelend op dat ze iets had gezien, ergens in de diepte van de bossen. Ze wist niet wat ze precies had gezien, maar ze vermoedde dat het Aiden was. Terwijl ze dat uitsprak, keek ze schichtig en schuldbewust naar Liselot, die met een kleine glimlach duidelijk maakte dat ze op dat punt niet overgevoelig was. En daarmee bewees ze dat je ook zonder woorden kon liegen.

Fonds deed het meteen af als fantasie, op een wat autoritaire, vaderlijke manier.

"Spoken bestaan niet." De kleine uitdaging in zijn blik, een fractie van seconde richting Wilco, ontging Liselot niet.

Wilco deed alsof hij het niet merkte. Hij nam toch al geen deel aan het gesprek. Af en toe dwaalde zijn blik even af naar Liselot, om zich vervolgens weer haastig af te wenden als ze het zag.

Liselot vond het wel grappig en maakte er bijna een spelletje van.

Wilco nam de uitdaging stilzwijgend aan en speelde het spel mee.

Niemand van het gezelschap had het in de gaten. Althans... Liselot *dacht* dat niemand het merkte.

Dat ze zich daarin vergiste, ontdekte ze later, toen ze vlak voor het eten met Hilke alleen in de woonkamer achterbleef en Hilke erover begon.

"Wat is dat met jou en Wilco?"

"Wat?"

"Kom op. Ik zag het wel."

"Wat zag je?"

"De manier waarop jullie elkaar aankeken."

"Welnee. We hadden gewoon een boeiend gesprek, vlak voordat jullie binnenkwamen. Hij blijkt zich net zo min als ik erg op zijn gemak te voelen in een gezelschap. Daarom zochten we elkaar af en toe stiekem op en moesten we er allebei een beetje om lachen."

"Charmant. Volgens mij zijn jullie gewoon verliefd op elkaar."

"Onzin."

"Hm."

"Echt!"

"Wie had dat kunnen denken?"

"Er is echt niets. We hadden alleen een aardig gesprek. Verder niets."

"Ik begrijp trouwens niet dat jij je niet op je gemak voelt met mensen, met het werk wat jij doet. Sociale vaardigheden en empathie zijn toch een voorwaarde in jouw vak? En volgens mij ben je er nog goed in ook."

"Dat is wat anders. Dat is in mijn beroepssfeer. Wilco geeft gastlessen. Daarmee heeft hij ook geen problemen. Omdat het zijn vakgebied is. Dat is wat anders dan gewoon socialiseren."

Hilke grijnsde even. "Je vindt hem leueueueueuk," jengelde ze plagend.

"Idioot."

"Vertel."

"Er valt niets over Wilco en mij te vertellen..."

"Dat bedoel ik niet. Er was iets, zei je. Maar je wilde er niet over praten, waar de anderen bij waren."

Liselot knikte. "Ik heb het daar met Wilco over gehad. Hij heeft eerlijk gezegd dat er een risico bestaat dat ik werkelijk een nachtmerrie had. Hij heeft uitgelegd waarom ik het anders heb ervaren en het klonk allemaal aannemelijk, maar te moeilijk om uit te leggen. Dus hou het er maar op dat ik dat niet kan uitsluiten."

Hilke maakte een klein gebaar waarmee ze te kennen gaf dat ze het ermee eens was.

"Maar er bestaat natuurlijk ook een kans dat ik echt iets heb gezien," ging Liselot verder.

"Zei Wilco dat?"

"Wilco en Peppin."

"Peppin?" Hilke trok haar wenkbrauwen op.

"Hij is ook aardig. En slim. En Peppin noemde ook de mogelijkheid dat er echt een moord was gepleegd. Wat Wilco daarover zei, kwam op hetzelfde neer als wat Peppin zei. En als twee mensen dat onafhankelijk van elkaar beweren, moet er wel een kern van waarheid in zitten."

"Wat beweren?"

"Dat het ook echt gebeurd kan zijn. Dat ik werkelijk die dode vrouw heb gezien en overvallen werd door de dader, omdat hij niet het risico kon nemen dat ik alarm sloeg. En omdat hij tijd nodig had om zijn slachtoffer te laten verdwijnen."

"Zonder een spoor."

"Het is mogelijk."

"Je zou toch een bloedspoor of zo verwachten."

"Ik heb geen bloed gezien."

"Hm. Dus de dader zou het lichaam van de dode vrouw hebben weggesleept, toen jij ergens in het bos bij lag te komen van de schrik."

"Zoiets."

"Ah. Maar waarom uitgerekend daar? Waarom vermoordt iemand uitgerekend zo dicht bij de Old Mill een jonge vrouw, die nota bene op Aiden lijkt, terwijl ze een heel landgoed ter beschikking hebben, met meer dan genoeg plekken waar de kans op ontdekking aanmerkelijk kleiner is?"

"Daar hebben we het ook over gehad. En dat is nu precies de reden waarom ik liever niet naar Londen terugga."

Heel even was de vraag op Hilkes gezicht herkenbaar, maar toen het muntje viel, werden haar ogen groot en sloeg ze haar handen voor haar mond. "Je denkt dat het iemand van ons was."

"Dat is de meest logische verklaring."

"Oh, lieve help. Je hebt gelijk."

"Denk je?"

"Natuurlijk. Oh nee, er is dus een moordenaar onder ons? Dit lijkt wel een film. Een thriller of zo."

"Als de moord tenminste werkelijk is gebeurd."

Hilke hiel haar adem in. "Wie denk je dat het was?"

Liselot kon zweren dat ze sensatie in de ogen van haar vriendin zag. Ze wist dat Hilke erg haar best deed om bezorgd te klinken, maar er was beslist sprake van sensatie en aangename spanning.

"Geen idee. Het kan iedereen zijn geweest. De Wilkinsons slapen in de aanbouw en kunnen daar naar buiten, zonder dat iemand het merkt. Wilco is in de loop van de nacht naar de ruïne van de molen gegaan, om daar onderzoek te doen.

Peppin was alleen en kon gemakkelijk ongezien verdwijnen. Sven sliep alleen en kon dus ook weg zonder dat iemand iets zag. Zelfs Fonds of Levi had de gelegenheid om hun kamer te verlaten, zonder dat de ander het merkte als die vast genoeg sliep."

"Misschien was ik het wel," zei Hilke met een gespeelde geheimzinnige ondertoon.

"Jij lag in bed toen ik naar beneden ging. Je sliep als een blok."

"Wie zegt dat ik echt sliep? Misschien deed ik alsof en ben ik je achterna gegaan."

"Dan had ik het wel gemerkt. Ik was nogal gespannen, eenmaal buiten, en ik hoorde ieder geluid. De moordenaar was ongetwijfeld al in het bos toen ik de tuin inliep."

"Je weet het nooit zeker."

"Nee, dat niet."

"Die Fonds was in Londen toch met die blonde?" herinnerde Hilke zich toen.

Liselot knikte.

"Hij en Levi hadden gisteren ruzie. Misschien had het daarmee te maken."

"Best mogelijk."

"Peppin deed geheimzinnig met een krant. Daar in de Tower. Dat zei je tenminste."

"Ja."

"Misschien is hij geheim agent of spion, en was de blonde een tegenstander."

"Dat kan. Ik weet het niet." Liselot kon zich Peppin niet als moordenaar voorstellen.

"Sven heeft die ex, waar hij nog niet overheen is."

"Ja. Het is ter sprake gekomen."

"Waarom de Wilkinsons iemand zouden vermoorden, begrijp ik niet."

"Ze kunnen hun redenen hebben gehad. We kennen hen tenslotte niet."

"Nee, dat niet."

Hilke twijfelde even. "Wilco ken je ook niet. Het is een vreemde vogel. Veel weg en zo."

"Nee. Hem ken ik ook niet. Maar ik geloof niet..."

"Wees maar voorzichtig. Voor de zekerheid."

Liselot knikte.

"Ik geloof trouwens niet dat het de Wilkinsons waren. Die zouden een dergelijk risico niet nemen. Als ze iemand willen vermoorden, dan doen ze dat als hier geen toeristen aanwezig zijn die het kunnen ontdekken."

"Tenzij de situatie zich nu voordeed."

"Ik neem aan dat dat een mogelijkheid is."

"Ik begrijp alleen niet waarom de vrouw uitgedost was als Aiden."

"Misschien dan toch de Wilkinsons? Bijvoorbeeld omdat ze haar hebben ingehuurd om Aiden te spelen, terwijl ze haar moord planden. Of omdat één van hen de moord plande."

"Theoretisch mogelijk," meende Liselot. "Als ik tenminste geen nachtmerrie had."

"En als de vrouw niet werkelijk Aiden was."

"Kom op. Je gelooft toch niet echt in spoken?"

"Officieel niet. Maar ergens vraag ik me toch af of er meer is dan wij kunnen verklaren. 'Er is meer tussen hemel en aarde dan uw geest kan bevatten, mijn vriend Horatio.'"

"Mijn vriend Horatio?" vroeg Liselot verbaasd.

"De vriend van Hamlet, in Shakespeares Hamlet. Shakespeare gebruikte die woorden om aan te geven dat zelfs de grootste geest filosofische begrenzingen kent."

Dat antwoord kwam van Wilco, die de huiskamer was binnengewandeld en blijkbaar een deel van het gesprek had opgevangen.

"Ik kende het uit de serie over bovennatuurlijke gebeurtenissen," mompelde Hilke.

Wilco glimlachte even naar Liselot, leek er zelf van te schrikken en mompelde dat hij even iets moest halen, waarna hij weer verdween.

"Betweter," gromde Hilke.

"Mag je hem niet?"

"Weet ik niet. Maar ik hou er niet van als mensen meer weten dan ik. Helaas komt dat nogal eens voor." Ze grijnsde weer.

"Je vindt hem leueueueuk."

"Doe niet zo idioot. Hoe zit dat trouwens met jou en Sven?"

"Hij is leuk om naar te kijken en een beetje mee flirten. Maar ik geloof niet dat hij beschikbaar materiaal is. Hij is nog niet over zijn ex heen."

"Je bent al goed op de hoogte."

"Ik grijp iedere gelegenheid aan."

"Ik dacht dat je niets meer met mannen te maken wilde hebben."

"Ik wil geen relatie meer, zoals met Rick."

"Dan heb je ook niets aan beschikbaar materiaal."

"Het gaat om het idee."

Liselot lachte. Ze merkte dat ze zich stukken beter voelde. De slaap had haar goed gedaan, maar ook de gesprekken. Eigenlijk vond ze het allemaal wel spannend nu, hoewel er ergens ook nog die angst zat dat ze dingen had gedroomd of aan hallucinaties had geleden. Maar ze probeerde zich daar nu niet al te druk over te maken. Het detective-spelen was een leuke afwisseling. Vaag besefte ze dat ze daardoor ook gevaar kon lopen, maar dat was iets waar ze liever niet te lang bij stilstond. Ze koos ervoor om het als een spel te zien, omdat ze wist dat het niet anders kon. Ze moest de waarheid weten voordat ze naar huis ging. Anders zou ze werkelijk gaan geloven dat ze gek werd. En Hilke misschien ook.

Mevrouw Wilkinson luidde de bel, die aangaf dat het eten klaar was.

Liselot had er zowaar honger van gekregen.

Mevrouw Wilkinson had dit keer een heerlijke *Cheese Pie* gebakken en een frambozentrifle voor na. Liselot genoot ervan.

Ze genoot ook van het likeurtje, dat ze later op de avond aangeboden kreeg, toen ze onder een dekentje op de bank zat en luisterde naar de spannende verhalen die meneer Wilkinson vertelde over de gebeurtenissen op Hucking Estate in een ver verleden.

Vlak voordat het bedtijd was, vroeg Liselot aan hem of hij Aiden wérkelijk zelf had gezien.

"Dat niet alleen. Ik heb haar zelfs gehoord," beweerde hij. "Meerdere malen."

Liselot knikte alleen maar en vroeg zich af of ze niet meer vragen moest stellen, om hem te polsen over de gebeurtenissen van de vorige nacht.

Maar ze wist niet hoe ze het aan moest pakken zonder hem te beledigen en ze had al gezien dat Peppin een hele tijd met hem had gepraat. Ze moest er maar op vertrouwen dat Peppin de informatie had verzameld die ze nodig konden hebben. Als Peppin tenminste niet zelf de dader was, maar dat leek haar tamelijk onwaarschijnlijk.

Hilke begon er nog een keer over toen ze al in bed lagen. "Wie denk je dat het was?" vroeg ze.

"De moordenaar?"

"Ja, natuurlijk. Wie anders?"

"Fonds." Liselot schrok zelf van het antwoord.

"Hij is nogal arrogant," vond Hilke. "Autoritair. Hm. Ik denk dat hij er wel toe in staat is. Hij was tenslotte met die blonde in de Tower. Hoewel het natuurlijk ook Levi kan zijn geweest, die de moord pleegde."

"Zou Levi dat kunnen?" Liselot dacht aan het blonde huppel-ding met haar kindermaat-jurkjes en haar giechelgezicht. Ze was ervan uitgegaan dat de dader een man was, maar er was niets wat die gedachte rechtvaardigde.

"Vergis je niet. Ze is vast niet zo dom als ze lijkt. Misschien moet je eens met haar praten."

"Dat zou ik kunnen doen. Als ze zich een paar seconden kan lostrekken van Fonds. Het is weer helemaal koek en ei met die twee."

"Maar sluit Wilco ook niet uit. Het is een vreemde vogel en misschien zoekt hij je gezelschap niet zomaar op."

"Wilco was het niet. Hij was bezig met een onderzoek bij de molen en viel in slaap."

"Dat vertelde hij."

"Hij is er het type niet voor."

"Je ziet het niet aan de buitenkant."

"Nee. Maar ik wéét het gewoon."

"Je vindt hem leueueueuk..."

"Idioot."

Toch lachte ze. Hilke lachte mee.

Ervan overtuigd dat ze dit keer als een blok zou slapen, draaide Liselot zich op haar zij en sloot haar ogen. Ze was tenslotte doodmoe en voldoende ontspannen door de likeur.

De hond lag weer naast haar en snurkte nog voordat zij in slaap viel. Hij vond het prima zo.

De bossen en zelfs de oude molen waren weer in volledige duisternis gehuld en straalden een schijnbare stilte uit.

HOOFDSTUK 9

Liselot schrok wakker met een déjà-vu gevoel. Ze sperde haar ogen open en staarde in het donker. Had ze weer iets gehoord? Ze keek naar de hond naast haar. Hij lag te snurken. Volgens de algemene mening hoorden honden veel beter dan mensen en zou hij het als eerste moeten merken als er een ongewoon geluid in of rondom het huis was. Maar Liselot betwijfelde of deze hond aan de algemene voorwaarden voldeed. Het beest had mogelijk maanden door de bossen gezworven. Misschien was hij geen gewone hond meer. Als hij dat al ooit was geweest. Misschien was hij ook gewoon doodmoe en blij dat hij onbezorgd onder een dak kon slapen.

Liselot overwoog weer te gaan slapen, maar toen ze haar ogen sloot, hoorde ze toch iets kraken. *Niet weer*, zeurde een stem in haar hoofd.

Als ze verstandig was, bleef ze liggen, hield ze zichzelf voor. En meestal was ze wel verstandig. Mensen kenden haar als verstandig. Maar haar verstand had blijkbaar ook vakantie, want ze stond toch op.

Ze wierp een blik op haar vriendin. Meer dan de contouren van haar lichaam zag ze ook nu niet. Maar ze zag de lichte, gelijkmatige beweging van de ademhaling en concludeerde dat Hilke, zoals altijd, in een diepe slaap was verzonken.

Liselots voeten deden nog steeds pijn. Het moment van opstaan was het ergste. Alsof al het bloed in haar lijf richting voeten stroomde, om daar voor een gemene scherpe druk te zorgen. Liselot probeerde het te negeren. Ze trok haar duster aan, maar beloofde zichzelf dat ze niet naar buiten zou gaan.

Dit keer niet. Ze liep naar het raam en keek de duisternis in, maar ze zag niets.

De hond had inmiddels zijn kop opgetild en volgde met een vermoeide uitdrukking op zijn snoet haar bewegingen. Ze meende zelfs een diepe zucht van hem te horen. Ze legde haar vinger op haar lippen en zei zachtjes: "Sst."

Daarna liep ze naar de deur en verliet stilletjes de slaapkamer. Ze wilde de deur meteen achter zich sluiten, maar de hond was toch maar haastig opgestaan om haar te volgen. Liselot glimlachte even. Eigenlijk was het beter als hij bij haar was. Ze voelde zich veiliger met hem. Ze had geen idee of het terecht was en geen behoefte om dat te toetsen. Het gevoel was voor haar voldoende.

In de gang bleef ze even staan. Het was doodstil. Totdat ze weer een licht krakend geluid hoorde. Ze hield haar adem in en probeerde te bepalen waar het vandaan kwam. Heel even dacht ze dat ze buiten iets hoorde. Maar toen de hond zijn oren spitste en naar beneden keek, wist ze dat het geluid ergens in de woonkamer werd gemaakt.

Liselot liep stilletjes de trap af. Haar hart bonkte zo hard, dat ze ervan overtuigd was dat het beneden te horen was. Een stem in haar hoofd riep dat ze boven moest blijven, in de slaapkamer met Hilke. Maar haar lichaam luisterde eenvoudigweg niet.

Ze probeerde geen geluid te maken toen ze de woonkamer binnenliep, maar Wilco, die beneden op de sofa zat, merkte haar meteen op. Hij leek zowaar even te schrikken.

Liselot schrok ook. Ze mocht Wilco. Dat uitgerekend hij 's nachts rondspookte, bezorgde haar een naar gevoel. Maar hij kon natuurlijk op spokenjacht zijn, hield ze zichzelf streng voor. Al had hij dan niet hoeven te schrikken.

Hij herstelde zich echter vrijwel meteen en glimlachte wat nerveus naar haar. "Ik heb je toch niet wakker gemaakt, hoop ik? De plankenvloer kraakt zo..."

"Nee, hoor," loog Liselot. "Ik kon niet slapen. Wat doe je hier, midden in de nacht?"

Hij tilde een schrift en een pen op. "Ik schrijf."

"Wat schrijf je?"

"Alles wat ik zie, meemaak, voel... alles... Ik werk aan een boek over legendes. Ik werk de verhalen uit, omschrijf de plaatsen waar ze hebben plaatsgevonden, het gevoel dat ik daarbij heb en de onderzoeken die ik tot dusver heb gedaan."

"Spannend." Liselot liep verder de kamer in, toch nog een beetje op haar hoede, gevolgd door de hond. "Je eerste boek?"

"Nee. Ik schreef eerder een boek: *Legendes en Leugens*. Deel één. Dit wordt deel twee."

"Is deel één uitgegeven?"

"Ja. En goed verkocht."

"Ik ken het niet. Sorry..."

"Waarom sorry? Als een bepaald gebied niet je interesse heeft, lees je daarover geen boeken."

"Het is niet zo dat het mijn interesse niet heeft..." Liselot aarzelde even. "Ik geloof dat ik er nog nooit echt mee bezig ben geweest. Maar het lijkt mij toch wel interessant." Ze ging op een stoel tegenover Wilco zitten. Niet naast hem. Dat durfde ze niet.

"Een obsessie. Voor mij." Wilco glimlachte verontschuldigend.

Ze glimlachte terug. "Waarom 's nachts?" vroeg ze toen.

"Slaapproblemen. Misschien omdat ik 's nachts vaak op onderzoek uit ga. Mijn bioritme is verstoord."

"Ah."

"Jij hebt een beter excuus voor je slaapproblemen."

"Nachtmerries, dode mensen zien en tenslotte op een vermoord spook stuiten om vervolgens de weg kwijt te raken in een nachtelijk bos. Ja, misschien heb ik inderdaad een reden voor mijn slaapproblemen. Misschien word ik ook wel een beetje gek."

Haar stem trilde een beetje toen ze dat zei.

"Gek is een uitdrukking die nergens duidelijkheid over geeft."

"Er is vast een geleerde uitdrukking voor mijn probleem."

"Vast wel." Wilco knikte.

"Hoewel we het erover eens waren dat die vrouw misschien echt in het bos lag."

"Ja."

"Maar dat neemt niet weg dat ik nachtmerries had en dode mensen zag. Wat mij dan weer tot een labiele persoonlijkheid maakt."

"Niet labiel. Ik denk eerder aan eenvoudig te verklaren gevolgen van stress. Stress verhoogt de kans op nachtmerries aanzienlijk. De angst voor nachtmerries doet de kans daarop dan weer toenemen. Dat zorgt voor nieuwe stress wat op zijn beurt zorgt voor een overreactie van het dopamine-systeem. Dat is dan weer verantwoordelijk voor milde hallucinaties, zoals in jouw geval het zien van dode mensen."

"Volledig wetenschappelijk te verklaren?"

Hij knikte.

"Net als de gebeurtenissen van afgelopen nacht."

"Ook. Maar daar hebben we het over gehad. Je kunt niet uitsluiten dat er werkelijk sprake was van een moord. Die kans bestaat. Maar het hoeft niet echt zo te zijn."

"Weet je wat het ergste is?" zei Liselot. Ze keek hem aan. "Dat ik hoop dat er echt een lijk was." Ze wist dat ze een beetje kleurde bij die opmerking. "Je kunt het allemaal heel mooi verklaren, maar voor de meeste mensen ben ik toch gewoon gek als ik een heel politieapparaat in werking zet vanwege een vermoorde vrouw, die niet blijkt te bestaan."

"Een heel begrijpelijke wens," meende Wilco. "Omdat je een rationele verklaring zoekt voor datgene wat je hebt gezien."

"Maar als de dode vrouw er echt was, is er werkelijk iemand vermoord."

"Ja."

"Dus is het slecht om te hopen dat het werkelijk zo is."

Wilco haalde zijn schouders op. "Je veroorzaakt daarmee geen moord. Als het is gebeurd, is het gebeurd. Daar verander je niets aan."

"Maar dan nog..." Liselot leunde achterover. "Als de moord werkelijk is gepleegd, is iemand in het gezelschap een moordenaar."

"Geen feit, maar wel de meest logische verklaring."

"Het kunnen ook de Wilkinsons zijn geweest." Liselot schaamde zich meteen voor die woorden. De Wilkinsons hadden goed voor haar gezorgd. En dan zei ze zoiets. Alleen omdat het eerder ter sprake was gekomen. Op een moment waarop iedereen ter sprake was gekomen.

"Ik denk het niet," klonk het opeens achter haar.

Geschrokken draaide Liselot zich om en keek in het gezicht van Peppin.

Hij droeg een streepjespyjama met daar overheen een bordeauxrode ochtendjas, die uit een catalogus voor belangrijke heerschappen leek te komen. Hij had weer die lichtelijk geamuseerde blik in zijn ogen.

"Ik heb met hen gepraat, zie je," zei hij. "Ik heb stilgestaan bij de mogelijkheid dat ze iemand hadden ingehuurd om de rol van Aiden te spelen en ik heb daarover vragen gesteld. Niet rechtstreeks natuurlijk. Mensen raken snel beledigd als je dergelijke vragen rechtstreeks stelt en mensen die beledigd zijn geven geen correcte antwoorden. Ik heb mijn eigen manier om onderwerpen ter sprake te brengen. Ik gebruik mijn charme."

Hij grijnsde breed en vervolgde: "Meneer Wilkinson gelooft werkelijk in de legende van Aiden en hij is ervan overtuigd dat de jonge vrouw nog rondspookt. Niets kan hem daar vanaf brengen. Hij en zijn vrouw hebben Aiden meerdere malen gezien en gehoord. Daarom denkt hij ook dat de vrouw, die Liselot heeft gezien, de geest van Aiden was en dat ze daarom zo plotseling was verdwenen. Hij gelooft dus niet dat je gek bent, Liselot, maar dat je Aiden hebt gezien. Hij speelt zelfs met de gedachte dat de geest van de overgebleven wolf in je hond aanwezig is."

"Misschien wil hij je dat alleen maar laten geloven," stelde Wilco.

Maar Peppin schudde zijn hoofd. "Nee. Niemand houdt Peppin voor de gek. Dat kan ik je verzekeren. Mijn ervaring heeft mij geleerd om op ieder signaal, ieder teken van leugen, alert te zijn."

"Je ervaring?" vroeg Wilco.

Peppin knikte.

"Wat voor werk deed je dan, voor je pensionering?"

"Dat kan ik helaas niet vertellen. Maar ik kan je verzekeren dat ik mijn sporen in de misdaad heb verdiend. En ik weet dat het kwaad bestaat: om ons heen, maar het is ook in ieder mens latent aanwezig."

Wilco knikte langzaam.

Liselot dacht aan de krant. Was Peppin werkelijk gepensioneerd?

"En mevrouw Wilkinson?" vroeg Wilco.

Dat scheen Liselot werkelijk belachelijk toe. Maar ze wachtte toch op een antwoord.

"Mevrouw Wilkinson heeft slaapproblemen en neemt elke avond een tabletje. Hetzelfde middel dat ze ook jou gaf, toen je die pijn aan je voeten had. Ik geloof dat je toen ook goed hebt geslapen."

"Ik dacht dat het een pijnstiller was."

"Nee. Een slaapmiddel. Mevrouw Wilkinson was van mening dat het niet een pijnstiller was die je het hardste nodig had, maar een stukje rust. Haar man was het daarmee eens. Vanwege zijn overtuiging dat je een spook had gezien. Maar ze was bang dat je van streek zou raken als je wist dat het een slaaptabletje was. Daarom noemde ze het een pijnstiller. En in zekere zin was het dat ook, in haar ogen. Want als je slaapt, heb je geen pijn."

Liselot en Wilco knikten.

"Dus blijven alleen de mensen van het gezelschap over..." verklaarde Peppin opgeruimd. "Inclusief jij en ik," zei hij tegen Wilco.

Wilco knikte opnieuw.

De mannen keken elkaar een paar tellen aan. Ze werden opgeschrikt door Hilke, die halsoverkop naar beneden kwam.

"Liselot?" Ze hijgde een beetje.

Liselot keek om, een beetje schuldbewust. "Ik kon niet slapen."

"Gelukkig. Ik dacht dat je er weer tussenuit was. Ik moest plassen en zag dat je bed leeg was en toen..." Ze veegde haar haren uit haar gezicht. Zonder haarband vielen ze voor haar ogen en kriebelden in haar oren.

"Sorry."

"Wat doen jullie hier, midden in de nacht?" Ze keek nu ook naar Peppin en Wilco, terwijl ze verder de huiskamer binnenliep.

"Ik kon ook niet slapen," bekende Wilco. "Ik was een beetje aan het werk, toen Liselot naar beneden kwam."

"Ik hoorde hen beneden praten," vertelde Peppin. "Ik slaap nooit erg vast."

"Het lijkt wel een vergadering," meende Hilke. Ze nam plaats op de sofa, naast Liselot. "Waar hadden jullie het over?" wilde ze weten.

"Over de gebeurtenissen van de vorige nacht."

"Ah. Het verdwenen spook."

"Ja, zo zou je het kunnen noemen."

"Jullie zijn van mening dat Liselot werkelijk een dode vrouw heeft aangetroffen."

"Ik heb een aantal verklaringen voor de gebeurtenissen gege-

ven," zei Wilco. "Dat de moord op de vrouw werkelijk is gepleegd, is daar eentje van."

Hilke knikte langzaam. "Ik heb natuurlijk ook aan die mogelijkheid gedacht. Ik ben er nog niet zeker van. Daar ben ik
eerlijk in. Ik weet dat Liselot problemen heeft..." Ze keek haar
vriendin aan en mompelde vaag: "Sorry."

"Maar," ging ze verder. "Ik weet ook dat ik niets mag uitsluiten. Wat denk jij?" Ze keek naar Peppin.

"Ik denk dat er werkelijk iemand is vermoord," zei Peppin.
Hij twijfelde geen seconde toen hij dat zei en keek Hilke recht
aan.

"Weet je dan ook wie het heeft gedaan en waarom?"

"Nee. Nog niet. Maar ik weet dat het iemand in het gezelschap
moet zijn geweest. Als ik het motief weet, weet ik ook de dader. Of andersom."

"Het lijkt wel alsof ik in een thriller ben beland," mompelde
Hilke. "Kwam nu Bruce Willis nog maar opdagen."

"Ben ik ook goed?" Sven kwam naar beneden. Hij grijnsde
een beetje. "Het lijkt wel een geheime bijeenkomst."

"Misschien is het dat wel," zei Peppin. Zijn blik bleef even
taxerend op Sven rusten.

"Het gaat over afgelopen nacht, begrijp ik? Ik heb een paar
woorden opgevangen."

Het gezelschap knikte.

"Wat is jouw mening?" wilde Hilke weten.

Sven leek even te aarzelen. "Ik weet dat Liselot ervan overtuigd is dat het werkelijk is gebeurd."

"Dat weten we allemaal. Maar wat denk je? Nachtmerrie?
Hallucinaties? Spoken? Of werkelijk een moord?"

"Er zijn meer mensen die Aiden hebben gezien," begon Sven voorzichtig.

Wilco kuchte. "Het is onwaarschijnlijk dat iemand een geest aantreft, of een spook - als je het zo wilt noemen - en deze entiteit kan aanraken. Ik denk dus dat we in deze situatie een geest, of spook als je wilt, uit kunnen sluiten."

Svens gezicht drukte ongeloof en protest uit. "Maar het is absurd om werkelijk te denken dat iemand in dit gezelschap een moordenaar is," vond hij. "Want daar hadden jullie het over."

"Als de moord niet is gepleegd, ben ik dus gek," zei Liselot wat bitter.

"Nee, natuurlijk niet. De Wilkinsons hebben Aiden gezien en die zijn toch zeker ook niet gek. Bovendien kan iedereen nachtmerries krijgen en de beelden die daarbij worden gevormd zijn levensecht."

"Dat weet ik allemaal wel," zei Liselot. "Maar ik hoor toch nooit iets van mensen die een nacht door een bos zwerven op blote voeten, overtuigd dat ze een dode vrouw in de bossen zagen en werden overvallen."

"Dat je dat nooit hoort, wil niet zeggen dat het niet voorkomt," meende Sven.

"Maar je kunt moord niet uitsluiten," hield Peppin vol. Zijn blik bleef bij Sven hangen. "Ieder van ons had de gelegenheid. En er zijn mensen die zelfs een mogelijk motief hadden."

"Onzin," meende Sven.

"Ja?"

Sven keek hem vragend en zelfs wat wantrouwend aan, maar Peppin ging er niet op door.

"Slapen Fonds en Levi nog?" vroeg Hilke.

Sven schudde zijn hoofd. "Ze zijn op hun kamer, maar ze slapen niet."

"Hoorde je hen praten?"

"Nou... praten..." Hij rolde even met zijn ogen.

"Oh. Oeps."

"Misschien kunnen we beter allemaal naar bed gaan," meende Sven. "Morgen wacht ons weer een reis naar het charmante Pluckley. Het is beter om ons daarop te concentreren. Liselot heeft haar verhaal aan de politie verteld en als er werkelijk een moord is gepleegd, komen ze daar absoluut achter. Vroeg of laat moet er dan iemand als vermist worden opgegeven. Ze weten waar ze ons kunnen vinden."

Peppin knikte. Liselot zag dat hij zijn eigen mening had, maar die zei hij niet. Integendeel. Hij gaf ook aan dat het beter was om te gaan slapen.

Enkele minuten later begaf het hele gezelschap zich dan ook naar boven en nog even later was het weer volkomen stil in huis. Alleen Liselot lag klaarwakker in haar bed en dacht aan het gesprek van die avond. Ze besefte dat ze het een beetje jammer vond dat de anderen waren komen opdagen en schaamde zich daar een beetje voor. Ze vond Wilco leuker dan ze wilde toegeven.

HOOFDSTUK 10

Na een uitgebreid Engels ontbijt vertrok het hele gezelschap de volgende dag richting Pluckley. Over de korte nachtelijke bespreking werd geen woord meer gerept, maar Liselot zag dat Wilco steeds in gedachten was verzonken en haar af en toe een vluchtige blik toewierp, waarbij hij iets roder werd als ze het zag. Ze zag ook dat Peppin aantekeningen maakte in een klein notitieblok.

Af en toe bleef zijn blik op een van de medereizigers rusten, waarbij hij een peinzende gezichtsuitdrukking kreeg. Liselot vroeg zich af wat hij vroeger voor baan had gehad. Als hij tenminste werkelijk gepensioneerd was.

Fonds en Levi hadden het zoals gewoonlijk erg druk met elkaar en Sven was wat minder spraakzaam en enthousiast als anders.

Hilke was gewoon zichzelf. Ze zat min of meer op en neer te veren naast Liselot als een verheugd kind, terwijl ze de 'o zo gezellige' huisjes aanwees die ze zag en verheugd kwetterde over het mooie landschap en de typisch Engelse dorpen.

Pluckley bleek een charmant dorp in een glooiend landschap. Het zag er, badend in zonlicht, allerminst spookachtig uit. Het hotel waar Sven hen naartoe bracht net zomin.

De Elvey Farm bleek een oude sfeervolle boerderij bestaande uit authentieke gebouwen, zoals de Oast House, Stable Block en de Barn, deels bedekt met klimop, en omgeven door een heerlijke tuin.

Ze werden hartelijk welkom geheten door de eigenaar van het sfeervolle hotel en kregen ieder een kamer toegewezen met een eigen karakter.

Liselot en Hilke kregen de Hawhursk room in Oast House toegewezen. Een aangename, lichte kamer met een plafond van schuine balkjes en typisch Engels behang.

Hilke plofte meteen op het tweepersoonsbed neer. "We zullen vannacht ruzie moeten maken om de dekens," lachte ze.

Liselot lachte voorzichtig mee. Heel even twijfelde ze eraan of ze er goed aan had gedaan om mee hierheen te gaan in plaats van in Londen een luxe hotel te boeken.

Niet omdat er iets aan te merken was op dit hotel, want dat was niet het geval. Het zag er allemaal keurig en goed verzorgd uit. Maar ze wist opeens niet zeker of ze was opgewassen tegen meer spookverhalen. Ze voelde zich een beetje labiel: het ene moment was ze ervan overtuigd dat ze werkelijk een dode vrouw had gezien en het andere moment werd ze bang om door te draaien. En dan was er Wilco.

Waarom kreeg ze het zo warm als hij naar haar keek? Hij was nauwelijks knap te noemen en hij was niet bijzonder charmant of vlot. En toch... Ze kreeg het zelfs warm als ze eraan dacht.

"Je kleurt," merkte Hilke op.

"Ja? Oh ja, dat kan. Ik heb het een beetje warm."

"Ja, ja."

"Echt."

"Wat vind je van Peppin?" wilde Hilke toen weten.

"Hij is wel aardig, volgens mij. En slim."

"Ja, slim is hij wel. Ik vraag mij af wat voor werk hij vroeger deed."

"Ik denk dat hij bij de politie werkte. Of misschien was hij detective of geheim agent of zo."

"Zou hij werkelijk gepensioneerd zijn?" vroeg Hilke zich hardop af.

"Denk je van niet?"

"Je hebt er vast zelf ook over nagedacht."

Liselot knikte.

"Dat voorval met die krant... Ik hechtte er toen geen waarde aan, maar nu... misschien moet je voorzichtig zijn met hem."

Liselot knikte opnieuw. Ze geloofde niet dat Peppin werkelijk gevaarlijk was. Maar dat kon ze zich eigenlijk van niemand in het gezelschap voorstellen. Goed. Misschien van Fonds. Maar van niemand anders.

"En misschien moet je met Wilco ook uitkijken," zei Hilke voorzichtig.

"Met Wilco?"

"Je weet niets van hem af."

"Ik weet dat hij paranormale wetenschappen studeerde en dat daarin ook zijn grote interesse zit. Dat is de reden waarom hij deze reis maakt."

"Dat is wat hij je heeft verteld. En dat is zijn verklaring voor zijn nachtelijk rondspoken."

"Denk je dat hij liegt?"

"Ik sluit het niet uit. Ik sluit níéts uit. Als ik rekening moet houden met het feit dat er werkelijk een moord gepleegd is door iemand uit dit gezelschap kán ik niets uitsluiten. En niemand uitsluiten."

Liselot wist dat haar vriendin daar gelijk in had. "Misschien hadden we toch beter naar Londen kunnen gaan," zei ze.

"Ben je gek. Ik geniet hiervan. Sorry." Ze keek naar Liselot. "Ik vind het natuurlijk vervelend dat je die rotnacht moest doormaken en dat je voeten kapot zijn, maar ik lieg als ik zeg dat ik het niet spannend vind."

"Misschien is het ook wel een beetje spannend," gaf Liselot toe.

"Bovendien mag ik Sven wel," zei Hilke. "Ik heb gisteren in de tuin een poosje met hem gepraat. Leuke vent."

"Je gaat toch niet..."

"Welnee. Maar het is leuk om te flirten."

Hilke grijnsde. "Misschien moet ik hem wel een beetje uithoren. Hij kan natuurlijk ook de dader zijn. Hij kan zijn ex hebben vermoord. We weten tenslotte dat hij daar nog niet overheen is, dat hij in Londen vaak aan het bellen was, nogal eens verdween en de weg op Hucking Estate kent."

"In dat geval kun je beter uit zijn buurt blijven," meende Liselot toch wat bezorgd.

"Welnee. Ik ben voorzichtig. Gesprekken kunnen meer duidelijkheid geven. En als ik dan toch iemand moet verhoren..." Ze grijnsde weer.

"Wees toch maar voorzichtig," meende Liselot.

"Tuurlijk. Jij ook. Misschien moet je Wilco uithoren. Maar alleen als je niet ergens helemaal alleen met hem bent. Voor de zekerheid."

"Ik ben niet zo goed in uithoren."

"Je kunt goed luisteren. Dat is meestal voldoende om mensen te laten praten. Daar weet je alles van met jouw beroep."

"Dat is wat anders."

"Welnee. Zullen we naar beneden gaan? De lunch wacht."

"Nu al? Ik heb volgens mij vanmorgen te veel gegeten."

"Die kans is vrij groot met zo'n uitgebreid Engels ontbijt.

Maar in de vakantie moet het kunnen. Ben benieuwd of we ook nog wat spoken zien. Pluckley schijnt erg populair te zijn onder de spookachtigen." Hilke grijnsde weer en stond op om de kamer te verlaten, gevolgd door Liselot.

In het gezellige restaurant van The Barn, wat met zijn vele houten balken de sfeer van een lang vervlogen tijd uitstraalde, troffen de dames de rest van het gezelschap weer voor een echte Sunday Roast met roasted potatoes, seizoensgroente, Yorkshire pudding en huisgemaakte jus.

Sven voerde het woord tijdens de maaltijd, zoals meestal. "Vanmiddag kunnen jullie op eigen houtje Pluckley verkennen," vertelde hij. "Het is een leuk dorp met bekende bezienswaardigheden zoals zilversmederij Padgham and Putland op Forge Hill, of Pivington Pots in Pivington Mill. Een wandeling door het dorp of omgeving is ook de moeite waard, of je kunt een pilsje nemen in een van de locale pubs. Ik denk dat het niet veel moeite kost om de middag om te krijgen. Vanavond om zeven uur treffen we elkaar weer hier in het restaurant voor een gezamenlijke maaltijd. Daarna zal ik jullie, onder het genot van een drankje, uiteraard het verhaal van een aantal van de rondwarende geesten vertellen."

Hij keek naar de mensen in het gezelschap, met een kleine schittering in zijn ogen. "Als de duisternis zich over het dorp heeft ontfermd, gaan we op pad. We zullen onder andere de St. Nicholas kerk bezoeken met zijn kerkhof, een kijkje nemen bij The Blacksmiths Forge Tearoom en de Screaming Woods. We sluiten onze spokentocht af bij pub The Black Horse, waar het uiteraard ook spookt. Vanavond wordt dus een unieke gelegenheid om kennis te maken met de geesten van Pluckley. Ik kan uiteraard niets garanderen. Alleen vertellen dat de kans op een bovennatuurlijke gebeurtenis vanavond erg groot is." Hij grijnsde.

Fonds en Levi fluisterden elkaar dingen in het oor en gelet op de wijze van grinniken, hadden ze het niet over spoken.

Wilco had met een wat afwezige blik geluisterd, Hilke zat bijna te springen op haar stoel van opwinding en Peppin was de rust zelve. Maar zijn ogen schitterden weer een beetje.

"Oh, die smid en die terracottapotten wil ik beslist zien," zei Hilke meteen. Daarna keek ze wat aarzelend naar Liselot. "Tenminste... als dat kan. Ik kan mij voorstellen dat je nog niet graag loopt. Het is natuurlijk een beetje egoïstisch van mij."

"Als jij nu eens gewoon het dorp ingaat," stelde Liselot voor. "Dan blijf ik met de hond hier en loop op mijn gemak een klein stukje de tuin in of zo. Misschien kan ik op een terras gaan zitten met een boek. Het is heerlijk weer."

"Maar dan ben je helemaal alleen."

"Dat maakt mij niets uit. Bovendien is de hond bij me."

"Heeft zich nog geen eigenaar gemeld?"

"Nee, dan had ik het wel gehoord."

"En als zich niemand meldt?"

"Dan neem ik hem mee naar huis."

"Dat mormel?" grapte Hilke.

Liselot knikte.

"Mag dat zomaar? Ik bedoel... moet je niet een bepaalde tijd wachten?"

"Als het dier niet als vermist is opgegeven en het werkelijk al langer rondzwierf, valt niet te verwachten dat een eigenaar hem nog terug wil hebben. Dan vrees ik dat het een vakantie-slachtoffer is. In dat geval mag ik hem vast meenemen."

"Mits hij zijn entingen heeft gehad," wist Hilke. "Dat heb ik ergens gelezen."

"Oh, vast wel. Maar dat kunnen we in Londen regelen."

"Hm. En de reis?"

"Er zijn vast mogelijkheden om hem naar Nederland te laten vliegen."

"Ik neem aan van wel. Geen budgetvluchten, vrees ik, maar goed... deze hele reis is geen budgetreis. Dat was alleen de vlucht."

"Dat is het voordeel van nooit op vakantie gaan. Dan kun je extra kosten gemakkelijk opvangen," meende Liselot.

"Dat is waar. Nou ja... ik zou het dus niet kunnen."

"Je gaat vaker op vakantie."

"Dat ook. Maar mijn inkomen is ook erg onregelmatig. Ik dank het aan Bens toelage dat ik nu deze reis kan maken."

"Hij heeft goed voor je gezorgd."

Hilke knikte. "Eigenlijk heeft mams dat geregeld, voordat Ben stierf. Na zijn dood is ze op haar roze wolk gekropen. Ben heeft vooral voor mam goed gezorgd. Gelukkig wel."

"Ik vind het zo rot voor haar..."

"Ze is gelukkig."

"Ja, misschien wel."

"Moet je dat mormel geen naam geven? Als je toch van plan bent hem de rest van de vakantie mee te zeulen?"

"Ja. Hond klinkt zo... nou ja, honds. Ik zal erover nadenken, als jij het dorp ingaat. Tijd genoeg."

"Weet je zeker dat je niet mee wilt? Misschien kunnen we iets regelen of kan Sven ons brengen."

"Nee. Ik blijf werkelijk liever rustig hier. Ga jij nu maar."

"Zeker?"

"Zeker."

Hilke keek naar Sven. "Hm... dan moet ik dus helemaal alleen gaan. Ik kan wel een reisleider gebruiken." Ze glimlachte even naar Sven.

Hij glimlachte terug. "Dat kan geregeld worden."

Liselot ontspande. Ze had het toch vervelend gevonden voor haar vriendin dat ze liever in het hotel bleef, maar nu ze wist dat Hilke gezelschap had, viel het haar minder zwaar. Eigenlijk verheugde ze zich op een middagje in een luie stoel in de mooie tuin van het hotel. Lopen ging haar nog steeds niet bijzonder goed af, maar als ze zat, had ze weinig pijn meer. Bovendien was het werkelijk heerlijk weer, met een stralende zon en een lichte bries. Niet te warm en niet te koud.

Een perfecte dag.

HOOFDSTUK 11

Heel erg lang bleef Liselot niet alleen, die middag. Nadat ze een korte wandeling met de hond had gemaakt en zich op een gemakkelijke stoel in de tuin had geïnstalleerd, had ze net de gelegenheid een tiental bladzijden te lezen, totdat Peppin zich bij haar voegde.

Hij zag er tot in de puntjes verzorgd uit, zoals altijd, en ging naast haar zitten op de punt van de stoel. "Een heerlijke dag, nietwaar?" begon hij.

Liselot knikte. "Bijna alsof er nooit iets is gebeurd."

"Maar er is wel iets gebeurd en dat mogen we niet aan de kant schuiven."

"Vandaag twijfel ik daarover. Vandaag denk ik dat het misschien toch allemaal een nachtmerrie was." Het was niet helemaal waar. De gedachte was in haar opgekomen, maar had zich niet weten te vestigen. Maar op een dag als vandaag wilde ze zo graag geloven dat het niets anders dan een nachtmerrie was.

Uiteindelijk had Wilco daar een mooie verklaring voor gegeven.

Goed, hij had moord ook niet uitgesloten. Maar hij had ook een verklaring gegeven voor een nachtmerrie met hallucinaties, zonder dat het per definitie betekende dat ze gek was.

Peppin glimlachte echter even. "Je weet wel beter," zei hij.

Ze keek hem aan. Heel even meende ze een wat dreigende ondertoon in die opmerking te hebben gehoord.

"Kijk, daar hebben we de tortelduifjes," merkte Peppin op.

Liselot volgde zijn blik en zag Fonds en Levi naderen. Bijna zuchtte ze vermoeid. Eigenlijk had ze niet zoveel zin in gekir en geplak voor haar neus. Maar ze kon hen moeilijk weg sturen.

De twee groetten Peppin en Liselot vriendelijk en schoven twee stoelen bij.

"Misschien koopt Fonds morgen iets voor mij bij de zilversmid," zei Levi. Ze keek verliefd naar Fonds.

"Misschien wel," zei Fonds. Zijn blik beantwoordde die van Levi maar kort.

"Fonds heeft veel vriendinnen gehad voor mij," vertelde Levi met een wat kinderlijke stem vol bewondering. "Hij is voor zijn werk regelmatig in het buitenland, zelfs hier in Engeland, en had eigenlijk overal wel een liefje. Hij ziet er natuurlijk goed uit en is slim."

Fonds knikte even. Hij twijfelde er duidelijk geen seconde aan dat dit feiten waren. Alleen al daarom mocht Liselot hem niet bijzonder.

"Hij koos voor mij," ging Levi verder. "Soms belt er wel eens een ex en dan denk ik..."

"Je hoeft niets te denken," zei Fonds met nadruk. "Er komt niemand tussen ons."

Levi glimlachte. Ze boog zich een beetje naar Liselot en Peppin toe. "Vriendinnen van mij beweerden dat Fonds op het geld uit was. Mijn ouders zijn rijk, weet je. Ze hebben een hotelketen."

"Je weet wel beter," zei Fonds.

Ze grinnikte even. "Ondanks alle knappe exen?"

"Er komt niemand tussen ons," herhaalde hij kortaf.

Levi keek Fonds aan en grinnikte opnieuw. "Dat zou ik ook

niet toelaten," zei ze. "Alleen al omdat papa dan meteen 'Zie je wel!' zou roepen. We blijven altijd bij elkaar." Ze pakte Fonds vast en drukte zich tegen hem aan.

Liselot meende een korte bittere trek om zijn mond te zien. Waarschijnlijk beeldde ze zich dat in, net als de zogenaamde dreigende ondertoon in de stem van Peppin. Ik word paranoïde, dacht Liselot.

"Vanavond op spokentocht," ging Levi verder met kinderlijke opwinding. "Eng, nietwaar?" Ze huiverde. "Gelukkig is Fonds bij me." Ze giechelde weer en drukte zich opnieuw tegen hem aan. "Jullie gaan toch ook mee?"

"Liselot kan nauwelijks lopen," bracht Fonds haar in herinnering.

"Zijn je voeten nog steeds pijnlijk?" vroeg Levi aan Liselot. Fonds gaf weer antwoord. "Natuurlijk. Je ziet toch dat ze moeilijk loopt en ze is niet voor niets hier gebleven."

"Ik ga niet mee," zei Liselot met nadruk. Ze ergerde zich aan het feit dat Fonds de antwoorden gaf. "Ik ben er natuurlijk wel met het diner en ik luister zeker mee als Sven zijn spookverhalen vertelt, maar ik blijf daarna hier. Wie weet spookt het zelfs hier. Tenslotte bestond de Elvey Farm al in de middeleeuwen. Er kan hier van alles zijn gebeurd."

"Ajakkes. Ik zou nog bang worden om hier te slapen." Levi huiverde. "Gelukkig slaap ik niet alleen." En weer een giechel. Levi keek Peppin aan. "Wat doe jij?"

"Ik zou het voor geen geld ter wereld willen missen," zei Peppin met een bescheiden glimlach. Zijn ogen twinkelden een beetje.

Fonds keek hem aan, met een licht wantrouwen in zijn ogen.

"We weten allemaal dat het fantasieverhalen zijn," zei hij. "Spoken bestaan niet."

Levi stootte hem aan. "Doe niet zo flauw."

"Je weet het nooit," antwoordde Peppin. "Je weet het nooit."

Liselots aandacht werd getrokken door vrolijk gezwaai van een naderende Hilke. Nu was Hilke moeilijk te missen. Vandaag droeg ze een zwarte legging met glitters en een groen shirt, maatje reus, met een oranje krokodil, wiens tong als een losse flap op het shirt was genaaid. Haar haren werden in bedwang gehouden door een kleurige sjaal met kwastjes en glitters. De krokodillentong flapperde vrolijk mee in de maat van Hilkes gespring en gezwaai.

Liselot zwaaide glimlachend terug en zag toen pas Sven in Hilkes kielzog.

Ze vroeg zich af of de twee samen op stap waren geweest of dat ze elkaar hier toevallig hadden ontmoet. Liselot gokte het eerste. Ze kende Hilke. Rick was de enige serieuze relatie die Hilke ooit had gehad. Voor het overige had ze altijd genomen wat er te krijgen viel. Liselot geloofde niet dat Rick daar definitief verandering in had gebracht.

"Heb je je niet suf verveeld?" vroeg Hilke, nog voordat ze bij Liselot stond.

"Welnee. Ik heb hier heerlijk rustig gezeten en gelezen," zei Liselot. "En heel erg lang ben ik niet alleen geweest."

"Gelukkig niet. Maar ik voelde mij toch een beetje schuldig. Sven heeft mij het dorp laten zien en we hebben een wandeling gemaakt." Haar wangen gloeiden. Ze keek even om naar Sven, die wat verontschuldigend glimlachte.

"Het was heerlijk," zei ze. "Hoe is het trouwens met Hond?"

"Heb je al een naam voor hem?" vroeg Sven.

"Misschien noem ik hem wel Huck. Naar Hucking Estate, waar ik hem heb gevonden."

"Je houdt hem toch niet?" vroeg Fonds verbijsterd.

"Waarom niet?" Liselot kon niet helpen dat er een lichte uitdaging in haar stem lag.

"Het is een zwerver. Hij kan van alles onder de leden hebben. Om nog maar te zwijgen over vlooien en luizen." Hij keek er zowaar vies bij. "Ik begrijp niet dat het beest bij je op de kamer ligt. Nog afgezien van de hygiëne. Je weet niet eens of het mormel te vertrouwen is. Misschien is hij met een reden weggedaan."

"Hij is niet weggedaan," reageerde Liselot tamelijk scherp. "Hij is aan zijn lot overgelaten omdat de eigenaars blijkbaar geen verantwoordelijkheid voor hem wilden nemen. Omdat ze, zoals veel mensen, een puppy kochten omdat dat 'o zo leuk' was, maar er de brui aan gaven toen de hond zomaar groot werd en verzorging nodig bleek te hebben, zelfs in de vakantie."

"Ik praat niets goed," zei Fonds. "Ik maak alleen duidelijk dat er meerdere redenen kunnen zijn waarom mensen een dier niet meer willen. En onbetrouwbaarheid kan een belangrijke reden zijn."

"Huck is braaf. Dat kan niet altijd van mensen worden gezegd," mengde Hilke zich in het gesprek.

"Jullie kennen het beest pas. Typisch iets voor vrouwen om zo te reageren," vond Fonds. "Hebben jullie ook nagedacht over de complicaties van het mee naar huis nemen? Vaccinatieverklaringen, vervoer..."

"Natuurlijk," zei Liselot. "Ik weet echt wel wat ik doe." Ze keek Fonds recht aan.

Hij glimlachte minzaam, zoals hij dat naar een dwars kind zou doen.

Sven hield zich wijselijk overal buiten. Peppin ook, maar hij bekeek de aanwezigen met die typische twinkeling in zijn ogen. Hij genoot.

"Levi en ik gaan even naar boven. Opfrissen, omkleden en zo." Fonds keek naar Levi, die natuurlijk weer giechelde.

Fonds draaide zich om en liep weg. Levi dribbelde achter hem aan. Het was duidelijk dat hij de beslissingen nam.

Hilke keek hen na en grinnikte even. "Je zou bijna de rest van je leven vrijgezel willen blijven."

Liselot was het met haar eens.

Onwillekeurig keek ze de tuin in, op zoek naar Wilco. Zou hij nog steeds in het dorp rondzwerven? Ze had hem niet meer gezien. Ze zag hem ook nu niet.

Toen Hilke een tijdje later, na wat sociaal gekeuvel, voorstelde om naar de kamer te gaan, was Wilco nog steeds nergens te zien.

"Dus toch met Sven op pad geweest?" vroeg Liselot toen ze in hun kamer waren.

Hilke lachte en knikte. "Tja... wat kan ik zeggen? Het is een lekker ding. Het was trouwens heel erg onschuldig hoor. We hebben door het dorp gewandeld, een kop thee gedronken en hij heeft de omgeving laten zien. Hij weet veel over de geschiedenis van het dorp."

"Dat is natuurlijk ook zijn baan."

"Ja. Maar ook interesse, denk ik."

"Ben je verliefd?"

"Welnee. Hij is leuk om naar te kijken en het uitje in het dorp was gezellig. Maar ik ben niet op zoek naar een relatie. Al helemaal niet met een vent die vijf jaar jonger is en in Engeland woont. Bovendien is hij volgens mij nog niet over zijn verbroken relatie heen. Ik merk af en toe iets aan hem." Ze keek peinzend.

"En hij belt veel met zijn ex," vulde Liselot aan.

"Vandaag niet. We weten natuurlijk niet zeker of hij steeds met zijn ex belde, maar vandaag heb ik hem in ieder geval niet zien bellen."

"Oh." Liselots gedachten dwaalden af, maar ze weigerde dat toe te laten. Geen paranoïde gedachten meer.

"Waar was Wilco vandaag?" vroeg Hilke.

"Geen idee. Hebben jullie hem niet gezien?"

"Nee. Jij ook niet?"

"Nee." Liselot constateerde een vaag gevoel van ongerustheid, dat ze ook weer wegdrukte.

"Vreemde vogel, die Wilco," zei Hilke. "Ik weet nog steeds niet goed wat ik van hem moet denken."

"Hij is best aardig," vond Liselot.

"Jij vindt hem leuk. Dat weet ik. En misschien zoek ik er ook allemaal te veel achter. Maar ik vind hem toch een beetje vreemd. En..." Maar Hilke schudde meteen haar hoofd.

"Wat?"

"Niets. Laat maar."

Liselot wilde protesteren, maar Hilke greep haar kleding en draaide zich bruusk om, waarna ze de douche binnenliep. Enkele tellen later hoorde Liselot het water lopen. Hilke nam een douche.

Liselot keek door het raam naar buiten, de fraaie tuin in.

En toch mocht ze Wilco.

HOOFDSTUK 12

Het diner was heerlijk. Homemade soup, Hunter's Pie en homemade Gypsy Tart. Liselot vond het ongelooflijk dat ze zo goed had gegeten, ondanks een behoorlijk gebrek aan beweging. Want veel meer dan af en toe met de hond een klein stukje rondlopen, deed ze niet. De pijn in de voeten was minder intens, maar het lopen was nog steeds niet erg prettig.

Huck lag in de kamer te slapen. Hij mocht niet in het restaurant komen en scheen daar verder weinig problemen mee te hebben. Ze had hem achtergelaten met een grote bak voer en het beest was daar volledig tevreden mee.

Liselot besefte wel dat ze zich al een beetje kaal voelde als de hond niet bij haar was. Ze vroeg zich heel even af hoe ze zou reageren als een baas van de hond zich zou melden. Het was een gedachte die ze snel weer van zich afschoof. Ze vond het een onprettige gedachte. Voor haar gevoel was Huck al van haar.

Peppin was als laatste klaar met eten en toen Sven koffie bestelde, wisten ze dat het tijd was voor de verhalen, ter voorbereiding op de spooktocht.

"We beginnen in de St. Nicholas kerk," begon Sven, terwijl hij de kaarsjes op tafel aanstak. Het licht van de vlammetjes tekende een grillig patroon op zijn gezicht, terwijl zijn ogen schitterden.

"De witte dame, oftwel Lady Dering, was destijds mogelijk de knapste vrouw van Pluckley en omstreken. Toen ze op zeer jonge leeftijd stierf, liet haar man haar balsemen. Hij begroef haar in een loden kist, met een rode roos op haar borst, in een diep gewelf van de Dering-kapel. Maar haar ongeschonden geest zwerft nog steeds rond in de kerk en op het kerkhof, met de roos in haar hand. Maar zij is niet de enige geest van de St. Nicholas kerk."

Sven keek de deelnemers van het gezelschap een voor een aan. Zijn stem werd een beetje lager. "De rode dame is een andere welbekende verschijning. Ze wordt regelmatig op het kerkhof waargenomen, waar ze tussen de grafstenen naar haar overleden kind zoekt."

Hij richtte zijn blik op Wilco. "Twee onderzoekers lieten zich in de kerk opsluiten, in de hoop een glimp op te vangen van deze dames. Zonder resultaat, dachten ze, want de dames lieten zich niet zien. De enige die hen die nacht bezocht was een hond. Ze ontdekten pas de volgende morgen dat de hond in werkelijkheid niet bestond en daarmee hebben we dus het derde spook van de St. Nicholas kerk."

Wilco glimlachte. Hij kende het verhaal. Sven richtte zijn aandacht weer op de andere aanwezigen.

"We bezoeken ook Gloria Atkins, van de Forge Tearooms. Ze is zo vriendelijk ons vanavond speciaal welkom te heten in haar gezellige theehuis. Gloria woont niet alleen in haar huis, maar heeft gezelschap van minstens twee huisgeesten: de meid en de soldaat. Zij zal jullie meer over hen vertellen. Op Station Road, Greystones, is de geest van een monnik gezien en dat niet alleen. Zijn verboden liefde, de Tudor Lady, zwerft rond in het ernaast gelegen Rose Court, waar voorwerpen zich nog steeds zonder verklaring verplaatsen en de vreemde sfeer algemeen bekend is. Maar een van de meest bekende verschijningen is de vermoorde Highwayman. Op vroege ochtenduren en de winteravonden wordt zijn levenloze lichaam nog wel eens gezien, met het zwaard in de borst, vastgepind aan de boom, die er in werkelijkheid niet meer staat. In Dicky Buss's Lane, bij volle maan, als een lichte bries door het dorp waait, wordt de verschijning van de hangende schoolmeester sporadisch waargenomen. De Screaming Woods zullen we uiteraard ook een bezoek brengen. Bij nacht worden hier schreeuwende stemmen gehoord, die de echo's vormen van middeleeuwse wreedheden. Andere geesten in Pluckley zijn de zigeunervrouw, die in haar slaap in een vuur om het leven kwam, de kolonel die zichzelf heeft opgehangen in park Wood, de zwarte geest van de molenaar, dichtbij The Pinnocks en het spookrijtuig met zijn woeste paarden van Maltman's Hill."

Sven zweeg, leunde achterover en keek de aanwezigen aan. Buiten ging de zon langzaam onder en vervaagde het daglicht. De vlammetjes bewogen onrustig.

"We sluiten de tocht af met een bezoek aan de Black Horse Inn," zei hij toen. "Voor een ontspannen onderonsje, onder het genot van een glas bier of een ander drankje. Hoewel..." Hij grijnsde en liet zijn blik weer rondgaan. "Ook in The Black Horse Inn spookt het."

Sven wendde zich tot Liselot. "Maar ook de mensen die hier blijven, kunnen kennismaken met een van de geesten van Pluckley." Hij grijnsde opnieuw.

"Zelfs hier in het hotel, in Elvey Farm, spookt het. Het hotel was destijds een boerderij en op een dag in 1900 gaf Edward Brett, de boer, zijn vrouw 15 shilling en zijn kinderen ieder een penny, liep rustig naar de melkerij en schoot zichzelf dood. De latere eigenaars van de boerderij zagen regelmatig een man met baard 's nachts door de gang lopen. Maar er is ook een man in militair uniform gezien, staande op de trap in de Barn. Geen idee wie hij is."

"Kijk," zei Liselot, zo luchtig als ze kon opbrengen. "Ik hoef niet eens op stap te gaan om spoken te ontmoeten."

Ze zag de vluchtige blik die Fonds Sven toewierp, alsof hij licht geïrriteerd was. Ze zag ook de kleine aarzeling bij Sven. Dit had ze zich dus niet ingebeeld.

Het irriteerde haar een beetje omdat ze er zeker van was dat zij de aanleiding was van Fonds' reactie.

Ze kreeg niet lang de tijd om daarover na te denken, omdat Levi aan Wilco vroeg of hij ook meeging. Liselot verwachtte dat hij dat zou doen, gezien het doel van zijn reis. Tegelijkertijd besefte ze dat hij zijn onderzoeken tot dusver zoveel mogelijk alleen deed en dat ze het eigenlijk wel leuk zou vinden als hij dit keer in het hotel zou blijven. Ze haalde bijna opgelucht adem toen hij zijn hoofd schudde.

"Nee, ik blijf vandaag liever in het hotel," zei hij.

"Je grijnst," siste Hilke tegen Liselot.

"Welnee," antwoordde Liselot. Maar ze merkte dat haar mond inderdaad in een kleine glimlach was gevormd.

"Je vindt hem leueueueueuk..."

"Sst!"

Toen iedereen opstond om naar hun kamer te gaan en zich klaar te maken voor de spokentocht, zag Liselot dat Fonds Sven aanklampte in de hal. Omdat ze ervan overtuigd was dat het haar betrof, schoof ze onopvallend dichterbij, terwijl ze tegenover Hilke een wat vaag excuus mompelde.

Ze merkte dat Hilke hetzelfde deed. Ze kon haar vriendin niet voor de gek houden. Dat had ze nooit gekund.

Fonds en Sven leken het niet te merken.

"Ik begrijp niet dat je over de spoken hier in het hotel begon," zei Fonds op wat geïrriteerde, gedempte toon tegen Sven. "Je weet wat er in de molen gebeurde. Na dat verhaal over Aiden, zag Liselot haar 's nachts in het bos liggen. Jij en ik weten dat daar geen lichaam lag. Dat ze gewoon heeft gedroomd of misschien zelfs aan waandenkbeelden leed. Die vriendin zei al dat ze overspannen was en dingen zag die er niet waren."

Liselot wierp Hilke een nijdige blik toe. Hilke legde haar vinger op haar lip. "Sst..."

"Dadelijk gebeurt hier hetzelfde," ging Fonds verder. "Dadelijk verdwijnt ze hier ook. In het gunstigste geval. Wie weet wat ze nog meer allemaal kan doen. Misschien draait ze door."

Liselot voelde haar ergernis toenemen. Dat Sven het niet meteen ontkende, maakte haar alleen bozer.

"Het verhaal hoort bij deze reis," verdedigde Sven zich zwakjes. "Ik vertel het altijd en ik geloof niet dat het twee keer kan gebeuren." Het leek erop dat hij vooral zichzelf probeerde te overtuigen.

"Ik ben heus niet gek," gooide Liselot eruit. Ze schrok van haar eigen woorden. Sven en Fonds schrokken ook. Ze hadden niet gemerkt dat ze zo dicht bij hen stond.

Fonds herstelde zich echter onmiddellijk. "Ik zeg niet dat je gek bent. Je hebt gewoon een moeilijke tijd achter de rug en bent daardoor gevoelig voor nachtmerries en dergelijke."

"Het was geen nachtmerrie," beweerde Liselot, wellicht niet helemaal terecht.

"Natuurlijk was het een nachtmerrie of een waandenkbeeld. Anders had de politie heus wel aanwijzingen gevonden. Dat is niet gebeurd. Geen aanwijzingen, geen vermissing. Dus geen lijk. Meneer Wilkinson heeft dat verhaal over Aiden verteld en dat heeft zich in jouw hoofd genesteld. Je hebt erover gedroomd en dacht vervolgens buiten iets te zien. Misschien heb je het ook echt gezien. Waandenkbeelden zijn levensecht. Maar de gevolgen waren ernstig. Je had hopeloos kunnen verdwalen of onder een auto kunnen komen met je zwerftocht. Om nog maar te zwijgen over de risico's die je nam toen je die hond meenam. Je wist niet eens of hij wel betrouwbaar was. Dat weet je nog steeds niet."

"Huck is heel wat betrouwbaarder dan jij," snauwde Liselot hem toe.

Fonds glimlachte even, wat haar nog woedender maakte. "Ik begrijp dat je kwaad bent, maar ik bedoel het goed. Misschien moet je gewoon een tabletje nemen en..."

"Londen. Chapel of St. John. Dicht bij het Jewel House. Hilke en ik zagen jou. We dachten dat Levi bij je was, maar die bleek in het Jewel House te zijn."

De kleur trok weg uit het gezicht van Fonds. Hij wilde reageren, maar Hilke trok Liselot weg. "We hebben ons vast vergist, zoals je in Londen al zei," zei ze haastig tegen Fonds. "Kom, Lise. Even een time-out."

"Waarom trok je mij daar weg," viel Liselot nijdig tegen Hilke uit. "Je noemde het zelf in Londen ook en nu ik er iets van zeg..." Ze was natuurlijk kwaad op Fonds en wist dat ze zich daardoor had laten verleiden tot het maken van die opmerking, maar omdat Hilke haar wegtrok, moest ze zich op iemand anders afreageren.

"Ben je gek geworden?" siste Hilke woedend. "Je beweert zelf dat je niet gek bent en dat er werkelijk een dode vrouw was. Een blonde dode vrouw. De vrouw waar hij mee samen was, was ook blond. Wat als hij..." Ze maakte de zin niet af. "Ben je helemaal..." mompelde ze ontdaan. "In Londen wist ik nog niet wat we nu weten."

"Maar je weet zelf niet eens of ik werkelijk een dode vrouw heb gezien."

"Nee. Ja. Nee. Ik weet het niet meer. Ik weet alleen dat je geen risico's moet nemen. Die Fonds is volgens mij geen aangename man als hij woedend is. En hij heeft een verdraaid goede reden om zijn relatie met Levi niet op het spel te zetten, namelijk geld. En geld is de meest voorkomende reden voor de gruwelijkste daden. Dus je kunt beter je mond houden."

Liselot wist dat Hilke gelijk had. "Goed. Misschien had ik niets moeten zeggen. Maar het kan natuurlijk ook gewoon zo zijn dat hij geen moordenaar is en Levi alleen maar bedriegt."

"Dat kan. Die kans is zelfs vrij groot. Maar dan nog zal hij zijn relatie met Levi voor niets en niemand op het spel zetten en dan nog kan hij zeer onaangenaam worden. En omdat we nog een paar dagen met elkaar moeten optrekken..."

Liselot zag wel in dat Hilke gelijk had en knikte, wat beschaamd. "Als ik het maar zeker wist..." mompelde ze.

Ze liep met Hilke naar haar kamer, waar Huck hen overenthousiast begroette. Voor hem was het een uitgemaakte zaak. Liselot was zijn bazinnetje.

Liselot liet zich op het bed zakken en knuffelde de hond. "Af en toe ben ik zelf bang om gek te worden."

"Misschien ontdekt de politie nog iets..." probeerde Hilke haar gerust te stellen.

Het klonk niet erg overtuigend.

"Ik geloof niet dat ze nog zoeken," zei Liselot.

"Misschien niet, maar ze houden ongetwijfeld aanmeldingen van vermissing in de gaten."

Zelfs daaraan twijfelde Liselot, maar ze zei niets meer. Ze wist dat Hilke gelijk had en dat ze haar mond tegenover Fonds had moeten houden. Als ze maar eens zeker wist wat er die avond was gebeurd... Aan de andere kant betwijfelde ze soms of ze het echt zeker wilde weten.

Hilke had een aantal kledingstukken uit haar koffer gehaald en tilde een rood geblokt sweatshirt op, dat ze kritisch bekeek.

"Misschien kan ik mij beter warm aankleden vanavond," zei ze peinzend. "Het kan behoorlijk afkoelen." Ze keek naar Liselot. "Misschien kan ik veel beter hier blijven," zei ze toen.

"Waarom? Denk je dat je mij in de gaten moet houden, om te voorkomen dat ik weer spoken zie?" Liselot kon het beetje sarcasme in haar stem niet onderdrukken. Ze vond het vervelend, want ze wist dat Hilke het goed bedoelde.

"Nee, natuurlijk niet," zei Hilke. "Maar ik vind het sneu als je alleen hier moet blijven. Vanmiddag ben je ook al alleen geweest en je hebt zoveel meegemaakt..."

"Ik ben niet alleen. De hond is er en Wilco blijft ook hier."

"Eh, ja... over Wilco." Hilke leek even te aarzelen. "Ben je wel voorzichtig?" vroeg ze toen. Ze keek Liselot wat onzeker aan.

"Hoe bedoel je?" vroeg Liselot.

"Je wéét tenslotte niet wat er die avond is gebeurd en Wilco is toch een beetje apart. Hij was die nacht niet in zijn kamer en, nou ja... hij is gewoon een beetje apart. En dat hij nu uitgerekend hier blijft, terwijl hij zogezegd zoveel interesse heeft in spookverschijningen... nou ja, het zit mij niet helemaal lekker."

"Daarnet zat je mij nog met hem te plagen," zei Liselot.

"Weet ik. Maar toch... het is natuurlijk niet erg als jullie met elkaar optrekken en zo. Het is best mogelijk dat hij gewoon een beetje raar is, maar verder een prima kerel is. Weet ik veel. Maar het lijkt mij gewoon beter dat je voorlopig niet alleen met hem bent. Niet waar iemand anders jullie niet ziet. Voor alle zekerheid."

"Ik neem hem heus niet mee naar mijn kamer," reageerde Liselot een beetje lacherig. Maar ze voelde toch ook die lichte bezorgdheid.

"Nee, dat weet ik ook wel. Maar ga liever niet met hem wandelen of zo. Dadelijk..." Ze schudde haar hoofd. "Ik denk dat ik echt beter hier kan blijven."

"Ben je mal? Ga gewoon mee. Ik red mij wel. Ik doe heus geen domme dingen en ik zal ervoor zorgen dat ik Wilco alleen maar in het bijzijn van anderen tref. Als ik hem al zie. Ik denk eigenlijk dat hij hier zijn onderzoeken wil uitvoeren en niet voor mij hier blijft."

"Weet je het zeker?" Hilke klonk bezorgd.

Liselot knikte. "Ga jij nu lekker op spokentocht. Ik vermaak mijzelf wel en ik ga niet met vreemde kerels in het donker rondwandelen. Vertrouw daar maar op. Daar ben ik zelf te veel een angsthaas voor. Ik zal ook niet gaan slapen met het risico op nachtmerries, slaapwandelen en verdwalen."

"Weet je het zeker?" herhaalde Hilke.

"Ik weet het zeker."

Hilke zuchtte diep. "Goed dan. Dan ga ik. Maar denk eraan..."

"Ik ben voorzichtig." Liselot lachte even. "Je bent nog erger dan mijn moeder. En die is altijd al zo bezorgd."

Hilke mompelde iets onverstaanbaars. Ze trok het geblokte sweatshirt aan en koos er een streepjessjaal bij voor in haar haren en draaide zich een paar keer om voor de spiegel. Ze deed een beetje aan een ouderwets boerenkeukengordijn denken en Liselot schoot in de lach.

"Wat?" Hilke keek om.

"Niets," zei Liselot onschuldig. "Kom, we gaan naar beneden. Ze wachten vast al op je."

Liselot nam Huck mee. Dan kon ze hem meteen uitlaten, voordat het al te laat werd en er slechts stilte op het terrein van de Elvey Farm heerste.

Eenmaal beneden trof ze ook Fonds weer, dit keer met Levi, die gespannen giechelde en op en neer hupte.

De pinnige blik die Fonds haar toewierp, ontging haar niet. Ze deed alsof ze het niet merkte. Ze zwaaide het gezelschap na toen het vertrok en liep daarna een klein rondje buiten, zodat Huck zijn behoefte kon doen.

Echt gemakkelijk liep ze nog steeds niet met haar pijnlijke voeten. Ze was blij toen ze in het hotel terug was en in de lobbybar thee kon gaan drinken.

HOOFDSTUK 13

Liselot had Wilco niet meer gezien. Ze had een heerlijke kop thee voor haar neus staan, compleet met biscuits, en leunde achterover in haar stoel. Huck lag bij haar voeten. Ze vond het jammer dat ze Wilco niet meer had gezien, maar tegelijkertijd was het misschien beter zo. Niet zo gecompliceerd.

Die gedachte was echter nog maar net in haar hoofd opgekomen, toen hij opeens naast haar opdook.

"Stoor ik?" vroeg hij wat onzeker.

Liselot glimlachte. "Welnee. Ik zit hier alleen maar thee te drinken en mensen te bekijken. Geen uitzonderlijk belangrijke bezigheden."

"Vind je het vervelend als ik bij je kom zitten? Als je liever alleen bent..."

Liselot schudde haastig haar hoofd. "Welnee. Neem plaats."

Ze dacht aan de woorden van haar vriendin. Maar ze zat nu in een lobbybar met genoeg mensen om zich heen. Er kon niets gebeuren. Bovendien vond ze hem evengoed aardig.

Wilco ging bij haar zitten en bestelde thee voor zichzelf.

"Moet je geen onderzoek doen naar de geesten van het hotel?" vroeg Liselot.

"Nee. Niet vandaag."

"Waarom niet? Die tocht door spookachtig Pluckley moet toch interessant voor je zijn."

"Niet om het samen met een heel gezelschap te doen. Misschien ga ik er morgenvroeg, voor het ontbijt op uit. Of morgenavond. Het ligt eraan wat Sven dan heeft gepland."

"Hij heeft vast nog iets in petto."

"Dat neem ik aan. We zullen zien."

Het was even stil.

"Waarom kiest een vrouw voor jouw beroep?" vroeg hij toen.

"Familiebedrijf. Van generatie op generatie. Ik rolde er zo'n beetje vanzelf in."

Wilco knikte even. Hij zag eruit alsof hij daarover nadacht.

"Het is niet zo'n luguber beroep als sommigen denken. In feite..." Ze aarzelde even. "In feite ben je een hulpverlener. Je helpt de nabestaanden door alles zo goed mogelijk voor ze te regelen, zodat zij dat hoogst nodige stukje rust krijgen en zich kunnen concentreren op eigen emoties en herinneringen. Je zorgt ervoor dat het afscheid een mooi afscheid wordt, waar mensen troost uit kunnen putten. Het is in feite dankbaar werk."

"Je doet het graag?"

"Ik heb het altijd graag gedaan. Maar ik moet eerlijk toegeven dat het mij de laatste jaren wel eens te veel wordt. Misschien doe ik te goed mijn best. Misschien ben ik niet goed tegen de emoties bestand, die onlosmakelijk gepaard gaan met begrafenissen. Ik weet het niet."

"Misschien moet je dan de tijd nemen om er goed over na te denken wat je verder wilt."

"Misschien wel." Ze glimlachte even. "Doe jij je werk graag?"

"Ja. Het is een passie. Dat is soms ook nodig omdat overheid en universiteiten niet altijd even scheutig zijn met het investeren in dergelijke onderzoeken. Dat is ook de reden waarom ik schrijf, lezingen en gastlessen geef."

"Ben je succesvol als schrijver?"

Wilco glimlachte even. "Ik mag niet klagen."

Zijn thee werd gebracht en de twee genoten even zwijgend van de warme drank.

"Hoe gaat het verder nu met je?" wilde Wilco weten. Hij keek haar zowaar recht aan.

Ze bloosde een beetje en haalde haar schouders op. "Wisselend. Als ik maar eens met zekerheid wist of er iets was gebeurd. Weet je, soms denk ik dat ik echt gek word."

"De symptomen..."

Liselot onderbrak hem. "Ik wil geen feiten weten. Dadelijk voel ik allemaal dingen die mij ervan overtuigen dat ik gek word."

Wilco wilde nog iets zeggen, maar bedacht zich. Hij nam een slokje thee. "Eerlijk gezegd..." Hij twijfelde opnieuw. "Misschien moet je zelf nog een keer op onderzoek uitgaan."

Liselot keek hem verbaasd aan. "Hoe bedoel je?"

"Teruggaan naar de Old Mill, gaan staan waar je die nacht stond en vandaaruit op onderzoek gaan."

"De politie heeft alles onderzocht. Ze konden niets vinden. Dan kan ik zeker niets vinden."

"Dat ligt eraan. Als je exact de stappen herhaalt van die nacht, kom je daar, waar je haar hebt aangetroffen. Of waar je denkt dat je haar hebt gevonden."

"Ik heb die mannen gewezen waar ik die vrouw had gezien. Of dacht te hebben gezien."

"Maar hebben ze exact op de goede plek gekeken? Vergeet niet dat ze er waarschijnlijk van uitgingen dat er helemaal geen moord was begaan en dat het onderzoek een formaliteit was. Ongetwijfeld is het op die wijze uitgelegd toen de politiemannen de zaak moesten onderzoeken, en ongetwijfeld hebben een paar mannen hun eigen conclusies getrokken. Vervolgens treedt bijna onontkoombaar een *self fulfilling prophecy* in werking. De definitie van de situatie is al in het begin verkeerd en daardoor wordt gedrag uitgelokt dat ervoor zorgt dat de valse conceptie waarheid wordt. In een situatie als deze kan het ervoor zorgen dat de mensen die betrokken waren bij het onderzoek zich concentreerden op bewijzen dat het lichaam er níét had gelegen en alleen dáárvoor openstonden. Dat geeft een vertekende uitkomst van de werkelijkheid, ook wel het Rosenthal-effect genoemd."

Liselot liet de woorden goed tot zich doordringen. Het was een beetje als het lezen tussen de letters door. Wilco's manier van uitdrukken was niet altijd even eenvoudig te begrijpen.

"Maar misschien is er werkelijk niets gebeurd."

"Nee. Misschien niet."

"Ik wou dat ik het wist."

"We kunnen erheen gaan."

Liselot staarde Wilco aan. "Hoe?"

"Met het busje van Sven. Ik heb het er met hem over gehad."

"Dus je hebt hier eerder over nagedacht?"

Wilco knikte. Een beetje beschaamd, leek het. "Ik kreeg de woordenwisseling met Fonds mee. Ik stond niet zo ver van jullie af en ik vrees dat ik meeluisterde. Toen kwam ik op het idee om zekerheid te verschaffen."

"En als we die zekerheid niet krijgen?"

"Goed onderzoek levert vrijwel altijd iets op."

"Ook als er niets is gebeurd?"

"Een zo nauwkeurig mogelijke reconstructie van een gebeurtenis kan ervoor zorgen dat herinneringen naar boven komen, die tot dusver vertekend waren door eigen invulling."

"Dus..."

"Dus is het een poging waard."

Liselot dacht daarover na. Ze herinnerde zich Hilkes waarschuwing nog goed. Maar als zij en Wilco op onderzoek gingen, wist Sven er vanaf. En misschien wisten zelfs de Wilkinsons ervan. Toch aarzelde ze. Ze wist niet of ze voor zichzelf die situatie wilde herhalen.

Wilco wachtte rustig af, dronk zijn thee en knabbelde op een biscuit.

Als iemand eventuele bewijzen kon vinden, was hij het wel, meende Liselot. Wilco was iemand die logisch redeneerde. Hij liet zich niet leiden door emoties en vooropgestelde ideeën.

"Goed." Ze schrok er zelf een beetje van. "Laten we het doen."

Wilco knikte. Hij dronk zijn thee op en stond op. "Kom maar."

Liselot volgde hem naar buiten, naar het busje van Sven. Of van de reisorganisatie waar hij voor werkte.

Natuurlijk ging Huck ook mee. Zonder Huck voelde ze zich verloren.

Pas toen ze in de auto zat, keek Wilco haar aan en stelde een vraag die hij beter niet had kunnen stellen. "Je weet zeker dat je dit wilt doen?"

"Nou..."

"Als er een moord is gepleegd, is een dader binnen het gezelschap de meest waarschijnlijke optie. Ik ben een van de mensen binnen dat gezelschap."

Ze keek hem ongelukkig aan. "Ben je een moordenaar?"

"Nee."

Liselot wilde opgelucht adem halen.

"Maar dat zou ik uiteraard ook zeggen als ik wel de moordenaar was," zei hij erachteraan.

Hij had natuurlijk gelijk en ze dacht erover om toch maar snel uit te stappen. Maar Wilco startte de auto en trok op.

Liselot was gespannen, maar Wilco ging over op een ander onderwerp. Hij vertelde over een onderzoek dat hij in een klooster had uitgevoerd en waarbij hij ontdekte dat de waargenomen spookgedaante in werkelijkheid een acteur was en dat de stemmen die uit de muur kwamen, werden veroorzaakt door ingebouwde luidsprekers. Nogal knullig gedaan, vond hij. Maar menig onderzoeker - geen wetenschappers uiteraard - was erin getrapt. Het was zelfs op de televisie geweest en stond op 'You Tube'.

Wilco had een aangename manier van praten. De feiten die hij onvermijdelijk soms opdreunde, konden wat verwarrend zijn - voor haar in ieder geval - maar verder kon hij heel leuk vertellen. Liselot begreep waarom hij succesvol was als schrijver en waarom hij blijkbaar toch nogal eens werd gevraagd voor lezingen en gastlessen. Als ze eerlijk was, moest ze toegeven dat ze genoot van zijn aanwezigheid, en dat ze ontspande. In ieder geval totdat ze op Hucking Estate aankwamen, bij de Old Mill parkeerden en ontdekten dat de Wilkinsons niet thuis waren. Slechts twee bescheiden lampjes zorgden voor spaarzame verlichting van het terrein.

Ze stapten uit en Liselot rook een onaangename geur, toen een windvlaag haar neus beroerde. Maar even later leek het verdwenen en schoof ze het haastig naar de achtergrond.

De hond scharrelde rond, maar bleef in haar buurt, alsof hij bang was dat ze plotseling zou verdwijnen. Liselot keek naar de bosrand. Stammen waren nauwelijks in de duisternis te herkennen. De bosrand leek meer op een zwart grillig monster. Liselot huiverde.

"Ik heb geen lamp," zei ze. "Ik had die mooie zaklamp, die ik van mijn vader heb gekregen. Rood met een geel kroontje."

Wilco gaf geen antwoord, maar knipte een zeer sterke zaklamp aan, die met een stevige lichtbundel een belangrijk deel van de tuin verlichtte.

"Aha. Die is zelfs beter dan die van mij."

Wilco draaide aan een knop van zijn zaklamp waardoor het licht zwakker werd. "En nu?"

"Ongeveer hetzelfde?" Ze legde haar vraag in haar antwoord.

"Ik wil de situatie zo goed mogelijk nabootsen," legde hij uit.

Ze knikte even. "Beetje minder nog... ja, zo."

"Waar stond je?" Hij duwde haar de zaklamp in haar handen.

Liselot liep naar de deur van het huis, bleef een paar tellen staan en liep toen de tuin in, zoals ze dat die nacht had gedaan. Ze huiverde. Ze had het plotseling koud en was een beetje misselijk. "Ik weet niet..."

"Als je het niet kunt, gaan we terug. Maar misschien is het beter om door te zetten."

Ze knikte, ging op de plek staan waar ze die nacht had gestaan en richtte de lichtstraal van de zaklamp op de plek waar ze die nacht iets wits had gezien. Ze dacht er niet bij na. Het ging automatisch. Ze begon te lopen. Het was bijna alsof ze het weer zag liggen... Dat wat ze voor wit plastic had aangezien.

Wilco liep met haar mee, zwijgend.

Ze liep het bos in. Het onbehaaglijke gevoel werd sterker, maar ze probeerde het te negeren. Ze schakelde haar gedachten uit, maar probeerde puur op haar gevoel af te gaan.

Zo nu en dan, in een flits, dacht ze weer iets wits te zien. Maar dan kneep ze met haar ogen en was het weer verdwenen. Opeens stopte ze. Ze wist vrijwel zeker dat ze op de plek stond waar ze de jonge vrouw had gevonden.

Ze keek om naar Wilco. Het licht van de zaklantaarn was op de grond gericht en ze kon in de duisternis de trekken op zijn gezicht niet herkennen. Het was muisstil om hen heen. Slechts een lichte bries veroorzaakte zo nu en dan het bijna fluisterende geritsel van de bladeren.

Wilco stond doodstil achter haar. Ze kon zijn ademhaling bijna horen.

De paniek kwam gelijktijdig. Hij had gezegd dat hij met Sven over deze trip had gepraat, maar was dat waar? Wilco was aardig tegen haar geweest. Zoals moordlustige wijkbewoners aardig tegen hun buren waren. Maar waarom had hij haar werkelijk hier gebracht?

Ze begon te rillen. Ze moest weg hier. Ze probeerde iets te zeggen, maar haar keel voelde droog aan.

"Hier?" vroeg Wilco.

Ze knikte. Angstig.

"Wat is er?" vroeg Wilco. Ze hoorde duidelijk de onderzoekende toon in zijn stem. Hield hij haar voor de gek?

Ze gaf geen antwoord.

"Je denkt dat ik een moordenaar ben," concludeerde Wilco. "Je denkt dat ik je hierheen heb gelokt om je te vermoorden.

Het eerste is een logische conclusie. Maar het is niet logisch om je hierheen te brengen om je te vermoorden. Als ik dat werkelijk had willen doen was het slimmer geweest om je ergens anders heen te brengen en je daar om het leven te brengen. Dan had ik je bijvoorbeeld ergens naar het water kunnen brengen en je daar kunnen verdrinken. Het verhaal dat je weer aan de wandel was gegaan en daarbij was verongelukt, was geloofwaardig geweest. Een verdwijning zou vragen oproepen en ervoor zorgen dat de politie op zoek ging. Ik geloof niet dat ze dan een van ons naar huis zouden laten gaan. Ze zouden een verband leggen tussen je verhaal over de moord en je verdwijning als je niet meer werd teruggevonden. Al helemaal als iemand in het hotel ons had zien vertrekken."

Zijn nuchtere manier van praten stelde Liselot enigszins gerust. Niet helemaal, maar toch een beetje.

"Zullen we gaan zoeken?" vroeg Wilco. Hij wees naar de plek, waar Liselot de lichtbundel op had gericht, toen ze was gestopt.

Ze knikte.

Wilco nam de zaklamp van haar over en stelde het licht bij, zodat de plek plotseling goed verlicht werd.

Liselot kon nu ook zijn gezicht zien. Iets vertekend door het ongewone licht, maar voldoende om meer geruststelling uit te putten. Hij keek echter niet naar haar, maar zocht met zijn ogen de omgeving af. Liselot deed hetzelfde. Ze bukte zich om alles beter te zien, maar kon niets bijzonders ontdekken.

"Hier," zei Wilco plotseling. Hij wees op een plek waar de begroeiing tegen de bodem was gedrukt. "Hier heeft iets gelegen."

"Het kan een dier zijn geweest," meende Liselot onzeker.

"Ja, dat kan. Maar het kan ook..." Hij ging op zijn hurken zitten en onderzocht de plek en alles eromheen minutieus. Liselot besefte dat de politie niet op die wijze had gezocht. Het was nog maar de vraag of ze hadden opgemerkt dat er iets had gelegen op die plek. En of ze het dan aan een dood lichaam zouden hebben geweten. Wilco had het over de *self fulfilling prophecy* gehad. Als zijn theorie klopte, was het niet waarschijnlijk dat agenten de plek als bewijs hadden gezien, maar het ontbreken van bloed, vezels van kleding en andere voorwerpen als bevestiging van hun eigen mening hadden beschouwd.

Liselot ging ook op haar hurken zitten en liet haar handen door het gras en het mos glijden. Ze had geen idee waarnaar ze zocht.

Huck zocht mee. Hij deed dat volgens Liselot redelijk onhandig, maar met een ongetemd enthousiasme. Toen hij op een bepaalde plek met zijn neus in het gras bleef wroeten, besloot Lisa de plek toch maar aan een nader onderzoek te onderwerpen.

Toen haar vingers een hard voorwerp raakten, hield ze haar adem in. Ze greep het niet meteen vast, maar probeerde haar op hol geslagen hartslag onder controle te krijgen en zichzelf wijs te maken dat het niets te betekenen had.

Het was geen steen of tak. Dat wist ze zeker. Het was glad. Glas of plastic. Maar het kon een weggegooid voorwerp zijn. Op een plek als deze, waar meer toeristen kwamen - misschien niet uitgerekend op deze plek, maar je kon het niet uitsluiten - mocht ze er niet meteen van uitgaan dat ze had gevonden wat ze zocht.

Ze haalde diep adem. "Misschien heb ik iets gevonden. Ik weet het niet. Het kan heel iets anders zijn..."

Wilco draaide zich haastig naar haar om. "Wat?"

Liselot pakte het kleine smalle voorwerp vast - een buisje? - en haalde het uit het gras. Ze opende haar hand, toen Wilco daar het lichtschijnsel op liet vallen.

Verbijsterd keek ze naar de injectiespuit met naald.

Wilco staarde er ook naar.

"Het kan van iemand zijn die drugs gebruikt," probeerde Liselot onzeker.

"Dat kan. Hoewel onlogisch. Ik geloof niet dat hier veel drugsgebruikers komen. Niet hier, achter de Old Mill, midden op het Estate."

"Nee. Waarschijnlijk niet. Misschien een bezoeker met suiker-ziekte?"

"Iemand die hier zijn injectiespuit laat vallen?"

"Oké, ook onlogisch. Toch een gebruiker onder de toeristen? Iemand die niet wil dat iemand het merkt?"

"Niet waarschijnlijk, maar ook niet onmogelijk. Er is maar één manier om erachter te komen. We brengen de injectiespuit naar de politie en vragen of zij nader onderzoek willen doen. In het laboratorium kunnen ze uitzoeken wat er in die injectie-spuit zat en misschien zelfs het DNA herkennen van degene die ermee is geprikt. En de vingerafdrukken bepalen die erop zijn achtergelaten."

Liselot staarde naar de injectiespuit in haar handen. "Oeps. Ik vrees dat die van mij erop staan."

"Die kunnen ze uitsluiten. Wacht." Hij haalde een grote schone zakdoek uit zijn zak en nam daarmee de injectiespuit van Liselot over. Hij wikkelde hem zorgvuldig in de zakdoek en duwde hem in de zak van zijn jas.

"We kunnen nog even verder zoeken..."

Liselot knikte.

Ze zochten nog minstens een uur, maar vonden niets meer.

Toen ze besloten om naar huis te gaan, zaten hun handen vol met zand, hun haren vol met blaadjes en takken, en had Liselot zelfs een paar bruine vegen op haar gezicht.

Eenmaal terug in de tuin van de Old Mill keken ze elkaar aan en begonnen te lachen. Wilco raakte daarbij even haar arm aan, waarbij het lachen verstomde en ze elkaar opnieuw aankeken. Hun gezichten waren dicht bij elkaar. Wilco kleurde en Liselot voelde dat haar eigen wangen ook rood werden.

"Misschien moeten we maar gaan," zei Wilco haastig.

Liselot knikte. "Natuurlijk."

Ze stapten in de bus - Huck zat er als eerste in, hij nam geen risico - en reden zwijgend weg. Totdat Wilco opeens remde.

Liselot keek hem verbaasd aan.

"Heb jij het nummer van die politieman gekregen? Die Tumbell?"

"Albern Tumbell. Ja."

"Mobiel?"

"Ja."

"Als je hem nu eens belt?"

"Het is avond. Hij is niet meer aan het werk en..."

"Als we de injectiespuit morgen naar het bureau brengen, moet ik de auto weer lenen. En ik weet niet of ik Sven op dit moment wil uitleggen waarom. We weten tenslotte niet..."

"Ik snap wat je bedoelt," zei Liselot haastig.

"Bovendien kan de injectiespuit dan op het bureau van een bureaucraat-zonder-haast eindigen."

"En je wilt dat het uitgezocht wordt voordat wij met zijn allen naar huis gaan."

"Ja. En ik denk dat Tumbell dat ook wil."

"Ik weet niet..." Liselot viste het mobieltje uit haar zak en twijfelde even.

"Ik denk dat hij het op prijs stelt."

"Ondanks dat het avond is?"

Wilco knikte.

Liselot aarzelde toch nog even, maar toetste toen toch het nummer in.

Tumbell reageerde verbaasd toen hij hoorde met wie hij sprak en luisterde aanvankelijk beleefd, maar al snel heel geïnteresseerd naar wat ze hem vertelde.

"Prima," zei hij ten slotte. "Neem de rotonde naar de E20 en volg die weg, de Ashfort Road, tot aan het Marriott Tudor Park Hotel and Country club. We treffen elkaar daar op de parkeerplaats."

Tumbell zag eruit alsof hij op de sofa tijdens een of ander saai programma in slaap was gevallen, toen hij - net na hen - op de parkeerplaats uit zijn auto stapte. Zijn pak was verfrommeld en zijn gezicht gekreukeld.

Liselot en Wilco stapten ook uit. De hond mocht even in de auto blijven liggen. Hij volgde het hele gebeuren een beetje ongerust door het raam.

Liselot had het gevoel alsof ze in een film meespeelde. Het had iets weg van een scène met een illegale ruilactie. Dit was echter verre van illegaal. Behalve dan als Tumbell de moord had gepleegd. Als er tenminste een moord was gepleegd, wat haar opeens tamelijk onwaarschijnlijk leek.

Wilco liet Tumbell na een korte groet de injectiespuit zien.

"Hebben jullie de injectiespuit in handen gehad?" vroeg Tumbell.

Liselot knikte een beetje beschaamd. "Ik heb hem vastgepakt. Ik stond er helemaal niet bij stil dat het bewijsmateriaal was."

"Als deze injectiespuit een rol kan hebben gespeeld in een moord, zal ik uw vingerafdrukken moeten nemen."

Liselot knikte.

"Zorg ervoor dat jullie morgen bereikbaar zijn."

Wilco en Liselot knikten nu allebei.

"Ik zal ervoor zorgen dat de injectiespuit morgen in het lab komt en wordt gecontroleerd op inhoud, mogelijk DNA en vingerafdrukken. Ik zal meteen kijken of de jongens, die belast zijn met het onderzoek naar vermiste personen die aan de omschrijving van de vrouw voldeden, niet in slaap zijn gevallen."

Liselot had het gevoel dat de politieman haar nu meer serieus nam. Ze meende het in de blik te zien, die hij haar toewierp.

"Als er werkelijk sprake kan zijn van een moord, neemt de recherche het over," maakte Tumbell duidelijk. "Jullie horen nog van mij."

Hij knikte even met zijn hoofd, bij wijze van afscheid, stapte in en reed weg.

Liselot en Wilco keken hem een paar tellen na en stapten toen ook in.

Het was maar een half uurtje rijden van het Marriott Tudor Park Hotel naar de Elvey Farm en het voelde wat onwennig. Ze zeiden allebei niets meer, maar tuurden door de ramen van de auto de duisternis in.

De rest van het gezelschap was nog niet terug toen ze het hotel weer binnenliepen en Wilco nodigde haar wat onhandig uit voor een drankje.

Liselot kon wel iets sterks gebruiken en ze nam de uitnodiging onmiddellijk aan.

Nadat ze de takken uit haar haren had verwijderd en haar gezicht had schoongepoetst, nestelde ze zich op een comfortabele stoel, met de hond aan haar voeten. Haar voeten gloeiden en bonkten weer. Ze had de pijn tijdens de zoektocht genegeerd en betaalde daar nu de prijs voor. Maar spijt had ze niet, want misschien betekende de injectiespuit werkelijk iets.

Wilco bestelde voor hen allebei een likeurtje. Liselot voelde haar wangen nog warmer worden toen ze aan het drankje nipte en was zich bewust van de blik van Wilco, die zo nu en dan tersluiks op haar viel.

Hij schraapte zijn keel, alsof hij moed moest verzamelen om weer een gesprek te beginnen. "Het lijkt erop dat je gelijk had." "Het is nog niet zeker."

"Nee. Dat is het pas als de politie of recherche met feiten komt. Maar de injectiespuit verklaart wel de afwezigheid van bloed bij het slachtoffer. Als de spuit een dodelijke stof bevat, denk ik dat je ervan uit kunt gaan dat je dus gelijk had."

"Een akelig idee," zei Liselot. Ze speelde met het glaasje in haar hand. "Het betekent dat er daadwerkelijk een mooie jonge vrouw is vermoord. Ik begrijp alleen die kleding niet, die witte jurk en cape."

"Misschien moest ze op Aiden lijken. Of wilde ze op Aiden lijken."

"Waarom?"

Wilco haalde zijn schouders op. "Een afspraak? Of misschien was het niet de bedoeling dat iemand haar zag en moest die dracht ertoe leiden dat een toeschouwer dacht dat hij of zij een spook zag. In het belang van de vrouw zelf of in het belang van haar moordenaar."

"Fonds is ervan overtuigd dat ik Aiden zag."

"Hij zegt dat hij daarvan uitgaat."

"Misschien is hij de moordenaar."

"Gokken is niet verstandig. We kunnen beter op de resultaten van het onderzoek wachten."

Liselot glimlachte even en nipte aan de likeur. "Ik denk dat ik morgen maar in het hotel blijf. Ik geloof dat Sven wat uitstapjes op de planning heeft staan, maar mijn voeten doen nog pijn en ik wil bereikbaar blijven."

"Je hebt de mobiele telefoon bij je."

"Ja. Maar misschien moet ik naar het bureau om vingerafdrukken te laten maken en dan is het gemakkelijker als ik gewoon hier ben. Dan kunnen ze mij ophalen."

Wilco knikte. "Misschien is het ook beter om niemand op de hoogte te stellen van onze vondst."

Liselot keek hem vragend aan, maar vrijwel meteen begreep ze wat hij bedoelde. "We willen niemand alarmeren."

"Nee. Als die moord is gepleegd, is de kans groot dat iemand in het gezelschap de dader is. En die willen we inderdaad niet alarmeren."

"Ik kan gewoon mijn pijnlijke voeten als excuus gebruiken om morgen nergens heen te gaan."

"Als je het niet erg vindt, blijf ik ook hier. Ik heb geen excuus nodig. Ze vinden mij toch al een vreemde vogel die bijna nergens aan deelneemt." Hij grinnikte een beetje hikkend.

Liselot vond het charmant en lachte mee. "Nee, ik vind het niet erg."

Wilco leek even te aarzelen. "Misschien kun je ook beter niets tegen je vriendin zeggen."

"Tegen Hilke?" Ze keek hem vol ongeloof aan. "Je denkt toch niet...? Nee, ze lag in bed toen ik die nacht naar buiten ging. En ze is bezorgd en..."

Wilco schudde meteen zijn hoofd. "Vanwege Sven."

"Sven?"

"Ik geloof dat je vriendin en Sven erg goed met elkaar overweg kunnen. Misschien nog een beetje meer dan dat. En dan lijkt het mij niet onwaarschijnlijk dat Hilke er met Sven over praat. Al helemaal niet als hij haar gaat polsen. Sven heeft een gemakkelijke manier van praten. Ik denk dat het hem niet zoveel moeite zou kosten om meer informatie van haar los te krijgen."

"Denk je dat Sven...? Maar mijn vriendin is steeds met hem alleen. Als hij een moordenaar is, loopt ze gevaar."

"Ik weet niet of hij een moordenaar is, maar het is hoe dan ook beter dat hij niets weet. Hij heeft de verantwoordelijkheid over dit gezelschap en neemt dat serieus. Als hij zou ontdekken dat een van de reisgenoten een moord heeft gepleegd, kan hij zijn eigen onderzoek gaan uitvoeren en daarmee onnodig onrust veroorzaken. Dus zelfs als hij niets met de moord te maken heeft, is het beter als hij niets weet."

"Ik begrijp het. Maar het laat mij niet los dat Hilke vaak met hem samen is. En dat ze zichzelf daar misschien mee in gevaar brengt... en ik kan haar niet eens waarschuwen."

"Het is onwaarschijnlijk dat ze gevaar loopt, zelfs als hij de moordenaar is. De jonge vrouw was geen willekeurig slachtoffer. In de bossen achter de eenzaam gelegen Old Mill lopen niet toevallig allerlei vrouwen in ouderwetse witte gewaden rond. De ontmoeting was gepland en de moord waarschijnlijk ook, als die inderdaad met die injectiespuit werd uitgevoerd. Daaruit mag je de conclusie trekken dat er ook een motief was voor de moord en dat het niet om een seriemoordenaar gaat. Dat motief geldt niet voor je vriendin, niet na een paar uitjes en misschien wat flirten. Hoewel voorzichtigheid natuurlijk altijd aan te raden is. Maar dat kun je haar ook vertellen zonder over onze vondst te praten."

"Zij waarschuwde mij voor jou," zei Liselot. Ze lachte een beetje.

Wilco bleef ernstig. "Ze had gelijk. Vanuit haar oogpunt uit gezien. Er was geen enkele reden voor haar om mij als schuldige uit te sluiten. Dat betekent dat ze er toch rekening mee houdt dat je verhaal van die nacht klopte."

Liselot dacht aan haar moment van angst in het bos, toen ze daar alleen met Wilco was, en knikte. Ze dronk haar likeur iets te snel op en voelde de warmte in haar lijf toenemen.

Ze keek weer naar Wilco. Ze mocht hem. Meer dan dat. Ze vond hem leuk. Zoals Hilke zo plagend had gezegd.

Wilco leek haar blik te voelen en keek naar haar. "Ik vind je leuk," zei hij rechtuit. Hij dronk haastig zijn likeur op, alsof hij daarmee moed wilde verzamelen. "Ik vond dat ik je dat moet zeggen."

Liselot glimlachte. "Ik mag je ook graag." Haar stem haperde. Ze had zich erg zwak uitgedrukt. Maar het was een begin.

Ze keken elkaar een paar tellen aan, beiden met warme, rode wangen.

En uitgerekend op dat moment kwam het gezelschap binnen.

Hilke holde meteen naar Liselot toe. "Meid, je hebt wat gemist. Het was spannend, joh. Geen spoken gezien, maar ik zweer dat ik iemand in de Screaming Woods hoorde roepen en dat kerkhof bij de St. Nicholas kerk... de rillingen liepen over mijn lijf. En daar was die koude windvlaag bij de Black Horse Inn. Ik was blij dat ik dicht bij Sven zat." Ze keek even om naar Sven en glunderde.

"Je vindt hem leuk," siste Liselot plagend.

Hilke lachte.

Levi stond zo'n beetje te springen op de plaats en kwetterde over de verschijningen die ze volgens haar had gezien, terwijl Fonds haar een beetje probeerde in te binden - met de wat arrogante, zogenaamd geduldige glimlach van een vaderfiguur - en met nadruk een paar keer herhaalde dat het allemaal verklaarbaar was, maar dat hij blij was dat ze het zo naar haar zin had gehad.

Peppin was rustig als altijd. Maar zijn ogen schitterden toen hij naar Liselot en Wilco keek.

Toen het een drankje en vele spookverhalen later tijd werd om naar de kamer te gaan, klampte Peppin haar aan.

"Weet je zeker dat de dader een man was?" vroeg hij fluisterend.

Liselot keek hem vragend aan. "Nee," antwoordde ze langzaam. "Ik weet het niet zeker. Net zo min als ik zeker weet of de moord wel plaatsvond." Ze was op haar hoede en dacht aan haar gesprek met Wilco.

"Oh ja, die moord is begaan. En ik denk dat Levi er meer vanaf weet," fluisterde hij. "Ze is jaloers. Bezitterig. En niet half zo kinderlijk als ze lijkt. Het zou mij niets verbazen als ze ons allemaal voor de gek houdt met haar act van het domme blondje. Fonds had iets meer dan gebruikelijke aandacht voor een vrouwelijke bezoeker van de Black Horse Inn. Levi zag het. Ik zag hoe haar gezicht vertrok in een nijdig masker, en ik zag de kleine woordenwisseling die daarna ontstond tussen haar en Fonds. Toen de dame in kwestie naar het toilet ging, wilde Levi daar ook heen. Fonds hield haar tegen. Ik denk dat hij weet met wie hij te maken heeft. Het lijkt alsof Fonds het voor het zeggen heeft in de relatie, maar schijn bedriegt."

"Werkelijk?" reageerde Liselot verbijsterd. Ze staarde hem aan. "Wilco en ik zijn vanavond..." Ze zweeg geschrokken. Ze had met Wilco afgesproken nergens over te praten.

"Wat?" vroeg Peppin geïnteresseerd.

"We hebben vanavond samen wat gedronken en erover gepraat. Doet er verder niet zo toe..."

"Hou Levi in de gaten. Morgen heb ik zekerheid. Nog wat bewijzen verzamelen. Ik hoop..." Hij schudde zijn hoofd.

"Wat?"

"Nee, niets. Ik ga naar boven. Mijn grijze hersencellen laten werken."

Liselot knikte en keek hem toch wat ontdaan na toen hij uit het zicht verdween.

"Wat moest Charlie Chaplin?" vroeg Hilke, toen Peppin weg-liep.

"Eh... hij dacht dat Levi de moordenaar was."

"Huppeltutje?"

"Volgens hem speelt ze toneel."

"Dan is ze daar knap in. Hoewel ze behoorlijk vinnig uit de hoek kan komen. Ik ving zoiets op toen Fonds naar een andere vrouw zat te staren."

"Ja. Daar had Peppin het ook over."

"Maar of ze tot moord in staat is..."

"Als er al een moord is gepleegd."

Hilke knikte even.

"Charlie Chaplin?" vroeg Liselot op weg naar boven.

Hilke grijsde. "Je wist meteen wie ik bedoelde."

"Maar hij lijkt er niet op."

"Objectief gezien niet. Maar hij doet er toch aan denken."

Liselot realiseerde zich dat haar vriendin gelijk had.

"Heb je de avond met Wilco doorgebracht?" vroeg Hilke toen ze op hun kamer waren.

Liselot knikte.

"Je vindt hem dus echt leuk?"

"Eh, ja." Liselot kleurde.

"Misschien past hij ook wel bij je. Hoewel je toch nog maar even voorzichtig moet blijven. Voor de zekerheid. Je weet nooit."

"Ik had jou hetzelfde willen zeggen. Met Sven."

"Sven is geen moordenaar."

"Je wéét het niet."

"Nee. Ik wéét het niet. Maar ik gelóóf het ook niet." Hilke

schudde haar hoofd. "Nee. Niet Sven."

"Wees toch maar voorzichtig."

"Natuurlijk ben ik voorzichtig. Ik ben altijd voorzichtig."

Liselot en Hilke wisten allebei dat dat niet waar was. Maar ze gingen er verder niet op in. Morgen was weer een nieuwe dag.

HOOFDSTUK 14

Tijdens het gezamenlijke ontbijt onthulde Sven met zijn ontembare enthousiasme zijn plannen om met z'n allen Dover Castle te bezoeken.

"Een kasteel op de witte kliffen van Dover met een spannende geschiedenis, die jullie ter plekke zullen horen. Ik denk dat het jullie zal bevallen. Niet alleen vanwege de ingerichte vertrekken die je terugplaatsen in een tijd vol gevaren en geheimen, maar ook vanwege de beroemde geheime tunnels, diep in de kliffen. Wandelend in de middeleeuwse tunnels voel je de aanwezigheid van de soldaten die daar waren gestationeerd, en misschien vang je flitsen op van de gewelddadige historie. En er is veel meer te zien..." Hij zweeg en keek de aanwezigen aan, alsof hij zojuist had verteld dat ze een miljoen hadden gewonnen.

Liselot vond het prettig voor hem dat de mensen enthousiast reageerden. Want dat deden ze. Allemaal. Ze had het gevoel dat Sven ernstig teleurgesteld zou zijn, als dat niet was gebeurd. Dat vond ze sneu.

Daarom vond ze het ook vervelend om aan te geven dat zij niet mee ging. "Het lijkt mij geweldig," begon ze. "Maar helaas heb ik vannacht erg veel last gehad van mijn voeten. Ik zou ontzettend graag hier in het hotel blijven, lekker in de tuin zitten en een boek lezen."

"Ik kan je toch ondersteunen in het kasteel. Of we kunnen een wandelstok halen," meende Hilke.

Maar Liselot schudde haar hoofd. "Ik blijf werkelijk liever hier."

"Dan blijf ik ook hier," reageerde Hilke beslist.

"Nee, dat hoeft niet," ging Liselot er haastig tegenin. "Ik red mij heus wel. Ik weet dat je Dover Castle prachtig zult vinden. Het zou zonde zijn om dat te missen."

"Maar we zijn samen op vakantie en ik wil je niet steeds alleen laten nu je last hebt van je voeten."

"Ik ben niet alleen. Ik heb de hond en..." Ze zweeg een beetje geschrokken.

Hilke keek haar onderzoekend aan. "Aha." Ze wierp Wilco een haastige blik toe. "Jij gaat zeker ook niet?"

"Nee. Ik moet nog aan mijn boek werken."

"Ja, ja. Ik begrijp het al." Ze liet een scheef lachje zien. "Goed. Dan ga ik wel moederziel alleen."

"Met de rest van het gezelschap," zei Liselot met een lachje.

"Oké, misschien niet helemaal alleen. Maar toch een beetje alleen."

"Zullen we afspreken dat we elkaar om half elf bij het busje treffen?" stelde Sven voor. Hij was zichtbaar blij dat alles was opgelost.

Hij stond als eerste op, wierp Liselot en Wilco evengoed een wat bedenkelijke blik toe die door Liselot toch nog als verdacht werd vertaald, en liep weg.

De rest van het gezelschap volgde.

"Denk erom dat je niet in je eentje met die Wilco naar een eenzaam plekje gaat," waarschuwde Hilke Liselot toch nog maar een keer toen ze weer in hun kamer waren en Liselot Huck op een gepikt broodje met vlees en wat worstjes trakteerde.

"Ik let heus wel goed op mijzelf. Doe jij dat nu ook maar, met Sven."

Hilke grijnsde. "Ik zal goed op hem letten."

"Dat bedoelde ik niet helemaal."

De grijns van Hilke werd breder. Ze liep naar de badkamer om haar tanden te poetsen, terwijl Liselot haar boek zocht en toch nog stiekem een lekker geurtje opdeed.

Om half elf vertrok het hele gezelschap.

Liselot keek hen na, met Huck trouw aan haar zijde. Wilco was de tuin ingelopen, wist ze. Ze vroeg zich af of ze erheen kon lopen om hem gezelschap te houden. Ze was bang opdringerig te zijn. Maar hij had gezegd dat hij haar leuk vond. Bovendien wilde ze nu niet alleen zijn. Zelfs niet alleen met de hond, al bleef die angstvallig dicht bij haar in de buurt. Ze wist niet of Tumbell nog zou bellen en ze wist niet of ze het prettig vond als hij belde. Ze wist zelfs niet wat ze van hem wilde horen.

Misschien was het prettig als hij kon vertellen dat de jonge vrouw bewusteloos was geweest en nu weer onbezorgd rondliep. Dan was er niemand dood en was zij niet gek. Maar ze wist zeker dat de vrouw dood was geweest. En de dingen gingen zelden precies zoals je dat zelf verkoos.

Ze liep toch maar de tuin in, regelrecht naar het zitje waar Wilco met zijn schrift en pen zat.

"Gebruiken schrijvers geen laptop?" vroeg ze toen ze ging zitten.

"Ja. Maar ik maak nu alleen maar aantekeningen. Of doe alsof."

"Hilke denkt dat ik voor jou hier blijf. En jij voor mij."

"In zekere zin is dat ook zo," meende Wilco. Hij kleurde er zelf van.

"Denk je dat Tumbell belt?"

"Ja. Hij belt in ieder geval, ongeacht wat hij aantreft."

"Hm. Ja, waarschijnlijk wel. Ik weet nog niet waar ik op hoop."

"Misschien moeten we gewoon afwachten."

"Ja."

Het was een paar tellen stil. Toen de telefoon overging, schrok Liselot. Ze liet de gsm bijna uit haar handen vallen toen ze op het knopje drukte waarmee ze het telefoontje aannam.

Zoals ze al had verwacht, en een beetje had gevreesd, was het Tumbell. En hij had het nieuws waar ze al een beetje bang voor was geweest. Al was ze misschien nog banger geweest voor de mededeling dat ze zich alles had verbeeld.

"De injectiespuit bevatte Pancuronium."

"Pancuwat?"

"Pancuronium. Een zeer gevaarlijke spierverslapper, die onder andere bij euthanasie en in sommige delen van de VS bij de doodstraf, als tweede injectie, wordt gebruikt."

"Hè, bah."

"We mogen rustig aannemen dat er een verband is tussen uw ontdekking en deze vondst. Een dergelijk middel komt daar niet toevallig terecht."

Liselot schrok ervan. "Dus ik had gelijk," zei ze wat bibberig. "Er is echt iemand vermoord."

"Ja. Momenteel is de recherche ingezet om een beter inzicht te krijgen in alle vermissingen. We hopen op die manier het slachtoffer te identificeren. De technische recherche is al op weg naar Hucking Estate voor nader onderzoek. Ze gebruiken dit keer honden."

"Oké," mompelde ze. Ze besefte dat ze zich diep binnenin had proberen te verzoenen met de gedachte dat Wilco's verklaring over nachtmerries en waandenkbeelden de juiste was geweest en dat er nooit iemand was vermoord. Ook al had ze dat voor zichzelf een beetje vertaald als 'gek zijn'.

"Er is momenteel een collega van mij onderweg om u op te halen, in verband met de vingerafdrukken en nadere ondervraging. U kent hem wel: Cole Cuthel."

Liselot kende hem. De Ricky Martin agent.

"Mag Wilco meekomen?" vroeg ze wat kleintjes. Ze wilde niet alleen gaan en Hilke was er niet.

"Natuurlijk. Hij is welkom. De hond natuurlijk ook."

"Goed. Fijn." Liselot verbrak de verbinding en keek naar Wilco. "Ze komen mij ophalen. Er werd iemand vermoord. Ze vonden..."

"Pancuronium. Ik hoorde het. Heftig middel. Je had dus geen nachtmerrie of waandenkbeelden."

"Nee. Maar ik weet nu niet of mij dat geruststelt. Eerst dacht ik dat het dat wel zou doen, maar nu..."

"Natuurlijk niet. Want dat betekent dat de kans vrij groot is dat we met een moordenaar opgescheept zitten. Een tijdbom, als hij of zij weet dat we te dichtbij komen."

"Je maakt het er niet beter op."

"Ik ben reëel."

Ze kregen niet de kans om er verder over te praten. Cole verscheen in de tuin. Zijn gezicht was ernstig toen hij naar Liselot en Wilco toeliep. "Ik neem aan dat Albern Tumbell jullie heeft gebeld?"

Liselot knikte. "Ik heb hem zojuist gesproken. We gaan mee."

"Fijn." Cole liep met hen naar de politieauto. Zijn gezicht leek even te verstrakken toen hij begreep dat Huck meeging, maar hij zei er niets van. Hij liet iedereen instappen en reed naar het politiebureau van Maidstone.

Daar werden ze een kantoor binnengeleid, waar drie mensen op hen wachtten. Een van hen was Albern Tumbell. De pittig ogende vrouw met donker haar en de man met warme uitstraling naast haar kende Lieselot niet. Ze stelden zich voor als de rechercheurs Jenny Smith en Deke Adams. Ze hadden ook een koppel kunnen zijn, meende Lieselot.

De formaliteiten werden het eerste uitgevoerd. Vinger-afdrukken werden genomen en Lieselot beantwoordde een lijst met vragen, alvorens haar werd gevraagd alle gebeurtenissen van die nacht nog een keer te vertellen.

"Probeer je zo goed mogelijk te concentreren als je het ver-telt," benadrukte Jenny. "Ieder detail kan van belang zijn."

Lieselot knikte en begon te vertellen. Af en toe sloot ze even haar ogen, om de beelden van die nacht weer op te roe-pen. Het was beangstigend, maar ze wist dat het nodig was. Niemand onderbrak haar. Behalve de telefoon.

Jenny reageerde een beetje geïrriteerd, maar nam toch aan. Het was een belangrijk telefoontje, begreep Lieselot. Want Jennys uitdrukking veranderde van irritatie in duidelijke be-langstelling. Ze stelde vragen en luisterde naar de antwoorden. Toen ze de verbinding had verbroken, keek ze naar Lieselot en Wilco. "Vanmorgen is er een melding van vermissing binnen-gekomen. Een jonge vrouw verklaarde dat haar kamergenote was verdwenen. De kamergenote is al drie nachten niet meer thuis geweest. De belster scheen vooral in te zitten over het

geld dat ze nog van haar kreeg, maar kon in ieder geval bevestigen dat het daadwerkelijk om een vermissing ging. De vermiste dame heet Alice Moore en is actrice. Geen succesvolle
actrice, maar een jongedame met grote ambities en arrogan-
tie, die maar sporadisch een derderangs rolletje aangeboden
kreeg. Ze zat financieel aan de grond."

Jenny haalde adem en praatte door: "De kamergenote van
deze Alice, Mandy Wright, beweert echter dat Alice haar had
verteld dat haar problemen zo goed als opgelost waren. Ze zou
binnenkort rijk zijn. De avond dat ze verdween, had Alice nog
een klus. Misschien haar laatste klus, had ze gezegd. Er was
haar gevraagd een kleine rol te spelen, die onwaarschijnlijk
dik werd betaald. Dat zou haar uit de problemen helpen totdat
het grote geld binnenkwam. Mandy vroeg niet om wat voor
een rol het ging. Ze beweert dat Alice uitsluitend waardeloze
rolletjes speelde. Ze wist alleen dat Alice voor de gelegenheid
een wit gewaad had gehuurd. Iets uit de middeleeuwen."

Liselot kreeg het er koud van. Wilco staarde zwijgend voor
zich uit. "Het is dus deze Alice..."

"Er is iemand van ons naar Londen om haar kamer te onderzoeken en met Mandy te praten. Er is nog geen zekerheid. Niet zolang we geen lichaam hebben gevonden. Helaas
vonden we op de naald van de injectiespuit geen bruikbaar
materiaal voor DNA onderzoek. We hebben alleen vingerafdrukken gevonden, die niet in de database voorkwamen. De
vingerafdrukken komen van twee verschillende personen af.
Ongetwijfeld ben jij een van die personen. De ander is vooralsnog onbekend."

Liselot knikte.

"Dus het is nog niet duidelijk wie de dader is?"

"Nee. Maar we moeten rekening houden met de mogelijkheid dat het iemand uit jullie gezelschap is."

Nu Liselot bevestigd zag wat ze eerder had vermoed, maakte het haar toch een beetje misselijk.

Deke leek het te zien. Hij boog zich een beetje naar haar toe. "Gaat het?"

Hij had een aangename warme klank in zijn stem.

Liselot knikte. Eigenlijk ging het helemaal niet, maar het had weinig zin om dat aan te geven.

"Denk je dat je ons de rest van het verhaal kunt vertellen?" vroeg Jenny.

Liselot knikte. "Waar was ik..."

"De duster werd over je hoofd getrokken..."

"Ja. De dader moet de onderkant van de duster hebben vastgegrepen en heeft de duster op die wijze over mijn hoofd getrokken. Ik werd vastgebonden. Met de ceintuur van de duster, bleek later. Misschien had ik ertegen kunnen vechten, maar het ging zo snel. Ik wist niet wat er gebeurde..." Liselot vertelde verder.

Ze was net bij het moment waarop ze zichzelf losmaakte, toen opnieuw de telefoon ging.

Jenny mompelde een excuus en nam hem aan. Ze luisterde en maakte een paar 'hum' geluiden. Daarna verbrak ze de verbinding en wierp ze een veelbetekenende blik naar Deke. Uiteindelijk wendde ze zich tot Liselot. "Ze is gevonden."

Liselot staarde haar aan.

"In de kelder van de ruïne bij de Old Mill."

"Heeft Wilkinson..."

"Wilkinson wist nergens van. In ieder geval niet volgens zijn zeggen. Hij komt nooit in die kelder. Het is er niet veilig. De vrouw lag overigens weggedrukt onder de planken, zodat ze zelfs bij het openen van de kelder niet zichtbaar was. Al zou dat voor de geur uiteindelijk niet meer van toepassing zijn. Iemand heeft de moeite genomen om zich ervan te vergewissen dat ze voorlopig niet werd gevonden. En dat zou zonder de honden waarschijnlijk ook niet zijn gebeurd."

"Oh help." Liselot haalde diep adem en zakte achterover in haar stoel.

"De technische recherche onderzoekt de zaak verder ter plaatse en daarna zal een forensisch patholoog-anatoom het lichaam onderzoeken en kijken of hij de identiteit kan vaststellen."

"Het is vast die Alice. Het moet wel."

"We zullen moeten wachten op de bewijzen."

"Moeten wij hier blijven?"

"Nee. Maar ik wil wel dat jullie bereikbaar blijven. Datzelfde geldt overigens ook voor de rest van het gezelschap."

"Moet ik iets tegen hen zeggen?"

"Nee. Wij brengen jullie terug en spreken zelf met de overige leden van het gezelschap."

"Maar ze zijn er niet. Ze zijn naar Dover."

"Dan kom ik terug als ze er wel zijn. Maar voor nu wil ik graag de rest van je verhaal horen."

Liselot knikte en ging verder met haar verhaal. Ze merkte dat haar stem af en toe een beetje haperde. Maar niemand maakte daar een opmerking over.

Toen Liselot en Wilco later weer naar het hotel werden gebracht, gingen ze regelrecht naar de bar om een hartverwarmertje te nemen.

"Een moord," prevelde Liselot. "Dat heb ik weer. Alsof ik in het dagelijks leven nog niet genoeg met overleden mensen te maken heb... Daar ga ik dan voor op vakantie."

"Het betekent in ieder geval dat je verhaal klopt. Geen nachtmerries, geen hallucinaties en geen spoken."

"Het betekent ook dat ik in gevaar was. En misschien nog steeds in gevaar ben."

"Zolang je met niemand alleen bent, kan het geen kwaad."

"Ik was met jou alleen."

"Maar ik kan geen kwaad."

"Dat zeg jij." Ze keek hem aan en lachte toch weer een beetje. Ze nam haastig een slokje likeur en voelde de warmte toeslaan. Of kwam het door de manier waarop hij haar aankeek?

Ze wist niet hoe het precies gebeurde, maar opeens kuste hij haar. Haastig, alsof hij bang was dat ze hem zou slaan. Hij keek haar daarna wat verbouwereerd aan. "Sorry, ik..."

Ze glimlachte. "Wil je dat nog eens herhalen?"

Hij kuste haar opnieuw. Dit keer wat rustiger. Het leverde hen onmiddellijk een plagende opmerking van de barkeeper op, waardoor Liselot knalrood werd.

Wilco trouwens ook.

HOOFDSTUK 15

Jenny en Deke kwamen naar de Elvey Farm voordat het gezelschap terug was van hun trip naar Dover.

Liselot en Wilco hadden tussen de middag samen iets gegeten, een klein stukje met de hond gewandeld, en zaten nu achter een kop thee in de lobby. De tijd was voorbij gevlogen. Wilco had over zijn werk verteld. Zijn aanvankelijke zwijgzaamheid, die haar in het begin van deze vakantie was opgevallen, was definitief verleden tijd. Hij kon enorm leuk vertellen. Hij stelde ook vragen en wilde alles over Liselot weten.

Liselot vond dat er niet zo veel te vertellen was over haar leven, maar hij volgde alles met interesse tot en met haar voorkeur voor romantische films, pannenkoeken en klassieke muziek toe. De laatste interesse deelde hij overigens met haar. Niet dat hij geen moderne muziek kon waarderen, maar hij had dat speciale plekje in zijn hart voor klassieke muziek, net als Liselot.

Ze had hem niet alles verteld. Ze had hem niet verteld over haar kinderlijke interesse voor poppenhuizen, omdat dat niet normaal was voor een vrouw van dertig, vond ze zelf.

Ze had hem ook niet verteld over haar bewondering voor Bruce Willis omdat het zo onlogisch was voor iemand als zij. Behalve dan misschien het beschermingseffect. Zelfs over haar afkeer voor snottebellen had ze niets gezegd. Daarentegen had ze de kakkerlakken dan weer wel genoemd. Maar alleen omdat insecten ter sprake waren gekomen, toen Wilco vertelde dat Pluckley ooit was geteisterd door een ernstige, onverklaarbare vliegenplaag.

Maar ze kon niets vertellen over spannende avonturen die ze had doorstaan, want die waren er niet. Ze had ook al geen bijzondere jeugd doorgemaakt, was niet mishandeld of verwaarloosd, had geen hippie-ouders - alleen de gedachte al - en was nooit met 'verkeerde' mannen samengeweest. Zelfs haar puberteit was tam verlopen. Ergens was ze blij dat ook Wilco in dat opzicht geen bergen bagage meesleepte. Ook hij was in een normale gezinssituatie grootgebracht en op school was hij toch een beetje de nerd geweest.

Dat was overigens nog iets wat ze gemeenschappelijk hadden. Ze hadden beiden nooit bijzonder goed in het 'plaatje' van de schooljeugd gepast. Ze waren buitenbeentjes geweest.

Dus toen Jenny en Deke op het toneel verschenen, reageerden Wilco en Liselot verbijsterd dat het al zo laat was.

Liselot zag aan Jenny's gezicht dat de jonge vrouw in een oogopslag wist wat er aan de hand was, en ze zag het lachje. Ze voelde heel even die drang om zich te verdedigen zonder te weten waarom. Ze deed het niet.

Jenny en Deke bestelden voor zichzelf ook thee en gingen bij Liselot en Wilco aan het tafeltje zitten. "De rest van het gezelschap is er nog niet?"

Wilco keek even op zijn horloge. "Ik neem aan dat ze elk moment terug kunnen zijn."

Jenny knikte even.

Deke keek op zijn gemak rond. "Mooi hotel," meende hij.

"Nooit hier geweest?" vroeg Jenny met iets opgetrokken wenkbrauwen.

Deke schudde zijn hoofd.

"De moeite waard. Op wat spoken na." Ze glimlachte en

wendde zich weer tot Liselot en Wilco. "Het slachtoffer dat we hebben gevonden, is geïdentificeerd als Alice Moore. Niet direct een verrassing."

Liselot knikte. "Wat weten jullie over haar?"

"Alice werd in Londen geboren en groeide bij haar moeder op. Ze maakte de school niet af, maar verdiende vrij snel een prima inkomen als model. Omdat ze zich door het geld tot blootfotografie liet verleiden, werd ze minder populair als model voor kleding en dergelijke, waardoor het eigenlijk bergafwaarts ging. Ze volgde toneellessen, nam een enkele keer een acteerklus aan, maar kreeg niet echt vaste grond onder de voeten. Het drank- en drugsprobleem dat ze had, speelde daarbij ongetwijfeld een rol. Bovendien raakte ze door die laatste problemen financieel volledig aan de grond. Ze had overal schulden, niet in de laatste plaats bij Mandy. Voor zover Mandy wist, had ze geen vrienden. Zelfs Mandy kon niet al te best met haar overweg en noemde haar egoïstische karakter waardoor vrienden en zelfs minnaars snel afhaakten. Ze zei dat Alice zichzelf toch wel de dood in had geholpen, als een ander dat niet had gedaan. Vooral het drugsprobleem nam de laatste tijd in hevigheid toe, en ze scoorde haar spul bij onbetrouwbare dealers. Volgens deze Mandy dus."

"Maar Alice komt dus van oorsprong uit Londen?"

"Ja."

"Dus zou de dader iemand moeten zijn die in Engeland woont?"

"Dat lijkt voor de hand te liggen. Maar het hoeft niet. Het kan ook iemand zijn geweest die regelmatig in Engeland kwam en waarmee onenigheid was. Ze had tegen Mandy gezegd dat er iets op til was, dat ze rijk zou worden. Dat heeft mogelijk een rol gespeeld. Tenzij de daad een emotioneel motief had. Ze heeft een kortdurende, maar heftige relatie met een Nederlander gehad. Volgens Mandy heeft ze de jongen gedumpt toen ze hem niet meer nodig had."

"Een Nederlandse vriend? Was hij met zekerheid Nederlands? Sven woont in Engeland. De verhouding met zijn vriendin is onlangs op de klippen gelopen," noemde Liselot.

"We weten met zekerheid dat de betreffende partner Nederlander was."

"Hm," bromde Liselot. "En Fonds? Was hij het? Hij komt regelmatig in Engeland. Dat vertelde hij zelf."

"Ik ook," zei Wilco. Hij glimlachte een beetje beschaamd. "Ik kom ook regelmatig in Engeland."

Jenny ging daar niet op in. "Haar laatste relatie hield niet noodzakelijkerwijs verband met haar moord. Vergeet niet dat er meer mannen in haar leven waren dan de Nederlander en dat jaloezie een rol kán spelen. Het is een mogelijkheid, maar het hóéft niet zo te zijn. We proberen meer informatie te achterhalen over de relaties die ze had, maar we mogen niet vergeten dat een ander motief van belang kan zijn: geld. Vanwege de grote klap die ze dacht te maken. Uiteraard zullen we ons verdiepen in de mensen in het gezelschap en een eventuele connectie die ze mogelijkerwijs kunnen hebben met Alice Moore. Dat is de reden waarom we hier zijn. Op het bureau loopt momenteel een onderzoek naar mogelijke aanknopingspunten, maar we willen graag met iedereen in het gezelschap een gesprek voeren en vragen stellen over de nacht waarin jij Alice hebt gezien. Het is natuurlijk niet zeker dat iemand van jullie met de moord te maken heeft, maar we kunnen het ook niet uitsluiten."

"En de Wilkinsons?" vroeg Liselot.

"Uiteraard zal ook hun verhaal worden getoetst."

Op dat moment kwamen de leden van het gezelschap binnen. Hilke was de eerste en meest opvallende van het groepje, vanwege haar kleurige kleding en haar wapperende haren. Ze holde meteen naar Liselot toe.

"Je weet niet wat je hebt gemist. Die prachtig ingerichte kamers en de schilderijen en de gangen in die rotsen en..." Ze onderbrak zichzelf en leek zich nu pas bewust van de aanwezigheid van Jenny en Deke.

Terwijl de rest van het gezelschap zich bij hen voegde, stelden Jenny en Deke zichzelf voor en vertelden ze in het kort wat ze eerder aan Liselot en Wilco hadden verteld. Dat Liselot werkelijk een dode vrouw had gezien en dat ze werkelijk was overvallen.

Het gezelschap viel onmiddellijk stil. Op het voorstel van Jenny om met ieder apart te praten, werd slechts wat ontdaan geknikt.

"Lieve help, Lise," zei Hilke, terwijl ze naast haar vriendin ging zitten en haar aankeek. "Het is niet dat ik je niet geloofde, maar ik geloof dat ik het niet wilde geloven... als je begrijpt wat ik bedoel. Ik... oh help." Haar gezicht drukte ontzetting uit.

"Blijkbaar ben ik toch niet gek," mompelde Liselot.

"Dat heb ik nooit beweerd."

"Nee. Dat niet."

"Lieve help..."

Het gesprek viel stil, totdat Jenny Sven vroeg om mee te komen. Zij, Deke en Sven namen aan een ander tafeltje plaats en de rest ging bij Wilco en Liselot zitten.

"Ik denk dat ik je een excuus verschuldigd ben," zei Fonds tegen Liselot.

Liselot overwoog een ontkenning, maar knikte toen toch maar. Ze voelde nu eenmaal dat kleine beetje genoegdoening.

"Sorry," mompelde Fonds.

Ze zag dat het hem moeite kostte en lachte inwendig. Ondanks alles.

"Wie denken jullie dat de dader is?" vroeg Fonds haastig, daarmee snel het onderwerp 'excuses' achter zich latend. Ongetwijfeld was dat voor hem een heel erg groot gebaar geweest, maar ook gênant vanwege het toegeven van zijn eigen ongelijk.

"Een moordenaar. Hier? Een van ons?" kirde Levi. "Wat griezelig!" Ze huiverde opzichtig. "Wat ontzettend eng."

"Ik denk niet dat het iemand van ons was," zei Fonds. "Er kunnen zoveel andere zaken meespelen."

Het gezelschap boog zich over allerlei andere, voornamelijk onwaarschijnlijke opties, en bracht daarmee de tijd door, terwijl ze om de beurt voor korte tijd uit de groep werden weggeplukt voor een verhoor.

Het was duidelijk dat sensatie een grotere rol speelde dan angst. Speculaties vlogen over en weer. Alleen Liselot en Wilco hielden zich op de achtergrond.

Toen Jenny en Deke iedereen hadden gesproken en aangaven dat het tijd werd om naar het bureau te gaan, wendden ze zich eerst nog even tot Wilco en Liselot.

"Als jullie nog iets te binnen schiet, hoor ik het graag," zei Jenny. "Ik heb Sven verzocht om met het gezelschap in dit hotel te blijven, totdat we meer helderheid hebben in de situatie. Ik heb liever niet dat jullie onder deze omstandigheden naar Londen reizen. Het risico dat we daar mensen uit het oog verliezen is te groot."

Liselot en Wilco knikten.

"Goed. Wij nemen morgen weer contact op." Jenny en Deke wilden gaan, maar Wilco schraapte zijn keel om de aandacht te trekken.

"Die vriend uit Nederland... Is daar geen naam van bekend?"

Jenny leek even te twijfelen en wierp Deke een haastige blik toe. Hij knikte, bijna onzichtbaar.

"Alleen een voornaam. Rick."

"Hm, niemand uit dit gezelschap," besloot Wilco. "Tenzij iemand heeft gelogen over zijn naam."

"Als dat het geval is, heeft hij tegenover Alice Moore gelogen," zei Jenny. "Niet tegenover jullie. We hebben de persoonsgegevens gecontroleerd."

Wilco knikte. Liselot keek even peinzend voor zich uit en schudde haar hoofd.

"Speel zelf geen detective meer," waarschuwde Jenny.

Wilco en Liselot schudden braaf hun hoofden en keken hoe de rechercheurs het hotel weer verlieten.

"Is er iets?" vroeg Wilco. Hij keek Liselot onderzoekend aan.

"Nee. Ik dacht even..." Ze schudde weer haar hoofd.

Hilke kwam naar hen toe. "Komen jullie eten? Het is geserveerd. We zijn al erg laat door al dat gedoe..." Haar blik bleef even rusten op Liselot. "Hoe gaat het met je voeten?"

"Pijnlijk op dit moment."

"Ach, arm ding. Kom." Hilke ondersteunde haar vriendin op weg naar hun tafel in het restaurant.

Liselot was zich bewust van de vragende blik van Wilco, maar kon op dat moment niets zeggen. Maar in haar hoofd woedde een storm. Ze had het vage gevoel dat er iets niet klopte. Ze wist niet precies wat het was. Ze was zich nauwelijks bewust van haar maaltijd en nam niet echt deel aan de gesprekken aan tafel. Ze deed alsof ze luisterde en maakte af en toe een 'hum' geluid om aan te geven dat ze erbij betrokken was, maar ze zou later met geen mogelijkheid meer kunnen vertellen wat er precies werd besproken.

In ieder geval niet totdat Hilke haar aanstootte. "Je gaat toch mee, hè? Je hoeft niet te lopen of zo..."

"Huh?"

"Naar Lester Humberling."

"Lester Humberling?"

"Lise, waar zit je toch met je gedachten?" Hilkes ogen twinkelden opeens een beetje. "Je bent verliefd. Op die Wilco."

"Eh..." Liselot zag in dat toegeven haar ontsloeg van nadere uitleg. Uitleg die ze niet kon geven. "Niets zeggen," fluisterde ze daarom. Het blozen hoefde ze niet kunstmatig op te wekken. Het kwam vanzelf.

Hilke grijnsde. "Ik wist het."

"Alsjeblieft..."

"Ik zeg niets. Maar..." Ze boog zich verder naar Liselot toe. "Is het wederzijds?"

Liselot knikte verlegen.

"Ik wist het." Hilkes grijns werd breder. "Hebben jullie al...

Zijn jullie al echt... nou ja, samen dus?"

"We hebben alleen veel gepraat en samen iets gedronken. En gekust. We hebben elkaar een keer gekust."

"Wow. Laat hem niet ontsnappen." Hilke glimlachte. "Maar ga nog nergens met hem alleen naar toe. In ieder geval niet totdat er meer duidelijkheid is in... nou ja, je weet wel. Ik wil gewoon niet dat jou iets overkomt."

"Ik ben wel voorzichtig." Liselot voelde de droogte in haar keel terwijl ze dat zei.

Hilke knikte. "Goed."

"Humberling?" vroeg Liselot.

"Hij woont net buiten Pluckley in een oude boerderij. De boerderij is al generaties in zijn bezit en heeft uiteraard een eigen huisspook. Maar Lester Humberling is vooral een man die de hele geschiedenis van Pluckley kent, inclusief alle spookverhalen. En hij schijnt geweldig mooi te vertellen. We gaan vanavond naar hem toe voor een avondje griezelen. Tenminste..." Hilke aarzelde opeens even. "Ik hoop dat je ertegen kunt. Na alles wat er is gebeurd."

Liselot knikte. "Ik ga mee."

"Dacht ik al. Omdat Wilco ook meegaat..." Hilke gniffelde.

Liselot wierp Wilco een haastige blik toe. Hij glimlachte.

"Dat is dan afgesproken," besloot Hilke en ze richtte haar aandacht weer op Sven.

Hilke besteedde veel tijd aan Sven en het was Liselot niet helemaal duidelijk of Sven daar werkelijk blij mee was.

Ze dreigde weer af te dwalen naar die ene nacht, maar herstelde zich haastig. Ze zag af en toe blijkbaar werkelijk spoken.

Toen het gezelschap weer opstond van tafel en Hilke Sven nog even aan de praat hield, schoof Wilco naar Liselot toe. "Wat is er aan de hand?"

"Niets."

"Daar lijkt het niet op."

"Het is werkelijk niets." Ze dwong zichzelf tot een glimlach. "Het zijn gewoon de gebeurtenissen van de laatste dagen die me parten spelen. En dan te bedenken dat ik op vakantie ging om te ontspannen." Ze dwong zichzelf tot een kort verontschuldigend lachje.

Wilco leek niet overtuigd. "Als je ergens mee zit, kun je er beter over praten. Of als je iets hebt gezien..."

"Nee, niets."

"Liselot..."

Hij werd onderbroken door Peppin, die zich bij hen voegde, na een haastige blik om zich heen. "Ik weet wie het heeft gedaan," siste hij.

Wilco en Liselot keken hem verbaasd aan.

"Levi. Ik vergiste mij niet. Zo onschuldig als ze lijkt... maar het kwaad schuilt in ieder." Hij keek Wilco en Liselot doordringend aan.

"Hoe weet je het zo zeker?" wilde Wilco weten.

"Ik heb mijn bronnen. Ik kan er niet meer over vertellen. Alleen dat ik hier niet alleen ben, maar in opdracht... En dat het alles met de moord te maken heeft."

Hij keek weer haastig om zich heen. "Maar sst." Hij legde zijn vinger op de mond. "Vertel niemand iets. Morgen volgt de onthulling."

Hij draaide zich om en liep weg. Wilco en Liselot keken hem wat verbouwereerd na.

"Denk je dat hij werkelijk..." begon Liselot.

"Ik denk dat ik weet wat er aan de hand is. Wat Peppin betreft dus," zei Wilco.

Liselot keek hem verbijsterd aan, maar Wilco gaf geen uitleg. Zijn blik was op Peppin gericht, die elegant als altijd zijn weg richting kamer volgde.

"Er was dat vreemde voorval met die krant," zei Liselot peinzend.

Wilco keek haar weer aan, vragend.

"In de Tower. Peppin gedroeg zich erg geheimzinnig en legde ergens een opgevouwen krant neer. Enkele seconden later was die krant verdwenen. Iemand in de menigte had hem opgepakt. Ik heb zoiets wel vaker in films gezien. Een krant of boek met daarin informatie wordt ergens onopvallend achtergelaten en later opgepikt door degene voor wie de informatie bestemd was."

Wilco glimlachte alleen even. "Ik moet even iets doen..." Hij stond op en wilde weglopen.

"Je komt toch mee vanavond?" vroeg Liselot.

"Ik zou het niet willen missen." Hij glimlachte nog een keer naar haar en liep haastig weg.

Liselot keek hem peinzend na. Toen ze een hand op haar schouder voelde, schrok ze onwillekeurig.

Het was Hilke. "Schrikachtig?"

"Zou je bijna worden hier."

"Wacht maar tot na vanavond. Zullen we nu naar boven gaan? Over twintig minuten vertrekken we naar Lester Humberling. Bovendien ligt Huck in zijn eentje op de kamer. Wie weet gaat hij dingen slopen als het te lang duurt."

"Huck sloopt niets."

"Tot nu toe nog niet."

De vriendinnen liepen naar boven en zagen onmiddellijk dat Huck het zich gemakkelijk had gemaakt. Hij lag uitgebreid op Liselots bed.

Beide vrouwen schoten in de lach.

Huck keek vermoeid op. Hij begreep duidelijk niet wat er zo grappig was en waarom ze hem wakker maakten.

"Maar ik ben toch blij dat hij jouw bed heeft uitgekozen," zei Hilke. "Ik vind kruimels in bed al een ramp. Zand, haren en enge beestjes zijn nog erger."

"Huck heeft geen enge beestjes," vond Liselot. Ze stuurde de hond, toch nog een beetje lacherig, van het bed af en merkte dat ze eindelijk iets ontspande.

Misschien moest ze alles maar laten rusten en van de avond genieten. De recherche mocht de dader opsporen. Daar werden ze voor betaald en daar waren ze goed in. Als er iets was wat ze moesten weten, kwamen ze daar wel achter. Als ze werkelijk bleef piekeren, kon ze het morgen altijd nog met de rechercheurs bespreken. Maar misschien was dat helemaal niet nodig.

Peppin had tenslotte al beweerd dat Levi de moordenares was en daar scheen hij bewijs voor te hebben. Misschien ging er wel een heel complot achter de moord schuil en werkte Peppin met de recherche samen om tot een oplossing te komen. Mogelijk was hij zelfs een undercover agent of iets dergelijks.

Liselot deed erg haar best om die laatste gedachte vast te houden, maar in de loop van de avond realiseerde ze zich toch dat het niet helemaal lukte.

Ze was overigens niet de enige.

Hoewel Wilco zeker met interesse naar de overigens zeer boeiende verhalen van Humberling luisterde en zelfs zeer gerichte vragen stelde, leken zijn gedachten af en toe ook af te dwalen.

Het was de aangename sfeer in de historische boerderij met zijn vele oude balken, knapperend haardvuur en zelfgestookte drank, die het voor Liselot mogelijk maakte om ondanks alles toch een klein beetje te ontspannen. Maar geen moment zo ver dat haar hoofd werkelijk tot rust kwam.

Eenmaal in bed, rond middernacht, stelde ze die ene vraag aan Hilke, die haar steeds bezig hield. "Denk je dat de moord iets met een liefdesgeschiedenis te maken heeft?"

Hilke gaf niet meteen antwoord. Blijkbaar dacht ze na.

"Omdat Peppin Levi's jaloezie noemde," voegde Liselot er haastig aan toe.

"Er zijn mensen die een zogenaamde crime passionel begaan," zei Hilke. "Voortvloeiend uit een gebroken hart dus, zoals ze dat zo mooi zeggen. Ik heb er mij nooit iets bij kunnen voorstellen en ik heb toch heel wat relaties achter de rug. Ik zie er het nut niet van in. Je krijgt zo'n man daar niet mee terug. Als je dat dan nog zou willen. Persoonlijk vind ik dat absurd. Je wilt toch niet iemand terugnemen die je heeft gedumpt? Laat staan dat je daarvoor een moord begaat met alle risico's van dien. Maar het komt voor. Dat weet ik. Niet iedereen is zo slim als ik." Ze grinnikte.

"Peppin had het over Levi," zei Liselot langzaam. "Hij noemde eerder haar jaloezie, maar mogelijk speelt er meer waar hij niets over wil zeggen."

"Ik heb geen idee. Ik krijg geen hoogte van Levi en ik moet toegeven dat ik soms ook het gevoel heb dat ze zich dommer voordoet dan ze is. Maar het heeft weinig zin om daarover te speculeren. Ongetwijfeld weet de recherche meer dan wat ze vertellen. Ook over Levi. Misschien moet je het ook maar gewoon aan hen overlaten."

"Ja. Het is gewoon... Ik moet er vaak aan denken."

"Natuurlijk. Ik denk dat iedereen erover piekert. Maar ga geen detective spelen."

Liselot glimlachte. "Je bent niet de eerste die mij dat afraadt."

"En terecht. Ga slapen. De recherche lost het wel op."

"Je hebt gelijk. Welterusten." Liselot draaide zich op haar zij en probeerde te slapen, maar de onrust had zich in haar lijf gevestigd en zou die nacht niet meer wijken.

Hilke daarentegen sliep al snel als een blok. Hilke was niet erg gevoelig voor slaapproblemen. Nooit geweest.

HOOFDSTUK 16

Liselot was niet de enige die niet goed had geslapen. Ze zag bij het ontbijt aan Wilco dat hij ook weinig rust had gehad. Ze vroeg zich af of hij met dezelfde gedachten had geworsteld als zij. Ze had hem vragen kunnen stellen, maar deed het niet. Ze hield haar afstand en deed alsof ze zijn vermoeidheid niet opmerkte.

Wilco stelde ook geen vragen. Hij was vriendelijk naar haar toe, misschien een klein beetje gereserveerd, maar leek vooral in zijn eigen gedachten rond te zwemmen.

Liselot richtte af en toe haar blik op Peppin. Hij had gezegd dat hij vandaag zijn onthullingen wilde doen. Zou hij wachten op de politie of zou hij zijn eigen medewerkers - die hier blijkbaar ergens rondzwierven - erbij betrekken?

Toen ze zag dat Peppin opeens leek te verstijven, dacht ze dat het zover was.

Ze ging gespannen rechtop zitten. Ze wilde dat Peppin een verklaring gaf. Ze wilde dat hij zijn theorie kon bewijzen. Want als Peppin gelijk had, kon ze alles waarover ze had gepiekerd verwerpen. En er was niets wat ze op dat moment liever deed.

Maar Peppins blik was op de deur gericht en toen Liselot zijn blik volgde, zag ze een jonge versie van Peppin, misschien ietsje minder smaakvol gekleed, in de deuropening staan. De jonge versie van Peppin zag Peppin, glimlachte bezorgd en opgelucht tegelijk en liep naar hem toe.

"Hier ben je," zei hij met een zucht. "Ik heb alles afgezocht..."

"Robert! Wat doe je hier? Ik heb toch gezegd dat ik naar

Engeland was voor zaken."

"Nee, vader, je hebt niets gezegd."

Het hele gezelschap volgde belangstellend het gesprek.

"Ik heb belangrijke zaken te doen. Ik kan nog niet mee naar huis komen. Mijn medewerkers..." Peppin wierp een vlugge blik om zich heen.

"Papa, we hadden afgesproken dat je niet meer alleen op stap zou gaan. Heb je je medicijnen wel genomen?"

"Natuurlijk."

"Ik betwijfel het," mompelde Robert. "Kom. We gaan naar huis."

Dit keer kwam Sven tussen beiden. "Ik vrees dat dat niet mogelijk is."

Robert keek Sven vragend aan.

"Er is een moord gepleegd bij de Old Mill toen we daar logeerden. De politie sluit niet uit dat iemand in het gezelschap daarmee te maken had. Persoonlijk lijkt mij dat belachelijk ver gezocht, maar ze hebben ons gesommeerd om hier te blijven."

Robert slaakte een diepe zucht en liet zich in een stoel zakken.

"Dat meen je niet."

Sven knikte.

"Uitgerekend als Pa erbij is."

"Ik zei toch dat ik nog zaken moest afhandelen," zei Peppin.

"Ik begrijp het," zei Robert. "Maar laat dat alsjeblieft aan de politie over."

"De politie maakt er een zooitje van. Dat weet je. Maar ik... ik gebruik mijn hersens." Peppin keek zijn zoon ernstig aan, terwijl hij met zijn vinger tegen zijn hoofd tikte.

Robert zuchtte nog maar een keer. "Ik blijf in ieder geval bij je tot dit achter de rug is. Ik heb je medicijnen bij me."

Peppin gromde iets waaruit bleek dat hij er niet zo blij mee was, maar ging verder met zijn eten.

Toen iedereen klaar was met het ontbijt en opstond van tafel, lukte het Liselot om Robert even persoonlijk te spreken.

"Is je vader ziek?" vroeg ze. Ze had een angstig voorgevoel, dat ze liever niet bevestigd zag.

Robert wierp zijn vader een vlugge blik toe en knikte. "Helaas wel. Psychisch. Je ziet het niet meteen, maar hij kan fantasie en werkelijkheid niet meer van elkaar onderscheiden. Hij heeft altijd op kantoor gewerkt als boekhouder en..."

"Wacht even... Werkte hij niet bij de geheime dienst of politie of iets dergelijks?"

"Welnee. Hij was boekhouder. Maar de stress werd hem te veel. In het begin was er die onrust en sloegen de stoppen nog-al eens door, maar op een bepaald moment heeft hij zich een-voudigweg teruggetrokken in een fantasiewereld."

"Net als de moeder van Hilke."

"Sorry?"

"Die ken je niet. Maar je vader trok zich dus terug in zijn ei-gen wereld en dacht dat hij geheim agent was of detective?"

Robert knikte.

"En die medewerkers van hem?"

"Ze bestaan niet."

Liselot wreef nerveus over haar mond. Ze voelde zich opeens hevig teleurgesteld.

En bang.

Hilke trok even aan haar arm. "Ga je mee? Naar boven?"

Liselot twijfelde, maar knikte toen en volgde haar vriendin naar boven.

"Peppin is dus kierewiet," grinnikte Hilke, toen ze naar hun kamer liepen. "Ik heb dat wel een paar keer gedacht, maar ik wist het niet zeker. Hij kan zo overtuigend overkomen."

"Heb je daarnet dan ook met Robert gesproken? Of ons gesprek gehoord?"

"Welnee. Maar het is toch duidelijk?"

"Blijkbaar," mompelde Liselot. Het speet haar dat het voor haar niet duidelijk was geweest. Of had ze het gewoon niet willen zien?

Ze liepen de kamer binnen en zagen dat Huck er een gewoonte van had gemaakt om op bed te gaan liggen. Hij keek hen slaperig aan toen ze binnenkwamen en scheen zich absoluut niet te schamen voor zijn vrijpostigheid.

"Wat een beest," verzuchtte Hilke.

Liselot stuurde hem maar weer de grond op.

Ze wilde haar tanden gaan poetsen, toen iemand op de deur klopte.

"Wie is daar?"

"Wilco. De receptionist vroeg of je even naar de receptie kon komen. Er had iemand voor je gebeld. Een collega of iets dergelijks? Het was dringend."

"Verdraaid. Waarom belt Dick niet op de gsm?" mompelde Liselot. Dat ze in haar vakantie werd gestoord vond ze tot daaraantoe. Het was ongetwijfeld echt dringend en had te maken met haar bedrijf. Maar ze begreep niet waarom Dick Leyendonck haar via de receptie van het hotel belde. Ze had hem verteld waar ze was, maar hij had ook haar mobiele nummer.

"Laat het hem lekker zelf uitzoeken," meende Hilke vanuit de badkamer.

"Het kan belangrijk zijn," zei Liselot. "Dick belt niet zomaar. Let even op Huck. Ik ben zo terug."

Ze liep de kamer uit, de gang op, waar Wilco op haar wachtte.

"Dat hij uitgerekend nu..."

"Je begrijpt toch dat het niet echt waar is, van die collega?" polste Wilco.

Liselot keek hem aan en begreep het. Althans, ze begreep het nú. "Natuurlijk," zei ze. Dat was niet helemaal gelogen. Al was het haar niet meteen duidelijk geweest.

Wilco nam haar een stukje mee, de gang in.

"Wist je het van Peppin?" siste Liselot.

"Ik had een sterk vermoeden. Alle symptomen wezen in die richting, maar ik had natuurlijk geen bewijs."

"En ik maar denken dat hij echt de oplossing had..."

"Dus niet," zei Wilco. "Maar ik wil het nu niet over Peppin hebben."

Liselot keek hem aan. "Oh... maar... waar gaat het dan over?"

"Ik heb informatie over de vermoorde vrouw, die Alice."

"Oh, eh..."

"Alice Moore was de dochter uit het eerste huwelijk van een Nederlander: ene Ben Konink. Zijn eerste vrouw heette Lisa Moore. Ze bleef met haar dochter in Londen wonen, toen haar huwelijk met Ben op de klippen liep."

Liselot kreeg een vervelend gevoel in haar maag.

Ben Konink?

Hilkes stiefvader heette Ben Konink...

Maar...

Ach, welnee, er waren vast wel meer mensen met die naam.

"Hoe weet je dat eigenlijk?" siste ze.

"Nerdvrienden die kunnen toveren op de computer. Vannacht contact mee gehad en daarnet nog gesproken via de computer. Ze halen alle mogelijke gegevens op. Tot en met persoonlijke blogs. Alice was geen bijzonder sympathiek persoontje en zat financieel aan de grond, zoals de politie al zei."

"Daarom is ze ingegaan op het verzoek de rol van Aiden te spelen," concludeerde Liselot met tegenzin.

Wilco knikte. "Een rol aangeboden door de moordenaar."

"Dus toch een crime passionel?"

"Nee. Geld. Het meest voorkomende motief voor moord."

Liselot werd onrustig. Ze keek Wilco niet recht aan.

"Alice' vader was rijk. En hij is dood. Hoewel hij en Alice geen contact meer met elkaar hadden, wilde Alice haar graantje meepikken. Een vriend van mij - ik vrees dat hij erg goed is in het hacken van computers - ontdekte een claim die ze had ingediend om de erfenis van Ben Konink te..."

Liselot voelde haar benen week worden. "Ik wil het niet weten," zei ze afwerend.

"Je moet begrijpen dat..."

Liselot schudde heftig haar hoofd. Ze draaide zich om en liep haastig weg.

"Liselot!" riep Wilco. Maar Liselot negeerde hem.

Wilco liep haar gejaagd achterna. Hij wilde niet dat ze nu naar haar kamer ging. Hij wilde dat ze het begreep. Maar Fonds en Levi verschenen in de hal en Wilco zag nu pas Robert in de kleine erker bij het raam zitten. Robert pretendeerde een krant te lezen, maar Wilco wist wel beter.

Hij kon Liselot nu niet achterna gaan. Hij kon alleen maar hopen dat ze haar mond hield, terwijl hij regelde wat er geregeld moest worden.

Liselot voelde zich ellendig toen ze de kamer binnenliep. Ze wilde haar spullen pakken, vertrekken en alles vergeten. Maar die mogelijkheid had ze niet meer.

"Wat was er aan de hand?" vroeg Hilke meteen toen Liselot de kamer binnenliep. "Konden ze het weer niet zonder jou?" Ze zag er fleurig uit. Een zwarte legging met rode en gele streepjes en een lila kruising tussen jurk, shirt en tent met de print van een rambo-beer. En natuurlijk droeg ze een sjaaltje in haar haren. Goudkleurig, dit keer, met franjes. Zo typisch Hilke.

Hilke pikte uiteraard meteen op dat er iets aan de hand was. "Je ziet er beroerd uit," zei ze. Ze bleef staan en keek Liselot aan. "Slecht nieuws?"

"Eh, ja. Problemen met een uitvaart..." jokte Liselot.

"Dat is toch niet jouw probleem? Je hebt het toch uit handen gegeven?"

"Tja, dat weet ik wel. Maar ja, je weet hoe ik ben."

Liselot liet zich op het bed zakken en streelde de hond over zijn kop, die meteen bij haar was komen staan en zijn neus onder haar arm had geduwd om aandacht te krijgen.

Hilke kwam naast Liselot zitten en sloeg een arm om haar heen. "Je moet je niet zo druk maken."

Liselot voelde zich ongemakkelijk. "Weet ik," mompelde ze. "Ik denk dat ik even met de hond ga wandelen."

"Wacht, ik ga met je mee. Ik moet nog even naar het toilet."

Ze stond op en haastte zich naar de badkamer.

Liselot twijfelde maar even. Ze stond op, wierp een blik richting badkamer, en ging daarna haastig naar het bed van Hilke, waar de reistas naast stond.

Heel even was er die aarzeling. Ze wilde dit niet doen, maar ze moest wel. Ze kon niet anders meer. Niet nu de laatste puzzelstukjes op hun plaats vielen. Ze woelde nerveus tussen de kleding zonder enig idee te hebben wat ze nu eigenlijk zocht. Eigenlijk wilde ze niet eens iets vinden.

Er waren vast meer mensen op de wereld die Ben Konink heetten. Hilke had niks met hem te maken. En ook niet met zijn erfenis.

Ze hoorde Hilke op het toilet neuriën en er trok een vreselijk schuldgevoel door haar heen.

Haar vriendin vertrouwde haar en zij zat hier heel achterbaks in haar spullen te snuffelen.

Nerveus haalde Liselot zo nu en dan een voorwerp tevoorschijn dat niets te betekenen had, en ze realiseerde zich dat Hilke de troep in haar tas onmiddellijk op zou merken.

Hilke stopte met neuriën en Liselot deed nog een laatste greep. Haar handen kregen vat op iets hards, wat ze meende te herkennen.

Terwijl ze hoorde dat Hilke het toilet doortrok en de kraan opendraaide, viste Liselot een zaklamp uit de tas.

Haar eigen zaklamp die op de avond van de moord naast de dode Alice was achtergebleven...

Liselot wist dat ze hem terug moest duwen en moest maken dat ze weer bij haar eigen bed kwam, maar ze kon het niet. Ze zakte op het bed van Hilke neer, met de zaklamp in haar handen.

Hilke kwam de badkamer uit. "Zo, geleegd en gewassen en..."
Ze stopte midden in haar zin en keek naar Liselot en naar de
zaklamp.

Haar schouders zakten een beetje. "Je weet het."

Geen ontkenning of verdediging. Alleen die kleine, akelige
bevestiging.

Liselot knikte.

"Waarom moest je zo nodig gaan kijken, die nacht?
Waarom..." Hilke liep naar Liselot toe en Liselot voelde de
spanning in haar lijf.

Maar Hilke uitte geen enkele dreiging, zelfs niet met li-
chaamstaal. Ze ging naast Liselot zitten. Vermoeid. Het was
de eerste keer dat Liselot haar vriendin vermoeid zag.

"Nou ja, ik neem aan dat je er toch wel achter was gekomen.
Misschien is het ook beter zo. Ik weet niet zeker of ik hiermee
had kunnen leven."

"Waarom?" vroeg Liselot. "Waarom heb je iemand verm..."
Ze voelde tranen prikken.

"Dat kwam door Ben. Hij heeft nooit een testament gemaakt.
Stom van hem, maar hij had er nog niet op gerekend om te
sterven. En dat betekende dat zijn enige dochter Alice de officiële erfgenaam was, niet mama."

Hilke haalde snuivend adem en vervolgde heftig: "Die Alice
zou mama alles hebben afgepakt! Dat loeder heeft zich nooit
iets van Ben aangetrokken, maar ze wilde zijn geld wel. En
waarom? Om meer drank en drugs te kopen! Ze zou zichzelf
toch wel de dood in hebben geholpen. Ik heb er alleen wat
meer spoed achtergezet. Voor mama. Ik kon de gedachte gewoon niet verdragen dat mama op straat kwam te staan, na al-

les wat ze heeft meegemaakt."

"Had je mij..." prevelde Liselot. "Wist je dat ik zou vluchten? Liet je mij vluchten?"

"Natuurlijk. Ik hou van je, Lise. Dat weet je. Je bent mijn vriendinnetje. Ik zou je nooit iets aan kunnen doen. Ik heb je nog wel heel dicht bij de Old Mill neergelegd, maar je moet de verkeerde kant zijn uitgelopen. Ik was werkelijk gek van angst toen je was verdwenen. Ik was bang dat er iets was gebeurd. Dat was niet mijn bedoeling."

"Maar je wist dat ik je problemen kon bezorgen. Omdat ik het had gezien."

"Ik probeerde mijzelf wijs te maken dat ik het in de hand had. Maar ik wist eigenlijk wel beter."

"Ik dacht dat je in bed lag, die nacht."

"Kussens. Ik had kussens onder de dekens gelegd. Voor de zekerheid. Daarom dacht je dat. Maar ik neem aan dat je ging twijfelen?"

Liselot knikte. "De ademhaling. Toen ik je de nacht erna in bed zag liggen, zag ik ook je ademhaling. Het drong pas later tot mij door. En toen ik de naam van de vriend van Alice, Rick, hoorde en Wilco dat onderzoek naar de vader van Alice had uitgevoerd, toen begonnen de stukjes op hun plaats te vallen."

Ze wreef nerveus over haar neus. "Ook wat het moordwapen betrof. Je hielp vaak in Villa Venna, je wist er de weg. Er was een apotheek en je vertelde dat onlangs die oude man euthanasie had aangevraagd en dat het vaker voorkwam dat Villa Venna daarmee te maken had, omdat veel patiënten daar in een terminaal stadium zaten. Ik begreep dat het voor jou niet zo moeilijk zou zijn om aan Pancuronium te komen."

"Ik kon het niet toelaten, Liselot! Ik kon niet werkeloos toekijken hoe die Alice mama's leven ging verwoesten. Ik hoop dat je mij ooit vergeeft."

Liselot beet op haar lip. "En nu?" vroeg ze wat bedremmeld.

"Nu ga ik naar de gevangenis. Ik ren niet weg. Geen zin in. Misschien krijg ik daar de kans om mijn artistieke talenten vorm te geven. Geen afleiding... niets. Misschien ga ik wel unieke kunstwerken ontwerpen."

"Maar je zit dan gevangen. Je kunt niet meer naar buiten, geen mensen meer ontmoeten, niet meer naar je moeder toe."

"Mijn moeder herkent mij meestal niet. Ik denk niet dat ze mij mist. En haar toekomst is nu verzekerd."

"Ja, dat is het," gaf Liselot toe.

"Misschien moet je de politie bellen."

"Ik denk dat ze dadelijk vanzelf komen."

"Wilco?"

Liselot knikte.

"Natuurlijk Wilco." Hilke schudde haar hoofd. "Daarom had ik liever niet dat je te vaak met hem alleen was. Ik was bang dat hij zich ermee ging bemoeien en de juiste conclusies trok. Maar ik wilde hem ook niet bij je weghalen. Je vond hem leuk. En je had recht op liefde en geluk." Ze haalde diep adem. "Kom, we laten de hond plassen en nemen een fikse borrel. Het wordt de laatste voor de komende tien of vijftien jaar." Ze stond op, liep naar de deur en keek om naar Liselot. "Kom je nog?"

Liselot knikte en liep achter haar aan. Huck volgde.

"Kom je mij bezoeken?" vroeg Hilke toen ze de hond zijn

behoefte lieten doen.

"Natuurlijk."

"Je haat mij niet?"

"Hoe zou ik kunnen?"

Hilke omhelsde Liselot onverwacht op een bijna verstikkende wijze. Toen ze Liselot losliet, keek ze haar recht aan. "Hou je klauwen in die Wilco. Hij is de juiste voor jou."

Liselot slikte moeizaam en knikte.

"Kom. We nemen een belachelijk groot glas likeur."

Ze gingen het hotel weer binnen en bestelden likeur bij een toch wat verbaasde ober. Net toen ze in een zitje van de sterke drank nipten, kwam Wilco de lobbybar binnen. Het was duidelijk dat hij naar hen toe wilde komen, maar hij aarzelde.

Hilke wenkte hem meteen dichterbij.

Wilco keek haar onzeker aan, maar Hilke grijnsde breed. "Ik weet dat jullie het weten. Ik weet dat ik dadelijk wordt opgepakt. Vandaar de drank."

Wilco knikte even en ging zitten. "De recherche wist het meeste al toen ik belde. Het was hoe dan ook afgelopen."

Hilke beet op haar onderlip en knikte. "Ik heb het verdiend, neem ik aan. Gevangenisstraf. Niet de drank."

Wilco gaf geen antwoord.

"Vanaf nu zorg jij voor Liselot," zei Hilke. "En natuurlijk voor die hond van d'r. Beloofd?" Ze keek hem recht aan.

Wilco knikte.

"Goed. En zorg dat ze een ander beroep kiest. Een vrolijk beroep. Het leven is te kort om met nachtmerries en dode gezichten te vullen."

"Ja, dat is het."

Hilke nam haastig nog een paar slokken, toen Jenny en Deke verschenen.

Een blik van verstandhouding was voldoende om de situatie duidelijk te maken.

Liselot moest toch huilen toen Hilke werd afgevoerd. Zelfs toen Hilke nog een keer vrolijk zwaaide, op haar eigen onnavolgbare wijze.

Wilco sloeg een arm om haar heen. "Het komt wel goed met haar. Ze redt zich wel."

"Natuurlijk redt ze zich," snikte Liselot. Ze snoof maar een keer stevig en veegde met de rug van haar hand de tranen weg. "Haar kennende maakt ze in de gevangenis het kunstwerk van haar leven. Misschien wordt ze beroemd of zo."

"Misschien wel."

"En haar moeders toekomst is zeker gesteld."

"Niet op de beste manier, maar ja, het is waar."

"Ik denk dat het Hilke weinig uitmaakt of het op de juiste wijze is. Zolang het maar zo is. Dat maakt haar natuurlijk ook tot een verkeerd persoon. Ze heeft iemand vermoord. Hoe je het ook bekijkt. En ik weet nog niet zo goed hoe ik daarmee moet omgaan."

"Het heeft tijd nodig. En tijd zul je meer dan genoeg krijgen."

Liselot knikte en dronk haar glas leeg, waardoor haar lijf bijna in brand leek te staan en haar wangen en oren vuurrood werden. "Ga jij met mij mee naar Londen? Voor nog een paar dagen?" vroeg ze. "Ik heb behoefte aan een paar extra dagen."

"Natuurlijk." Hij glimlachte en kuste haar. "En daarna gaan we samen terug naar Nederland. Ik ben van plan de belofte aan Hilke na te komen."

Liselot glimlachte even een beetje zwak. Ze zou Hilke missen. Maar ze wist dat ze klaar was voor verandering.

Huck keek even op naar zijn nieuwe bazinnetje. Hij vond het allemaal best. Zolang hij maar deel uitmaakte van haar nieuwe leven...

EPILOOG

Liselot stond achter de balie toen Eline van Hoof aarzelend binnenliep.

Elines gezicht was bleek en ze had rode vlekken in haar hals, zoals Liselot al vaak had gezien bij mensen die een weg probeerden te vinden in het verdriet dat een rouwproces met zich meebracht.

Liselot glimlachte warm naar de vrouw en stak haar hand naar Eline uit, om zich voor te stellen en haar deelneming te betuigen.

Elines stem was een beetje schor.

Liselot herkende het schuldgevoel in de ogen van de vrouw. "En dit is Robber?" vroeg ze, toen ze op het kleine bastaardhondje wees, dat Eline aan een kleurige riem had meegenomen.

Eline knikte. "Ik vind dit zo naar," begon ze. "Ik heb mama beloofd dat ik voor Robber zou zorgen, maar onze Thomas blijkt allergisch en heeft het doorlopend benauwd met Robber in huis." Excuses en hulpeloosheid klonk door in de verklaring van de vrouw.

"Er is geen enkele reden om u schuldig te voelen," haakte Liselot er meteen op in. "Robber krijgt hier alles wat hij nodig heeft. Ik leid u graag rond, voordat u hem hier achterlaat."

Eline knikte. Haar kaken waren gespannen. Ze had er nog steeds geen goed gevoel bij, maar Liselot wist dat het zou veranderen als de vrouw de accommodatie had gezien. Dat gebeurde altijd.

Liselot was trots op haar nieuwe bedrijf. Natuurlijk hadden

haar ouders geprotesteerd toen ze hen met lood in de schoenen had verteld dat ze uit de begrafenisbranche wilde stappen, maar ze wist dat ze nu trots op haar waren.

Liselots opvang voor huisdieren van mensen die langdurig ziek waren, opgenomen werden in verpleegtehuis of waren overleden, was in korte tijd een begrip in het land geworden. Geen hokken in Liselots opvang, maar gezellige kamers en gezamenlijke speelruimtes die de huiselijke situatie zo goed mogelijk nabootsten. Dieren waarvan de eigenaars waren gestorven, werden regelmatig via Liselot overgeplaatst naar een nieuw gezin, maar de oudjes en gehandicapte beesten mochten altijd blijven. Dat gold ook voor de dieren van zieke mensen en mensen in een verpleegtehuis, zodat de eigenaars hun geliefde kameraad altijd konden bezoeken.

Liselot genoot van haar nieuwe bedrijf. Hucking House, heette de opvang. Naar Hucking Estate en naar Huck, omdat trouwe Huck haar op het idee had gebracht.

Toen Eline ruim een uur later met een gerust hart Hucking House weer verliet en Robber in zijn eigen suite was ondergebracht om alvast te wennen, liep Wilco de receptie van het bedrijf binnen.

"Klaar?" vroeg hij.

Liselot knikte. "Eline van Hoof is naar huis en mijn stagiaires nemen het over."

"Goed. Villa Venna verwacht ons al."

Liselot glimlachte en liep met Wilco naar buiten. Het was een prachtige najaarsdag. De zon toverde gouden tinten op de kleurige herfstbladeren en bewees daarmee dat triestheid geen definitie van de herfst was.

Wilco's hand zocht die van Liselot.

"Denk je dat ze naar Hilke vraagt?" vroeg Liselot toch wat bezorgd.

"Ze vraagt nooit naar Hilke."

"Zou ze het werkelijk niet begrijpen?"

"Dat weet ik niet. Misschien is het haar keuze om het niet te begrijpen. We zullen het nooit weten."

"Nee. Maar we weten dat ze gelukkig is."

"Ja. Dat is ze." Hij keek haar even aan. "We rijden daarna meteen door naar Hilke, neem ik aan?"

Liselot knikte. "Heb ik je haar brief laten lezen?"

"Waarin ze schreef dat ze aan dat beeld voor de gevangenis werkte?"

Liselot knikte en glimlachte. "Ja, dus."

"Ze maakt ervan wat ze ervan kan maken," vond Wilco. Er klonk toch een tikje bewondering in door.

"Dat is nu eenmaal typisch Hilke," vond Liselot. "Nog iets gehoord van de uitgever?"

"Nee. Maar het boek komt eind dit jaar uit, dus het duurt nog even voordat de rijkdom ons overspoelt." Hij grijnsde.

"En dan? Vraag je mij dan romantisch ten huwelijk?" vroeg Liselot lachend.

"Iemand die spoken ziet ten huwelijk vragen?" vroeg Wilco met gespeelde paniek.

"Kom, kom…. ik zie tegenwoordig nog maar één spook. En dat loopt nu naast mij." Ze lachte vrolijk en gaf Wilco een speels duwtje.

Wilco legde zijn arm om haar schouders en drukte haar tegen zich aan. "Ik dacht niet dat ik het nog moest vragen," zei hij. "Ik ging ervanuit dat het vanzelfsprekend was." Hij kuste haar. Daarna liet hij haar los, liep naar de bestuurderskant van de auto en stapte in.

Liselot liep naar de andere kant van de auto en opende de deur. Net voordat ze instapte, zag ze Lotus op de steen bij de ingang van Hucking House zitten.

De Siamese kat met de vele praatjes keek haar hooghartig aan en waste daarna zijn oren zonder al te veel aandacht aan Liselot en Wilco te besteden.

Liselot glimlachte en stapte in.

Toen ze wegreden en Liselot in de spiegel keek, was Lotus verdwenen. Natuurlijk. Lotus was tenslotte al drie weken geleden op zijn oude dag rustig heengegaan.

"Is er iets?" vroeg Wilco.

"Nee. Alles is perfect," zei Liselot, en ze kuste Wilco op zijn wang.

MEER LEZEN?

Uitgeverij Cupido publiceert heerlijke (ont)spannende liefdesromans, vrolijke chicklits en eigentijdse romantische familieromans.

Vrouwen van alle leeftijden kunnen genieten van onze Lekker-lui-lezen-romans, die uitsluitend geschreven worden door vrouwelijke Nederlandse top-auteurs.

Onze boeken hebben allemaal een positieve en vrolijke kijk op het leven en natuurlijk is er altijd een Happy Ending. Want iedere vrouw houdt diep in haar hart van romantiek, maar dat schiet er in het drukke leven van alle dag weleens bij in.

Lekker languit op de bank of ondergedompeld in een warm bad even heerlijk wegdromen met een goedgeschreven boek vol humor en romantiek...
Zo kun je ontspannen en jezelf weer opladen voor de drukke dag van morgen.

** Voor leesbrilhaters en vrouwen die het wat minder kunnen zien, verschijnen onze boeken ook in een mooie gebonden groteletter-editie.

** Daarnaast hebben we ook een groeiende serie e-pubs.

Meer informatie op www.uitgeverijcupido.nl